AF235565

Jan Zweyer

Goldfasan

Kriminalroman

Bibliografische Information der Deutschen Nationalbibliothek: Die Deutsche Nationalbibliothek verzeichnet diese Publikation in der Deutschen Nationalbibliografie; detaillierte bibliografische Daten sind im Internet über http://dnb.dnb.de abrufbar.

Die Originalausgabe erschien 2009 im Grafit-Verlag, Dortmund

Herstellung und Verlag:
BoD – Books on Demand, Norderstedt

ISBN: 978-3-753-40369-4

Covergestaltung: Jan Zweyer

Der Autor

Jan Zweyer wurde 1953 in Frankfurt am Main geboren. Mitte der Siebzigerjahre zog er ins Ruhrgebiet, studierte erst Architektur, dann Sozialwissenschaften und schrieb als ständiger freier Mitarbeiter für die Westdeutsche Allgemeine Zeitung. Er war viele Jahre für verschiedene Industrieunternehmen tätig. Heute arbeitet Zweyer als freier Schriftsteller in Herne. Nach zahlreichen zeitgenössischen Kriminalromanen hat er sich mit der Goldstein-Trilogie (Franzosenliebchen, Goldfasan, Persilschein) das erste Mal historischen Themen zugewandt. Es folgte die fünfbändige Linden-Saga, eine historische Familiengeschichte aus dem Ruhrgebiet, ein Thriller zur Flüchtlingsproblematik (Starkstrom) und 2020 ein Ökothriller (Der vierte Spatz).

In der **Reihe Wiederaufgelegter Bücher** werden verlagsseitig vergriffen Texte von Jan Zweyer als Buch und eBook neu veröffentlicht. Der Originaltext unterliegt jetzt den neue Rechtschreibregeln. Inhaltliche Veränderungen wurden nur in Ausnahmefällen vorgenommen.

6

Der Goldfasan (Chrysolophus pictus) ist eine Vogelart aus der Familie der Fasanenartigen (Phasianidae) und der Ordnung der Hühnervögel (Galliformes).

Der Goldfasan bewohnt Bergland im mittleren China, Ende des 18. Jahrhunderts in Großbritannien ausgesetzt, überlebte er in mindestens zwei Populationen (Südwestschottland, Südostengland) in jüngeren Lärchen- und Kiefernplantagen und Mischwald mit dichtem Unterholz. Frei lebende Goldfasane kommen vereinzelt auch in Deutschland vor. Die Art ist ungefährdet.

Goldfasan war im Nationalsozialismus auch eine Spottbezeichnung für ›Amtsträger‹ der NSDAP, insbesondere politische Leiter wegen ihrer goldbraunen Uniformen mit goldfarbenen Knöpfen.

aus: *Wikipedia*

1

Montag, 22. März 1943

Auf Flucht standen drakonische Strafen. Schon der Versuch konnte das Leben kosten. Er wollte jedoch gar nicht fliehen, sondern sie nur besuchen. Wenigstens kurz, eine halbe Stunde vielleicht. Ihr Gesicht sehen, den Geruch ihres Haares atmen. Nur für Minuten. Das war ihm das Risiko wert. Dann würde er wieder in das Lager zurückkehren.

Seit drei Jahren arbeitete er in Deutschland, dem Land, von dem seine Großmutter immer so geschwärmt hatte. Gebildet seien die Menschen dort, hatte sie ihm erzählt, wohlhabend.

Die Deutschen, mit denen er jetzt zu tun hatte, waren anders. Gleichgültig die meisten, einige brutal. Sie hatten ihn am Bahnhof seiner Heimatstadt verhaftet und ihn nur mit dem, was er auf dem Leibe trug, mit anderen in einen Viehwagen gesteckt und nach Deutschland verfrachtet. Zum freiwilligen Arbeitseinsatz, wie das die Häscher lachend genannt hatten. Dummerweise hatte er die Frage des Offiziers, ob er Deutsch spreche, bejaht. So hatte man ihn in das fremde Land geschickt.

Tagsüber schufteten sie wie Sklaven in großen und kleinen Betrieben, nachts wurden sie einkaserniert und bewacht. Wer nach Einbruch der Dämmerung auf den Straßen aufgegriffen wurde, bezahlte schwer dafür.

Das Lager nördlich des Herner Stadtparks umfasste nicht mehr als drei Baracken. In jeder schliefen fast

9

fünfzig Männer. Ein großer Raum mit zwanzig Schlafstätten, drei Betten übereinander. Nur fünf Stühle. Ein Tisch. Geheizt wurde mit einem viel zu kleinen Ofen. Das wenige, was man ihnen als Brennmaterial zugestand, war in wenigen Stunden verbraucht. Der Abort war ein Loch in der Erde mit einem Holzverschlag darüber. Eiskalt im Winter, erbärmlich heiß und stickig im Sommer. Stand der Wind ungünstig, regnete es hinein, denn es gab keine Tür. Waschen konnten sie sich im Inneren der Baracke. Neben dem Eingang befand sich hinter einer Holzwand ein Waschbecken für fünfzig Männer.

Langsam schob er sich von seiner Pritsche. Nur kein Geräusch verursachen. Er zog die Hose an, streifte den dicken Pullover und die wattierte Jacke über. Dann lauschte er. Nichts. Nur das regelmäßige Atmen und rhythmische Schnarchen der Männer. Er schlich zwischen den Betten Richtung Fenster, das immer offen stand, solange es draußen nicht Stein und Bein fror.

Die Schuhe hielt er in der Rechten. Er würde sie erst anziehen, wenn er die Baracke verlassen hatte. Ruhig, nur ruhig.

Sein Bettnachbar zur Linken drehte sich, als er seine Schlafstatt passierte. Für einen Moment öffnete der Mann die Augen, sah seinen Kameraden, wollte zum Sprechen ansetzen. Schnell hielt er dem Liegenden den Mund zu und flüsterte: »Uspokój się. Sei ruhig. Schlaf weiter. Śpij dalej. Niedługo bendę spowrotem. Ich bin bald zurück.«

Der andere nickte mitfühlend und lächelte.

10

Er machte den letzten Schritt zum Fenster, sah in die Dunkelheit und schob sich dann über die Brüstung. Draußen schlüpfte er in die klobigen Schuhe und lief Richtung Abort. Dort blieb er einen Moment stehen und klopfte prüfend auf seine Jackentasche. Ja, die Briefe waren sicher verstaut. Er vergewisserte sich, dass niemand Streife ging, und huschte in gebückter Haltung zum Stacheldrahtzaun. Erneut lauschte er in die Dunkelheit, um sich schließlich unter dem Drahtverhau durchzuzwängen. Eine Kirchturmuhr schlug zehn.

Das Lager war nicht besonders gesichert. Von zwei jüngeren Soldaten abgesehen, taten hier nur Invaliden Dienst. Und die verbrachten die Nächte lieber in der wohligen Wärme ihrer Wachstuben, nur selten kam einer von ihnen heraus, um nach dem Rechten zu sehen.

Es war nicht weit bis zu ihrer Arbeitsstelle, doch er musste sehr vorsichtig sein. Wenn er aufgriffen würde, war es um ihn geschehen. Die Verdunkelung kam ihm zu Hilfe. Keine Lampe brannte. Nur der Mond warf sein fahles Licht.

Sie versuchten, sich alle zwei Wochen zu sehen. Immer Montagnacht, kurz nach zehn Uhr. Ihre Herrschaft benötigte sie für gewöhnlich um diese Zeit nicht mehr und sie konnte sich heimlich aus dem Haus stehlen. Doch manchmal wartete einer von ihnen vergeblich auf den anderen.

Nur selten gelang ihnen ein Treffen tagsüber. Wenn sie Besorgungen zu erledigen hatte und er in der Nähe tätig war. Das konnte nur dann gelingen, wenn ein

11

freundlicher Kollege beide Augen zudrückte und ihm diesen kleinen Freiraum verschaffte. Unter den Deutschen waren solche Menschen die Ausnahme. Und natürlich mussten sie derartige Treffen vorher verabreden können. Deshalb die Briefe. Täglich schrieben sie sich und tauschten ihre Post bei ihren Treffen aus.

Heute wartete sie schon auf ihn. Er griff ihre Hand, zog sie weg vom Haus hinter einen Busch, wo sie wenigstens für den Moment ungestört waren. Atemlos küssten sie sich. Für Minuten blieben sie regungslos stehen, sich aneinander festhaltend.

2

Mittwoch, 24. März 1943

Die schmächtige Gestalt hockte seit Stunden unter dem großen Rhododendron und spähte durch das immergrüne Gewirr von Zweigen auf das Haus, das an der anderen Straßenseite stand. Es war kalt und das Blätterdach bot nur wenig Schutz vor dem leichten, dafür aber unablässig fallenden Regen. Die Jacke des Jungen war schon lange durchnässt, Wasser lief von der Schirmmütze in seinen Nacken. Seine Glieder waren steif, aber nur ein Bombenalarm hätte ihn zur Aufgabe seines Beobachtungspostens bewegen können. Damit war allerdings nicht zu rechnen. Noch war Herne von größeren Angriffen verschont geblieben. Und bei so einem Wetter wurden in der Regel sowieso keine Angriffe geflogen.

Der höchstens Siebzehnjährige wusste nicht genau, wie spät es war. Er schätzte, dass vor etwa zwanzig Minuten vom nahe gelegenen Kirchturm neun Schläge zu hören gewesen waren. So musste er nur noch eine knappe Dreiviertelstunde ausharren.

Er schaute wieder auf das gegenüberliegende Gebäude. Im Dunkeln wirkte das Haus eher unscheinbar, trotz des Balkons über dem Eingang, der von zwei Säulen aus Sandstein gestützt wurde.

Er wechselte sich mit zwei seiner Freunde bei der Beoachtung ab. Morgens um sechs ging es los. Manchmal waren sie zu zweit. Dann konnten sie so tun, als ob sie auf der Straße vor dem Haus nur Fußball spielen wollten. Abends und des Nachts jedoch warteten sie einen geeigneten Zeitpunkt ab, um schnell unter den Busch zu kriechen. Aber sie blieben nie länger als bis zehn Uhr. Wenn sie nicht spätestens um elf zurück in der elterlichen Wohnung waren, drohten Strafen.

In der Villa, die sie seit Tagen observierten, war alles ruhig. Die Vorschriften zur Verdunklung wurden von den Bewohnern peinlichst eingehalten.

Heute war der vierte Tag, an dem sie auf der Lauer lagen. Aber sie konnten immer noch kein Muster im Tagesablauf der Bewohner des Hauses feststellen. Mal verließ der Hausherr das Gebäude bereits kurz nach sechs Uhr, dann wieder erst um neun. Auch die Rückkehr war nicht vorherzusehen. Die letzten Abende beispielsweise war er überhaupt nicht nach Hause zurückgekehrt, zu-

13

mindest während des Zeitraums ihrer Überwachung nicht. Da er am heutigen Morgen die Villa auch nicht verlassen hatte, lag die Vermutung nahe, dass er woanders übernachtet hatte. Doch es gab auch ein paar Rituale. Wenn er da war, öffnete der Hausherr zu Beginn seines Tagwerks die Tür, trat zwei Schritte ins Freie, sah einen Moment nach oben, als prüfe er die Wetterlage, drehte sich anschließend wieder zur Tür, um seiner dort wartenden Frau einen Abschiedskuss zu geben. Dann durchmaß er mit weiten Schritten den Vorgarten, bis er seinen vor der Villa geparkten Wagen vom Typ Wanderer erreichte, öffnete erst die rechte Beifahrertür, um seine Aktentasche im Inneren des Fahrzeugs abzulegen, winkte seiner Gattin noch einmal zu, umrundete den Wanderer, stieg ein und fuhr los.

Möglicherweise hingen die unterschiedlichen Aufbruchtermine mit den verschiedenen Wochentagen zusammen. Aber um das herauszufinden, mussten sie ihre Beobachtung fortsetzen. Sie brauchten Gewissheit, wann der Mann genau kam und ging und welche Gewohnheiten er hatte. Außerdem sollten sie auch das Kommen und Gehen möglicher Besucher akribisch notieren. So lautete ihr Auftrag.

Gefährlich sei die Aufgabe, hatte der Rote gemahnt. Und gerade das war es, was den Jungen und seine Freunde gereizt hatte. Das war kein Räuber-und-Gendarm-Spiel, sondern Realität. Und obwohl der Rote sie eindringlich über das Risiko aufgeklärt hatte, verdrängten sie jeden Gedanken an das, was passieren könnte, würden sie geschnappt werden. Dem illegalen Widerstand helfen zu können, war zu verlockend. Und einfach spannend.

Motorengeräusch ließ den Jungen aus seinen Gedanken aufschrecken. Langsam rollte eine dunkle Limousine mit abgedunkelten Scheinwerfern die Straße entlang und hielt vor der Villa. Der Junge erkannte das Modell sofort: ein schwerer Horch, in der Pullman-Ausführung.

Der Fahrer und ein weiterer Mann stiegen aus. Ersterer wartete neben dem Wagen, der andere ging zum Haus und klopfte. Kurz darauf wurde die Tür geöffnet und leise Stimmen störten die nächtliche Stille, doch zu verstehen war nichts. Schließlich trat eine zierlichere Person ins Freie. Der Mann, der geklopft hatte, zündete sich eine Zigarette an und der Lichtschein erhellte kurz das Gesicht der Hinaustretenden. Eine Frau, vermutlich noch jung. Der Junge erinnerte sich. Er hatte sie schon gestern Nacht gesehen, als sie sich mit diesem Fremden getroffen hatte. Der, mit dem sie für einige Minuten in die Büsche verschwunden war. Der Mann hatte den Anschein erweckt, als ob er sich verfolgt fühlte. Immer wieder hatte er sich umgesehen, gehetzt gewirkt.

Der Mann, der sie jetzt zum Fahrzeug führte, war jedoch ein anderer, ihn hatte der Junge noch nie gesehen. Für einen Moment hatte er den Eindruck, dass die Frau ihrem Begleiter nicht ganz freiwillig folgte. Hatte der Mann sie nicht gerade heftig gepackt? Oder hatte er sie doch nur galant zum Wagen begleitet, ihr seinen Arm als Stütze dargeboten?

Als beide neben dem Wagen standen, wurde eine hintere Tür von innen geöffnet. Es befand sich also noch jemand im Auto. Die Frau und ihr Begleiter stiegen ein. Der Fahrer schloss hinter ihnen die Tür, begab sich zu seinem Platz, startete den Motor und der Horch verschwand in der Nacht. Dann war nur noch das leichte Plätschern des Regens zu hören.

3

Donnerstag, 25. März 1943

Walter Munder parkte den Wagen vor seinem Haus und stieg aus. Der stellvertretende Kreisleiter der NSDAP in Herne griff nach seinem Koffer auf der Rückbank, verriegelte die Wagentür und lief federnden Schrittes auf den Eingang zu.

»Ich bin wieder da!«, rief er, nachdem er die Haustür aufgestoßen hatte. Niemand antwortete.

Irritiert betrat er den Salon. Auf einem der Polster hockte seine Frau und musterte ihn gleichgültig.

»Warum antwortest du mir nicht?«, wollte er wissen und näherte sich dem Sessel, in dem es sich Charlotte Munder bequem gemacht hatte.

»Ich habe nicht gehört, dass du eine Frage gestellt hast. Du hast lediglich kundgetan, dass du wieder da bist. Schön. Ich habe das zur Kenntnis genommen.« Sie saß mit angezogenen Beinen da und schaute zu ihrem Mann hoch.

Der beugte sich vor und küsste sie auf die Wange. Verärgert runzelte er die Stirn. »Du hast wieder getrunken«, stellte er fest.

»Wie kommst du darauf?«, fragte sie zurück.

»Du riechst nach Alkohol. Wir hatten doch vereinbart …«

»Und du stinkst nach billigem Parfüm, welches nicht von mir ist«, giftete sie. »Wenn ich dich erinnern darf: Auch darüber gibt es eine Vereinbarung.«

»Es ist nicht so, wie du denkst. Ich war auf einer Dienstreise, wie du weißt. An diesen Tagungen nehmen nicht nur Männer teil, sondern auch Frauen. Ich habe den ganzen Vormittag neben einer dieser Damen gesessen und mir ziemlich langweilige Reden angehört. Und diese Dame teilt deinen extravaganten Geschmack nicht, sondern hatte zu viel von dem Zeug benutzt. Leider rieche ich immer noch danach. Das ist die ganze Erklärung. Zufrieden?«

Charlotte Munder verzog das Gesicht.

»Fang bloß nicht wieder an zu flennen«, blaffte er. »Erst saufen und dann die Selbstbeherrschung verlieren. Hat dir das deine Mutter beigebracht?«

»Lass meine Mutter aus dem Spiel«, zischte Charlotte Munder. »Was bleibt mir denn schon?«, jammerte sie dann. »Du bist nur noch unterwegs, treibst dich mit irgendwelchen Flittchen herum und …« Sie schwieg erschrocken.

Für einen kurzen Moment schien es, als ob Walter Munder die Hand gegen seine Frau erheben wollte. Doch stattdessen brüllte er: »Wie kannst du es wagen,

17

mir Vorhaltungen zu machen? Was meinst du eigentlich, wer du bist? Wer bietet dir dieses Leben hier? Das Haus, deine Kleider und natürlich den Kognak, den du in dich hineinschüttest?«

Als sie den Mund öffnete, hob er seine Stimme noch mehr. »Ja, ich weiß schon! Dein Vater könnte dir das auch bieten. Das wolltest du doch sagen, oder? Dann geh doch zurück zu deinem Vater, wenn du meinst, dass es dir da besser geht.«

»Walter, bitte.«

»Was, bitte?«

»Lass uns nicht streiten, ja?«, flehte Charlotte Munder. »Du warst so lange fort. Und ich bin so allein gewesen.«

Etwas besänftigt setzte sich Walter Munder in einen der anderen Polstersessel und griff seinerseits zur Kognakflasche, um sich ein Glas einzuschenken. »Es waren lediglich drei Tage«, meinte er. »Na gut. Vergeben und vergessen.«

Charlotte Munder zog ein Tuch aus den Taschen ihres Hausmantels und trocknete ihre Tränen.

»Was gibt es zu essen?«, erkundigte sich Munder in einem Tonfall, der nichts mehr von seinem vorherigen Wutausbruch ahnen ließ.

»Ich habe noch nichts vorbereitet«, erwiderte seine Frau.

»Seit wann kümmerst du dich um die Zubereitung der Speisen? Das macht doch sonst immer Marta. Wo ist sie überhaupt?«

»Sie ist weg.«

18

Munder sah erstaunt auf. »Was heißt das: Sie ist weg?«

»Wie ich sagte. Sie ist verschwunden. Einfach so.«

»Weggelaufen?«

»Ich glaube schon.«

Walter Munder sprang auf. »Seit wann?«

»Ich habe sie vorgestern zum Schuster geschickt, um Schuhe abzuholen. Seitdem habe ich sie nicht mehr gesehen.«

»Vorgestern? Warum hast du mich nicht informiert?«

»Du warst doch nicht da.« Ihre Stimme wurde wieder leiser.

»Aber es gibt doch Telefon! Du hättest mich sofort anrufen müssen.« Munder lief auf und ab, das Kognakglas in der Hand.

»Dich interessiert die Ostarbeiterin mehr als ich«, beschwerte sich seine Frau. Nun liefen doch Tränen über ihre Wangen.

»Blödsinn. Was sagt die Polizei?«

»Ich habe das Verschwinden noch nicht gemeldet.«

Entgeistert schüttelte Munder den Kopf. »Du sitzt hier herum, trinkst Kognak und eine Ostarbeiterin, für die ich die Verantwortung trage, macht sich aus dem Staub? Einfach so?«

»Kein Wunder, dass sie gegangen ist. So wie du sie behandelt hast.«

»Du machst mir Vorwürfe? Ausgerechnet du?« Er machte eine abwertende Handbewegung. »Hast du eigentlich eine Ahnung, welche Folgen das für mich haben kann? Auf dein Drängen habe ich mich bei meinen

Vorgesetzten dafür stark gemacht, dass du ein Hausmädchen bekommst, obwohl uns keins zustand. Ich habe mich verpflichtet, dafür zu sorgen, dass die Vorschriften peinlichst genau befolgt werden. Und nun das! Du hättest ihr Verschwinden sofort anzeigen müssen. Unverzüglich!«

»Aber ich wusste doch nicht ...«

»Ja, ja. Du weißt dies nicht, weißt das nicht ... Zwei Tage! Diese Polin kann mittlerweile überall sein. Und ich bin dafür verantwortlich.« Munder ließ sich erneut in den Sessel fallen. »Das kann das Ende meiner Karriere bedeuten. Ich habe nicht nur Freunde in der Partei. Es gibt ein paar Leute, die warten nur auf einen solchen Fehler.«

Munder kippte den restlichen Kognak in einem Zug und schwieg nachdenklich. Schließlich fragte er: »Ist dein Vater eigentlich immer noch mit diesem Bochumer Kriminalrat befreundet?«

»Ja, warum?«

»Er muss uns helfen, die Angelegenheit diskret zu regeln.« Munder stand wieder auf. »Ich rufe ihn an.«

Sein Schwiegervater ging glücklicherweise gleich ans Telefon.

Munder erzählte ihm vom Verschwinden der Polin und schloss mit den Worten: »Natürlich muss ich den Vorfall noch heute zur Anzeige bringen. Doch könntest du mit deinen Kontakten dafür sorgen, dass der Fall auf dem kleinen Dienstweg behandelt wird und möglichst bald vom Tisch kommt?«

Für einige Sekunden war es ruhig in der Leitung.

»Hallo? Bist du noch da?«

»Natürlich. Ich habe nur überlegt. Warum rufst du nicht einfach den Kreisleiter an, gestehst das kleine Versäumnis und der Fall ist erledigt?«

»Ja, das wäre naheliegend. Aber unser Verhältnis ist in letzter Zeit etwas gespannt. Wenn er davon erfährt …«

»Verstehe. Du befürchtest, dass er dich mit seinem Wissen unter Druck setzen könnte.«

»Ja. Und nicht nur das. Vielleicht hat er nur auf einen solchen Fehler gewartet, um mich politisch kaltzustellen.«

»Was ist mit dem Gauleiter?«

»Nein, das ist mir zu riskant. Ich weiß nicht genau, wie er zu mir steht. Der Weg über deinen Bekannten bei der Polizei erscheint mir sicherer.«

»Wie du meinst. Wir werden Folgendes machen: Ich versuche jetzt sofort, meinen Freund zu erreichen. Danach melde ich mich wieder bei dir. Erst danach solltest du zur Polizei gehen und eure Ostarbeiterin als vermisst melden. Ich sage dir, wo du das am besten tust. Mach dir keine Sorgen. Ich werde mich um die Angelegenheit kümmern.«

4

Montag, 29. März 1943

*G*loria Wupperbrück stand unmittelbar vor dem Gewinn der deutschen Fußballmeisterschaft gegen

21

den *FC Nord.* Plötzlich stoppte der Filmvorführer den Projektor und die Notbeleuchtung des Kinos *Alhambra* wurde eingeschaltet.

»Luftalarm! Alle in den Bunker!«, rief jemand.

Erst jetzt nahm Lisbeth Golsten das Geheul der Sirenen wahr. Ihre Freundin Marianne Berger zog sie vom Sitz hoch und gemeinsam mit den anderen Zuschauern drängten sie zum Ausgang.

»So ein Mist«, meinte Marianne, als sie endlich schräg über die Mont-Cenis-Straße in Richtung des Bunkers liefen. »Da kommt man einmal an Kinokarten und dann das. Und am Ende handelt es sich mal wieder um Fehlalarm.«

»Meinst du wirklich?«, fragte Lisbeth ängstlich.

»Klar. Das war doch meistens so.«

Die beiden Frauen waren durch Glück und Beziehungen an die Eintrittskarten für den Film *Das große Spiel* mit René Deltgen, Gustav Knuth und Hilde Jansen gekommen. Seit Tagen schon hatten sie sich auf die Veranstaltung im Kino Käseberg, so der Spitzname für das Lichtspielhaus im Herner Stadtteil Sodingen, gefreut.

In der Schlange vor dem Bunkereingang hoffte Lisbeth: »Vielleicht behalten die Karten ja ihre Gültigkeit und wir können uns den Film ein andermal in voller Länge ansehen.«

»Das glaubst du doch selbst nicht«, erwiderte Marianne Berger. Sie war vor Kurzem sechsunddreißig geworden und damit unwesentlich älter als ihre Freundin Lisbeth Golsten. Im Gegensatz zu dieser führte sie einen unablässigen Kampf gegen die Pfunde, selbst in diesen

Zeiten, in denen Lebensmittel rationiert waren. Deshalb war sie etwas außer Atem von dem Lauf. »Der Film war doch schon fast zu Ende. Außerdem gibt's nur ein paar Vorstellungen.«

»Schade. Jetzt wissen wir nicht, ob Grete nun den Werner oder den Jupp bekommt. Und was mit der Annemarie wird.«

Eine Frau vor ihnen mischte sich in das Gespräch ein, vom Luftalarm anscheinend ebenso unbeeindruckt wie Marianne. »Redet ihr vom *Großen Spiel?*«

»Ja.«

»Willze den Schluss wissen? Ich hab den Film nämlich ganz gesehen.«

Die Schlange rückte durch die Schleuse weiter vor. Von fern war ein leises Brummen zu hören.

»Zügig weitergehen!«, rief der Luftschutzordner. »In der Reihe bleiben. Und aufschließen.«

Als sie im Inneren des Bunkers angelangt waren, setzten sich die Frauen dicht nebeneinander auf eine der Holzbänke.

»Wupperbrück gewinnt drei zu zwei, Grete bleibt beim Jupp und der Werner erinnert sich wieder an seine Annemarie. Allet so, wie et sich gehört. Damit sich keiner unserer Helden anner Ostfront Gedanken um die Moral seiner Liebsten machen muss.«

Das Brummen wurde lauter. Noch immer drängten Menschen in den Schutzraum, schoben die Glücklichen, die meinten, schon einen Platz gefunden zu haben, weiter nach hinten, ließen sich, wenn sie eine freie Stelle fanden, auf den Betonboden zwischen den Bän-

23

ken fallen. Schließlich hielten sich mehr als zweihundert Schutzsuchende in dem Raum auf, der eigentlich nur Platz für einige Dutzend bot.

Das Brummen wurde zum Dröhnen. Erschrocken blickten die Menschen an die Decke, so als ob sie durch meterdicken Beton die feindlichen Flugzeuge sehen könnten. Lisbeth Golsten griff den Arm ihrer Freundin.

Die deutete die Geste richtig. »Mach dir keine Sorgen. Ich hab doch gesagt, das ist ein Fehlalarm. Die schmeißen ihre Bomben nicht auf Herne. Die wollen nach Bochum. Oder zu den Treibstoffwerken nach Wanne oder Castrop.«

»Aber die Zeche ...«

»Ach was. Glaub mir, ich ...«

Ein dumpfer Knall war zu hören. Unmittelbar darauf erzitterten die dicken Betonmauern. Ängstliche Schreie erklangen.

»Nur Fehlalarm, wa«, giftete eine ältere Frau. »Dumm nur, dat dat der Feind nich mitgekricht hat.«

Erneut ging eine heftige Erschütterung durch das Gebäude. Das Licht flackerte, ging für einen Moment ganz aus. Eine weitere Detonation war zu hören.

»Von wegen. Gezz knallt's.«

Einige Frauen schluchzten hysterisch. Andere schlugen verängstigt die Hände vor ihre Gesichter. Manche murmelten ein Gebet. Mütter nahmen ihre Kinder schützend in die Arme. Der Geruch von Schweiß und Urin legte sich wie eine stinkende Hundedecke über die Bunkerinsassen.

24

Lisbeth Golsten war zum ersten Mal in einem Hochbunker. Bei den wenigen Bombenalarmen bisher hatte sie in einem Luftschutzkeller in der Teutoburgia-Siedlung Schutz gesucht, ganz in der Nähe ihres Hauses, das sie nach dem Tod ihrer Mutter gemeinsam mit ihrem Mann Peter und ihrem Vater bewohnte. Nun hatte sie Todesangst. Ihr Herz raste. Und dann kam noch etwas anderes dazu.

»Ich muss zur Toilette«, jammerte Lisbeth Golsten.

Ihre Freundin schüttelte den Kopf. »Da stehen sie jetzt Schlange. Entweder du nimmst den Notabort«, Marianne Berger zeigte auf eine Art Mülltonne am Ende des Schutzraumes, »oder du hältst aus, bis Entwarnung kommt. Der Alarm kann ja nicht ewig dauern.«

Wieder ein Einschlag, anscheinend noch näher. Ein Soldat sprang auf und versuchte, sich durch das Menschengewirr Richtung Ausgang zu drängen, wurde aber vom Luftschutzordner und seinen Helfern daran gehindert, die Schleusentür zu öffnen.

Detonation folgte auf Detonation. Sekunden dehnten sich zu Minuten, Minuten zu Stunden. Starr vor Angst warteten die Eingeschlossenen auf das Ende der Angriffe. Dann endlich heulten die Sirenen Entwarnung. Die Bunkertüren wurden geöffnet und die Menschen strömten ins Freie.

Lisbeth Golsten und Marianne Berger gehörten zu den letzten, die den Bunker verließen. Zögernd blieb Lisbeth Golsten am Ausgang stehen.

Marianne Berger griff ihre Hand. »Was ist los?«, fragte sie. »Warum kommst du nicht? Hat dir das da drin so gut gefallen?«

Lisbeth Golsten liefen Tränen über das Gesicht. Sie flüsterte: »Ich habe mich vor Angst nass gemacht.«

Marianne Berger nickte und nahm sie tröstend in den Arm. »Da wirst du nicht die Einzige sein.«

5

Dienstag, 30. März 1943

Sein Schreibtisch bog sich vor Akten. Entgegen der landläufigen Meinung war trotz der drakonischen Strafen, die deutsche Gerichte und besonders der Volksgerichtshof verhängten, die Zahl der Kapitalverbrechen im nationalsozialistischen Deutschland nicht gesunken. Im Gegenteil: Da viel mehr Delikte unter Strafandrohung standen als früher, hatte die Zahl der Verbrechen zugenommen.

Die Zeitungen des Reichs hatten allerdings strikte Order, nicht darüber zu berichten, es sei denn, die Straftaten wurden von sogenannten Nichtariern begangen und konnten propagandistisch ausgeschlachtet werden. Peter Golsten und seine Kollegen wussten es besser.

Sie waren jedoch per Befehl zum Schweigen verpflichtet worden. Wobei so ein Befehl kaum nötig war, ohnehin beschäftigte sich nur eine kleine Minderheit der deutschen Polizisten mit solchen Gedanken. Die über-

26

wiegende Mehrheit der Angehörigen der Sicherheitspolizei stand fest zum nationalsozialistischen Staat und seinen Repräsentanten, und sei es auch nur deswegen, weil sie einen entsprechenden Eid geschworen hatten. So auch Peter Golsten, der früher Goldstein geheißen hatte.

Anlass für die Namensänderung war ein Gespräch gewesen, welches Goldsteins Vorgesetzter nach dem Zusammenschluss von Kriminalpolizei, Sicherheitsdienst der SS und der Gestapo mit ihm geführt hatte. Im neu gebildeten Reichssicherheitshauptamt, so der Oberkriminalrat damals, müsse besonderer Wert auf einwandfreie Abstammung gelegt werden. Deshalb sei es wichtig, sich von diesem kompromittierenden Nachnamen zu trennen, um zukünftig keine beruflichen Nachteile in Kauf nehmen zu müssen. Diese Entscheidung sei sein Bekenntnis für die Tätigkeit im Reichssicherheitshauptamt, für den nationalsozialistischen Staat und für Deutschland und seiner Karriere nur förderlich. Und so kam es, dass aus Peter Goldstein, Hauptkommissar der Bochumer Kriminalpolizei, am 3. Oktober 1939 Peter Golsten geworden war, Hauptkommissar und zusätzlich SS-Hauptsturmführer im Amt V des Reichssicherheitshauptamts mit Dienstsitz in Bochum. Ein überzeugter Nationalsozialist war er trotzdem nicht geworden. Er diente nur dem Staat und seinen Gesetzen, fand er. Keiner Ideologie. Die Bestätigung seiner SS-Mitgliedschaft war nach nur wenigen Tagen gekommen. Seine Beförderung zum Kriminalrat jedoch blieb ein uneingelöstes Versprechen.

Seit fast zwanzig Jahren lebte Peter Golsten nun schon im Ruhrgebiet. Ursprünglich stammte er aus Straßburg, wo er auch Abitur gemacht hatte. Wie viele Frontoffiziere, die desillusioniert aus dem Großen Krieg zurückgekehrt waren, war er später zur neu gegründeten Kriminalpolizei in Berlin gestoßen. Von dort war er wegen seiner französischen Sprachkenntnisse Anfang 1923 in das besetzte Ruhrgebiet gesandt worden, um den Mord an einer Bergarbeitertochter aufzuklären. Später erhielt er in Bochum eine Stelle als Kriminalkommissar. Und Lisbeth, die Schwester der Toten, war seine Frau geworden.

Zusammen mit dem Schwiegervater lebten Peter Golsten und seine Frau in einer Bergarbeitersiedlung in Herne. Bei der Übertragung des Wohnrechts für das Steigerhaus auf den Kriminalbeamten hatte sich die Wohnungsverwaltung der Zeche generös verhalten. Zwar sei er kein Bergmann, hieß es damals, aber ein Polizist sei als Mieter sehr willkommen. Könne er doch, quasi als Gegenleistung, ein wachsames Auge auf die politisch suspekten Elemente in der Siedlung werfen, die leider die doch eigentlich rechtschaffenen Bergleute immer wieder aufwiegelten. Da die Zechenverwaltung diese Bereitschaft mit einer erheblichen Mietreduzierung versüßte, hatte Golsten zugesagt. Allerdings war ihm und seiner Familie eine gute Nachbarschaft wichtiger als das Sammeln von Informationen über die mit den Verhältnissen unzufriedenen Bergleute, daher konnte die Zechenleitung mit den abgelieferten Berichten eigentlich nicht zufrieden sein.

Kinder hatten die Eheleute keine. Der Arzt, den sie konsultiert hatten, konnte keine medizinischen Gründe finden und meinte, alles läge schließlich in Gottes Hand. Peter Golsten, wie seine Frau nicht sehr religiös, hegte da so seine Zweifel. Aber mittlerweile, Golsten war Mitte vierzig und auch seine Frau Lisbeth hatte die dreißig lange hinter sich gelassen, hatten sie sich damit abgefunden.

Es klopfte und unmittelbar darauf wurde die Tür geöffnet. Kriminalinspektor Heinz Schönberger, dessen Büro sich nebenan befand, betrat den Raum.

»Morgen, Peter.«

Peter Golsten sah von seinen Unterlagen hoch. »Morgen.«

»Ich habe dir Arbeit mitgebracht.« Heinz Schönberger legte einen Aktendeckel ganz oben auf einen der Stapel.

»O nein! Was ist es denn?«, stöhnte Peter Golsten.

»Eine Vermisstensache. Eine Ostarbeiterin ist verschwunden.«

»Was haben wir damit zu tun? Das ist entweder eine Sache der Fahndung oder der weiblichen Kripo.« Er schob die Akte zurück in Richtung Schönberger. »Nicht zuständig.«

Der rundliche Mann verzog feixend das Gesicht. »Anweisung von oben. Die Polin war im Haushalt von Walter Munder beschäftigt.«

»Der Walter Munder?«

»Genau. Deshalb wünscht unser gemeinsamer Vorgesetzter, dass sich ein erfahrener Polizist um den Fall kümmert. Jemand wie du.«

Peter Golsten stöhnte erneut. »Mir bleibt nichts erspart.«

Sein Kollege lachte und ging zur Tür. »Sag das nicht zu laut.« Mit diesen Worten verließ er Golstens Büro.

Peter Golsten schüttelte resignierend den Kopf. Dann hatte ihm wohl Saborski diesen Fall aufs Auge gedrückt. Wilfried Saborski, Kriminalrat in Bochum und SS-Sturmbannführer. Parteimitglied seit den frühen Zwanzigerjahren mit einer nur vierstelligen Mitgliedsnummer. Einer der alten Kämpfer, schon im Widerstand gegen die französische Besetzung des Ruhrgebiets aktiv. Erst SA, dann SS, dann Gestapo und nun Reichssicherheitshauptamt. Sein direkter Vorgesetzter. Peter Golsten kannte ihn seit zwei Jahrzehnten. Aber Freunde waren sie nie geworden, auch keine Kollegen. Nur Parteigenossen. Aber das waren ja viele in diesen Zeiten.

Er griff zu der dünnen Akte und begann, sie zu lesen. Die vermisste Marta Slowacki war 1924 in Kulm im damaligen Polen geboren und zwei Jahre nach Kriegsbeginn als Dienstmädchen nach Deutschland verbracht worden. Den Unterlagen war nicht zu entnehmen, ob sie, bevor sie in Munders Haushalt kam, woanders gearbeitet hatte. Eines der üblichen Fotos der Meldebehörden war oben rechts angeheftet. Golsten sah eine junge Frau mit halblangen, schwarzen Haaren, die aus großen, dunklen Augen an der Kamera vorbei ins Nichts schaute. Über das Bild war ein großes P gestempelt. P für eine polnische Zwangsarbeiterin.

Am 23. März dieses Jahres hatte Frau Munder Marta Slowacki zu einem Besorgungsgang geschickt, von dem sie nicht zurückgekehrt war. Walter Munder, stellvertretender Kreisleiter der NSDAP in Herne, hatte jedoch erst zwei Tage später eine Vermisstenanzeige bei der Polizei erstattet. Die Kollegen, um die politische Bedeutung des Parteibonzen wissend, hatten den Vorfall unverzüglich Saborski vorgelegt. Und nun war Peter Golsten mit dem Fall befasst. Kriminalrat Saborski hatte handschriftlich auf der Vermisstenmeldung vermerkt, dass Peter Golsten jeden seiner Schritte vorab mit ihm abzustimmen habe. Wieder seufzte Peter Golsten. Ein Routinefall, der ihm seine Zeit stahl. Natürlich wusste er, dass die Polin nach nationalsozialistischer Rechtsauffassung ein Kapitalverbrechen begangen hatte. Aber hatte er nichts Wichtigeres zu tun? Er überlegte einen Moment und griff dann zum Telefonhörer.

»Vorzimmer Kriminalrat Saborski«, meldete sich Margot Schäfer sofort.

Schäfer arbeitete schon seit Jahren für Saborski und war im Amt eine Legende. Alle ihre Vorgängerinnen waren nach nur wenigen Tagen entweder entlassen, auf einen anderen Arbeitsplatz versetzt worden oder hatten von sich aus das Handtuch geworfen. Im Amt machte deshalb das Gerücht die Runde, Saborski und sie hätten eine Beziehung, die über das rein Berufliche weit hinausging. Peter Golsten hielt das Gequatsche für Blödsinn. Und vermutlich war diese Auffassung auch Margot Schäfer zu Ohren gekommen, denn er hatte bei der Sekretärin seines Chefs einen Stein im Brett.

»Golsten. Guten Morgen, Fräulein Schäfer. Ist der Chef zu sprechen?«

31

»Heil Hitler, Hauptsturmführer. Um was geht es denn?«

»Nun lassen Sie doch die Dienstgrade weg. So förmlich müssen wir doch nicht sein.«

»Wie Sie meinen, Herr Hauptkommissar. Also, was kann ich dem Sturmbannführer ausrichten?«

Peter Golsten lachte. »Eigentlich bezog sich meine Bemerkung auf alle Dienstgrade, Fräulein Schäfer. Ich wollte den Kriminalrat in Sachen der vermissten Ostarbeiterin sprechen.«

»Diese Polin? Wie heißt sie doch gleich … Slowacki, nicht wahr?«

»Ja.«

»Der Sturmbannführer hat mir davon erzählt.«

Peter Golsten wunderte sich. Normalerweise war es nicht Saborskis Art, mit seiner Mitarbeiterin über die Fälle zu sprechen, die über seinen Schreibtisch liefen.

»Tatsächlich?«

»Natürlich keine Details. Aber da der Parteigenosse Munder persönlich vorstellig geworden ist …«

»Munder war in dieser Angelegenheit höchstselbst bei dem Kriminalrat?«

Margot Schäfer registrierte Peter Golstens Überraschung. »Ich glaube, das hätte ich Ihnen nicht sagen dürfen. Sie verraten mich doch nicht?«

»Ach was. Sie können sich auf mich verlassen, Fräulein Schäfer.«

Ihre Erleichterung war hörbar. »Danke. Dann verbinde ich Sie jetzt mit dem Sturmbannführer.«

Es knackte in der Leitung.

32

»Saborski. Was gibt es, Golsten?« Saborski hielt sich nie lange mit Höflichkeitsfloskeln auf.

»Es geht um den Fall Slowacki.«

»Ja?«

»Warum haben Sie mich mit dieser Angelegenheit betraut?«

»Weil Sie einer meiner besten Leute sind.«

»Schon gut. Aber eine vermisste Person? Das ist doch keine Angelegenheit für unsere Abteilung? Wir bearbeiten Kapitalverbrechen und …«

»Ich weiß, womit Sie sich üblicherweise beschäftigen, Hauptsturmführer. In dieser Sache machen wir eine Ausnahme.«

Peter Golsten schluckte.

»Wollten Sie etwas sagen, Hauptsturmführer?«

»Mir ist nur nicht klar …«

Erneut unterbrach ihn Saborski. »Dann will ich Ihnen etwas sagen. Parteigenosse Munder ist, wie Sie wissen, ein junger, ehrgeiziger Mann. Er wird nicht ewig stellvertretender Kreisleiter bleiben, sondern Karriere machen. Spätestens nach dem Endsieg wird er mit anderen, höheren Aufgaben betraut werden. Verstehen Sie jetzt?«

Peter Golsten verstand. Saborski suchte heute die Verbündeten von morgen. »Natürlich. Sie haben angewiesen, dass Sie über jeden meiner Schritte informiert werden möchten?«

»So ist es. Bevor Sie einen unternehmen.«

»Selbstverständlich. Ich werde mich über die näheren Umstände des Verschwindens des Mädchens informieren und dazu Erkundigungen im Haushalt der Munders einholen. Außerdem sollten wir die Polin zur Fahndung ausschreiben. Dazu benötigen wir eine Beschreibung ihres Äußeren. Sind Sie damit einverstanden?«

»Das hört sich vernünftig an. Aber wahren Sie die notwendige Diskretion.«

»Sie können sich auf mich verlassen.«

»Das hoffe ich.«

Es knackte erneut. Saborski hatte aufgelegt.

Peter Golsten dachte nach. Saborskis Beweggründe konnte er nachvollziehen. Aber Munders nicht. Warum in aller Welt bemüht sich so ein hohes Tier persönlich, wendet sich sogar direkt an den Kriminalrat?, fragte sich Golsten und griff dann erneut zum Telefonhörer, um sich bei diesem Parteibonzen anzumelden.

6

Dienstag, 30. März 1943

Er erwachte aus einem unruhigen Schlaf. Ein Geräusch hatte ihn geweckt. Er lauschte in die Dunkelheit. Da war es wieder. Die Treppenstufen, die in den Keller führten, knarrten. Heinz Rosen wagte kaum zu atmen. War seine Flucht nun zu Ende? Er zählte die Schritte. Noch drei Stufen, noch zwei. Dann die wenigen Meter bis zu dem Verschlag, hinter dem er sich verborgen hielt.

»Heinz«, flüsterte zu seiner Erleichterung eine bekannte Stimme. »Ich bin's.«

Heinz Rosen holte tief Luft. Er streckte seine tauben Glieder, so gut es ging. Viel Platz hatte er nicht in seinem Versteck hinter den Kohlen und Briketts. Der Raum war nicht einmal lang genug, um im Liegen schlafen zu können. Nur wenn im Haus alle zu Bett gegangen waren, ermöglichte ihm sein Freund Theo Mönch einige Schritte im Keller. Aber diese kleine Freiheit währte nie länger als zehn oder fünfzehn Minuten. Dann wurde Theo unruhig und Rosen kroch zurück in den stickigen Raum hinter den Kohlen.

»Mach auf«, sagte Theo leise.

Heinz Rosen schob zwei Keile beiseite. Jetzt ließen sich einige miteinander verbundene Bretter aus der Holzwand entnehmen und mit Theos Hilfe zur Seite schaffen. Heinz Rosen zwängte sich durch die schmale Öffnung.

»Hier ist frisches Wasser und drei Schnitten. Mehr zu essen haben wir im Moment leider nicht.«

Heinz Rosen griff nach dem Wasserkrug und trank in gierigen Schlucken. Dann biss er in das Brot. »Danke«, sagte er mit vollen Backen.

Schweigend sah Theo zu, wie sein Freund das wenige, was er ihm geben konnte, hinunterschlang. Dann sagte er: »Wir haben ein neues Versteck für dich gefunden. Aber wir müssen uns beeilen. Ich befürchte, bald wird uns die Gestapo besuchen. Es wäre besser für uns alle, wenn du dann nicht mehr unser Gast wärest.« Er unterdrückte ein Lachen. »Außerdem habe ich das Gefühl, dass unser Ältester beginnt, misstrauisch zu werden. Leider bin ich mir nicht sicher, ob wir uns auf ihn verlassen können. So weit ist es schon gekommen, dass wir nicht mehr wissen, wem die Loyalität unserer Kinder gehört: Hitler und seiner Bande oder den eigenen Eltern.«

Heinz Rosen antwortete nicht.

Theo gab sich einen Ruck. »Wenn es heute Abend Luftalarm geben sollte, werde ich dich zu deiner neuen Bleibe bringen. Dann laufen viele Leute zum nächsten Luftschutzkeller. Dabei fallen wir nicht so auf. Also halte dich bereit.« Er lächelte. »Soweit ich weiß, ist deine nächste Unterkunft gemessen an dieser hier geradezu luxuriös. Und jetzt wieder ab in den Verschlag.«

»Wer ist denn mein neuer Gastgeber?«, erkundigte sich Heinz Rosen noch, bevor er durch die Öffnung kroch.

»Ein alter Sozialdemokrat.«

»Ein Sozi hilft einem Kommunisten?«, wunderte sich Rosen.

»Der ja.« Theo schüttelte fast unmerklich den Kopf. »Ich bin doch auch Sozialdemokrat, wie du weißt.«

»Ja. Aber du bist mein Freund. Wie heißt er?«

»Das brauchst du nicht zu wissen. Wenn er dir seinen Namen nennt, ist das seine Sache. Von mir erfährst du ihn nicht.«

Heinz Rosen schwieg einen Moment. »Und er ist darüber informiert, dass ich …«

»Er weiß, dass du Jude bist, ja.«

Unwillkürlich schaute Rosen an die Stelle auf seiner Kleidung, an der sich eigentlich ein gelber Stern hätte befinden müssen. Aber dort war nie ein Stern befestigt gewesen. Seine Kleidung war bis auf die Unterwäsche von Theo verbrannt worden. Zu groß war die Gefahr, dass er durch sie identifiziert werden könnte. Stattdessen trug er Sachen seines Freundes, die von Helga umgenäht worden waren. Auch sein Ausweis mit dem großen eingestempelten J war im Feuer gelandet. Trotzdem konnte er seine Abstammung nicht verbergen: Heinz Rosen war beschnitten.

Mit einem leisen Stöhnen kroch er zurück in sein Gefängnis. Gemeinsam hoben sie die Tür an ihren Platz. Rosen schob die Riegel vor. Theos Schritte entfernten sich. Dann war Heinz Rosen wieder allein in der Dunkelheit.

Bisher hatte er Glück gehabt. Schon kurz bevor jeder Jude gezwungen worden war, den gelben Stern zu tragen, war er in den Untergrund gegangen. Dabei waren ihm, obwohl er keinerlei Parteifunktionen innehatte, seine Kontakte zu Mitgliedern der illegalen Kommunistischen Partei zugutegekommen. Erst später dann hatte er für die Partei kleinere Aufträge übernommen, Kurierdienste zumeist. Aber als das System der lückenlosen Überwachung immer weiter vervollständigt worden war, als nach der totalen Mobilmachung jeder jüngere Mann, der nicht Uniform trug, bis zum Beweis des Gegenteils automatisch verdächtigt wurde, war es für Heinz Rosen fast unmöglich geworden, sich frei zu bewegen. Er hatte die illegale Arbeit einstellen und sich in immer neue Verstecke begeben müssen. So war er schließlich auch bei Theo Mönch gelandet, einem Schulfreund und Arbeitskollegen aus besseren Zeiten.

37

Heinz Rosen war eingenickt. Er wurde wach, als im Haus lautes Stimmengewirr zu hören war. Eine Tür schlug. Für einen Moment war es still. Dann polterten Schritte die Treppe herunter.

»Heinz!«, rief Theo mit lauter Stimme. »Schnell. Luftalarm. Es ist so weit.«

Erst jetzt vernahm Rosen das entfernte Heulen der Sirenen. Eilig rückte er die Riegel beiseite und kroch ins Freie, wo sein Freund schon mit einem Mantel wartete.

»Hier. Zieh den an. Und jetzt komm.«

Theo ging die Kellertreppe hoch, lauschte einen Moment an der Tür, bevor er sie öffnete.

»Los.«

Die beiden Männer liefen durch den dunklen Flur zum Hauseingang.

»Was ist mit deiner Familie?«, wunderte sich Heinz Rosen.

»Im Luftschutzkeller.«

»Haben deine Kinder nicht gefragt, warum du nicht mitgekommen bist?«

»Doch.« Theo klopfte an die ausgebeulte Innentasche seiner Jacke. »Aber ich habe ihnen erzählt, dass ich wichtige Papiere vergessen habe.« Er nahm den Türgriff in die Hand, zögerte dann aber. »Heinz, was ich noch sagen wollte ...«

»Ja?«

»Wenn wir von einer Streife angehalten werden, kenne ich dich nicht.«

Heinz Rosen verstand sofort. »Natürlich.«

»Und noch etwas. Wenn sie dich schnappen ...«

»Sei still, Theo. Ich habe dir und deiner Frau viel zu verdanken. Ich werde euch nicht verraten«, versprach er. Und hoffte inständig, dass er dieses Versprechen würde halten können.

Sein Freund öffnete die Haustür und sah hinaus. Noch immer eilten Menschen durch die Straße Richtung Westen, dahin, wo ein besonders ausgebauter Keller Schutz vor fallenden Bomben versprach.

»Komm.« Theo zog den Flüchtling in die Nacht. Es war mild und roch nach Frühling. Gierig sog Rosen die frische Luft ein. Trotz der Gefahr, in der sie schwebten, war es ein gutes Gefühl, wieder unter freiem Himmel zu sein.

»Wir müssen da lang.« Theo zeigte die Straße hinunter. »Zwei Häuser weiter, dann durch die Gärten. Es ist alles verdunkelt. Drück die Daumen, dass nicht zufällig eine Streife hinter den Häusern unterwegs ist und wir ihr in die Arme laufen …«

Von fern war das rhythmische Tak-tak der Flugabwehrkanonen zu hören. Leises Brummen der anfliegenden Bomber erfüllte die Luft. Aber anscheinend war auch heute Herne nicht ihr Ziel, denn es gab keine nahen Detonationen.

Theo Mönch und Heinz Rosen hatten Glück. Zwanzig Minuten später hatten sie ihr Ziel erreicht, ein dunkel daliegendes Eckhaus. Theo zeigte auf das Buschwerk im Vorgarten, etwas abseits der Straße. »Versteck dich und verhalte dich ruhig. Ich hole dich gleich ab.«

Er verschwand in der Dunkelheit und Heinz Rosen kauerte sich unter die Blätter. Für einen Moment krochen Zweifel in ihm hoch. Was, wenn sein Freund ihn nur loswerden wollte? Ihn wie einen jungen Hund einfach ausgesetzt hatte? Dann wischte er diesen Gedanken beiseite. Theo hatte sein Leben für ihn riskiert. Und er ... Schritte näherten sich.

»Komm«, flüsterte Theo. »Die Luft ist rein.«

Heinz Rosen hörte, wie ganz in der Nähe eine Tür geöffnet wurde. Ein leiser Pfiff ertönte. Heinz Rosen folgte seinem Freund und sie drängten ins Innere des Gebäudes. Die Haustür schloss sich hinter ihnen. Heinz Rosen atmete auf. Geschafft!

Vor ihnen stand ein Mann. Dessen Gesichtszüge waren in der Dunkelheit nicht auszumachen. Mit freundlicher Stimme sagte er: »Kommen Sie. Wir haben nicht viel Zeit. Es wird nicht lange dauern und es gibt Entwarnung. Dann sollten Sie in Ihrem Versteck sein.«

Heinz Rosen und Theo Mönch folgten ihm. Der Mann führte sie durch das Haus bis zur Hintertür. Rosen hatte den Eindruck, dass er ein Bein ein wenig nachzog.

»Dort geht es in den Garten«, erklärte der Hausherr leise. »Drei Stufen hinunter und wir sind an der Stalltür. Ich sehe kurz nach, ob jemand in der Nähe ist.«

Er zog die Tür hinter sich zu, achtete aber darauf, dass sie nicht ins Schloss fiel. Augenblicke später kam er zurück. »Alles klar.« Zu Theo Mönch gewandt flüsterte er: »Du bleibst besser hier. Es ist ohnehin etwas eng im Stall.«

Es waren wirklich nur drei, vier Schritte. In dem Stall war es stockdunkel. Es roch etwas streng.

»Ich muss nur noch die Verdunklung in Ordnung brin gen«, kicherte der Hausherr. »Damit die Bomberpiloten meinen Stall nicht sehen und meine Kaninchen am Le- ben lassen.«

Ein Ratschen war zu hören. Dann verbreitete eine kleine Kerze einen warmen Schein.

Der etwa siebzigjährige Mann vor Heinz Rosen streck- te erneut die Hand aus. »Noch einmal willkommen. Ich bin Hermann. Wer Sie sind, weiß ich. Das hier ist Ihr neues Zuhause.« Er kicherte wieder.

Rosen sah sich um. An einer Wand war eine Reihe Kä- fige aufgestellt. Daneben befand sich ein kleiner Ver- schlag.

»Meine Karnickel«, erklärte Hermann. »Und das da«, er zeigte auf den Verschlag, »ist eine Toilette. Einfach, er- füllt aber ihren Zweck. Sie werden dort oben wohnen.« Der Rentner wies zur Decke. »Ein Zwischenboden. Ich lagere da das Heu für meine Tiere. Der Zugang kann nur von hier unten geöffnet werden. Sie sind also darauf angewiesen, dass Sie jemand hinauslässt. Ich komme jeden Morgen kurz nach Sonnenaufgang, um die Tiere zu füttern. Dann mache ich auf, gebe Ihnen etwas zu trinken und zu essen. Sie können dann auch die Toilet- te aufsuchen. Wenn Sie tagsüber müssen, bleibt Ihnen nur der Eimer, der oben steht. Ich habe Ihnen schon eine Decke und Kissen auf den Boden geschafft und aus Heu eine Schlafstatt gebaut. Ach ja, eigentlich betritt außer mir kaum jemand den Stall. Meiner Tochter stinkt es im Stall zu sehr. Mein Schwiegersohn kommt ebenfalls selten hier rein. Falls doch, müssen Sie sich absolut still verhalten, haben Sie verstanden?«

Rosen nickte.

»Tragen Sie Streichhölzer oder ein Feuerzeug mit sich?«

»Nein.«

»Gut. Denn das Heu brennt wie Zunder. Ich möchte nicht, dass Sie sich und das Haus abfackeln. Noch eins: Wenn ich den Stall betrete und wir uns unterhalten können, begrüße ich die Karnickel mit den Worten: ›Habt ihr gut geschlafen?‹ Wenn Sie diesen Satz nicht hören, bin ich entweder nicht allein oder jemand anderes ist im Stall. Dann rühren Sie sich nicht. Unter keinen Umständen. Ist das klar?«

»Selbstverständlich.«

»Wenn Sie gleich oben sind, schieben Sie das Heu über den Einstieg. Für den Fall, dass doch jemand den Zwischenboden kontrollieren sollte, sieht er so zunächst nur Heu. So, und jetzt wird es Zeit, dass Sie verschwinden. Halten Sie mal.« Er drückte Heinz Rosen die Kerze in die Hand.

Hermann nahm eine Leiter von der Wand und stellte sie auf. Er kletterte hoch und kurz darauf klappte eine Holzplatte nach unten.

Als er wieder auf dem Boden stand, meinte er: »Oben links stehen Wasser, Brot und etwas Wurst. Das muss zunächst reichen. Es ist dort stockdunkel. Passen Sie auf, dass nichts umfällt. Wenn Sie noch einmal die Toilette benutzen wollen, sollten Sie das jetzt tun.«

Rosen schüttelte den Kopf.

»In Ordnung. Dann rauf.«

Rosen stieg die Leiter empor und kroch auf den Zwischenboden. Im schwachen Schein der Kerze, die unten den Raum beleuchtete, erkannte er die Verpflegung, den Eimer, die Decke und ein Kissen.

»Kommen Sie zurecht?«, erkundigte sich Hermann und steckte seinen Kopf durch die Öffnung.

»Ja. Danke.«

»Prima. Ich schließe den Zugang jetzt.«

»Einen Moment noch.«

»Ja?«

»Es ging eben alles so schnell. Ich konnte mich nicht von Theo verabschieden. Würden Sie ihm in meinem Namen danken? Ich werde ihm das nie vergessen.«

»Natürlich. Gute Nacht.«

»Gute Nacht.«

Der Eingang klappte hoch und es wurde stockdunkel auf dem Zwischenboden. Heinz Rosen hörte, wie sein Gastgeber die Leiter hinabkletterte, sie wieder an ihren Platz hängte und dann ohne ein weiteres Wort den Stall verließ.

Rosen platzierte das Heu über dem Eingang und kroch so weit wie möglich davon weg. Er ertastete die Decke und das Kissen. Als er sich ausstreckte, behinderte ihn keine Mauer. Er konnte schlafen, ohne taube Glieder befürchten zu müssen. Tatsächlich Luxus, wie Theo versprochen hatte.

Heinz Rosen griff zur Decke und rollte sich hinein. Die Sirenen gaben Entwarnung. Vermutlich strebten die Menschen nun zurück in ihre Häuser, froh, den Bombenangriffen lebend entgangen zu sein. Vielleicht lagen sie sich in den Armen, küssten sich. Und er verbarg sich hier in diesem Stall, auf der Flucht vor seinen Häschern. Er fühlte sich plötzlich unendlich einsam.

7

Mittwoch, 31. März 1943

Er ging die kurze Strecke zu Fuß. Schließlich war es nicht weit von seiner Dienststelle am Adolf-Hitler-Platz bis zur Schäferstraße, wo Walter Munder mit seiner Familie lebte.

Nicht viele Häuser, die der Hauptkommissar passierte, waren noch durch Zäune geschützt. Metalle waren kriegswichtige Güter. Wie Mahnmale ragten die nun funktionslosen Stützen aus dem Boden.

Es war klar an diesem Morgen und der Himmel tiefblau. In Friedenszeiten hätte sich Peter Golsten über so einen schönen Frühlingstag gefreut. Aber es war Krieg. Und klarer Himmel bedeutete ideales Wetter für die britischen und amerikanischen Bomberpiloten, die täglich ihre tödliche Fracht über den deutschen Städten abwarfen. So wie auch gestern.

Der Luftalarm hatte Lisbeth und ihn überrascht, als sie bei einer befreundeten Familie in Sodingen die überraschende Rückkehr des Sohnes gefeiert hatten. Der junge Gefreite hatte als vermisst gegolten, nachdem er an der Ostfront durch einen Kopfschuss verwundet und

44

das provisorische Feldlazarett, in dem er lag, bei einem Artilleriebeschuss der Roten Armee getroffen worden war. Wie sich später herausstellte, hatte er durch einen glücklichen Zufall den Angriff überlebt. Nun war er auf Heimaturlaub und seine Eltern hatten aus diesem Anlass einige Freunde eingeladen. Doch der Bombenalarm hatte den Tag unschön enden lassen.

Minuten später stand Peter Golsten vor der prachtvollen Villa. Bis vor wenigen Jahren hatte sie noch einer jüdischen Familie namens Cohn als Wohnsitz gedient. Golsten konnte sich noch gut an sie erinnern. Ehrbare Bürger Hernes waren das gewesen, Honoratioren eben. Nun residierte in dem Haus Walter Munder. Der Goldfasan.

Doch Peter Golsten wollte nicht weiter darüber nachdenken, wie Munder in den Besitz des Anwesens gelangt war. So etwas taten in diesen Tagen in Deutschland nur wenige. Und die behielten die Ergebnisse ihrer Überlegungen für sich.

Der Polizist drückte auf den Klingelknopf. Ein Dreiklang ertönte. Eine junge Frau öffnete. Auf ihrem Pullover trug sie deutlich sichtbar das gelbe Rechteck mit dem lilafarbenen P. Auch sie stammte also aus Polen.

»Ist Herr Munder zu sprechen?«, erkundigte sich Golsten.

Die Frau, eigentlich noch ein Mädchen und hübsch anzusehen mit seinen braunen Locken und noch dunkleren Augen, schüttelte den Kopf, gab Golsten aber mit einer schüchternen Handbewegung zu verstehen, dass er eintreten solle.

Die Halle, anders konnte man den Eingangsbereich nicht nennen, war mit weißem Marmor ausgelegt. Eine breite Treppe wendelte sich nach oben. Die von der Halle abgehenden Türen und Rahmen waren schwarz, Ölgemälde griechischer Helden protzten von den Wänden.

Weiter hinten stand ein Flügel. Ein großer Strauß Frühlingsblumen war auf dem schwarzen Korpusdeckel dekoriert.

Näher kommende Schritte, dann wurde eine der schwarzen Türen geöffnet. Eine weitere Frau erschien, etwa Ende dreißig, schlank, groß, blond. Offensichtlich die Dame des Hauses. Sie trug ein körperbetonendes, braunes Kostüm, dessen Oberteil ein wenig wie eine Uniformjacke geschnitten war.

Fehlen nur die Schulterklappen mit Goldbesatz, dachte Golsten.

»Sie wünschen?«

»Hauptkommissar Golsten. Frau Munder, nehme ich an?«

Sie nickte und reichte ihm die Hand. »Angenehm.«

»Ganz meinerseits. Ist Ihr Mann zu sprechen?«

»Sie sind der Polizist, der das Verschwinden unserer Polin untersucht?«

»Ja.«

»Möchten Sie ablegen?«

»Nein, danke. Ich habe ja nur die Jacke.«

Mit einer wortlosen Handbewegung verscheuchte die Hausherrin das junge Mädchen, das stumm und mit gesenktem Kopf im Hintergrund gewartet hatte.

Charlotte Munder trat beiseite und überließ Golsten den Vortritt in den Salon. »Mein Gatte wird jeden Augenblick hier sein. Darf ich Ihnen etwas anbieten?«

Golsten lehnte dankend ab. Auch im Salon hingen griechische Heroen in Öl an den Wänden, flankiert von energisch blickenden deutschen Soldaten mit kantigem Kinn. Und dazwischen schaute finster Hitler ins Nichts.

Charlotte Munder zeigte auf die schweren Polstersessel vor dem Fenster. »Bitte nehmen Sie Platz.«

Golsten fragte: »Können Sie mir etwas über die Vermisste erzählen?«

»Ich? Über diese Fremdarbeiterin? Wie kommen Sie da rauf?« Die Empörung war nicht gespielt.

»Nun, schließlich haben Sie ja mit ihr unter einem Dach gelebt. Da lernt man sich doch etwas kennen, nehme ich an.«

»Wir haben doch nicht miteinander gelebt, Herr Golsten! Diese Polin hat für uns gearbeitet. Ich weiß ihren Vornamen, mehr nicht.« Charlotte Munder griff zu einem Glöckchen und schwang es hin und her. Ein leises Klingeln ertönte. »Möchten Sie nicht doch einen Kaffee?«

Noch bevor Golsten antworten konnte, klopfte es und die junge Polin betrat den Salon. Das Mädchen machte einen Knicks und blieb demütig einige Meter vor der Sitzgruppe stehen.

»Nun? Haben Sie sich entschieden? Kaffee?«

»Na gut. Ja, dann einen Kaffee.«

»Mach zwei Kaffee«, herrschte Charlotte Munder die junge Frau an. »Hast du verstanden? Kaffee!« Sie dehnte das letzte Wort.

47

Die Bedienstete nickte unterwürfig und verschwand.

»Wo waren wir stehen geblieben?«, erkundigte sich die Hausherrin.

»Ich fragte, ob Sie mir nicht etwas über die Vermisste erzählen können.«

»Nun ja, sie war faul und unordentlich. Aber das sind ja die meisten Fremdarbeiter, nicht wahr? Ständig muss man aufpassen, dass sie nicht stehlen oder etwas durch ihre Ungeschicklichkeit zerstören. Manchmal denke ich, es wäre weniger Arbeit, wenn ich den Haushalt selbst machen würde, als ständig diesem Gesocks hinterherzulaufen.«

Golsten blickte auf die sorgfältig manikürten Hände seines Gegenübers und stellte sich vor, wie diese in einem Wäschezuber hantierten.

Anscheinend hatte er seine Gesichtszüge nicht ganz unter Kontrolle, denn Charlotte Munder fragte: »Was amüsiert Sie, Herr Hauptkommissar?«

»Nichts, entschuldigen Sie. Also, was hat sich am Dienstag letzter Woche denn nun genau ereignet? Sie haben doch Marta Slowacki losgeschickt, um eine Besorgung zu machen. Was sollte sie tun?«

»Genau. Slowacki. So hieß sie.«

»Hieß?«

Charlotte Munder war sichtlich irritiert. »Wie meinen Sie?«

»Sie sprechen von ihr in der Vergangenheitsform.«

»Ach so. Schließlich ist sie nicht mehr hier, oder?«

»Ja, das stimmt.«

Das Geräusch der sich schließenden Haustür war zu vernehmen. Augenblicke später betrat Walter Munder den Raum. Er war in Zivil, aber auch so eine imposante Erscheinung. Groß, muskulös und blond wie seine Frau. Ein arisches Ehepaar wie aus einem nationalsozialistischen Propagandafilm.

Golsten kannte Munder nicht persönlich. Er hatte ihn mehrmals auf Kundgebungen sprechen hören, an denen er teilgenommen hatte. Nicht ganz freiwillig, aber abkommandiert waren er und seine Kollegen zu den Veranstaltungen nun auch nicht gerade gewesen.

Munder schenkte seiner Frau keinen Blick, sondern fuhr Golsten sofort an: »Hatte ich nicht darum gebeten, dass diese Unterredung auf keinen Fall ohne mich stattfinden sollte?«

»Ihre Gattin war so freundlich, mich auf einen Kaffee einzuladen«, erwiderte Golsten vorsichtig. »Ich bin ja erst seit einigen Minuten hier.«

»Wir haben noch kein Wort über die Angelegenheit gewechselt, Schatz«, sagte Charlotte Munder in einem Tonfall, der Golsten aufhorchen ließ.

Sie war wie verwandelt. Ihre eben noch demonstrierte Selbstsicherheit war wie weggewischt.

»Soll ich dem Mädchen läuten, dass es dir auch einen Kaffee macht?«

»Nein, das ist nicht nötig.« Munder schob einen der Sessel neben Golstens Platz. »Also, Hauptsturmführer, was wollen Sie wissen?«

Wieder klopfte es und die junge Polin brachte den Kaffee. Als sie das Tablett auf den Tisch stellte, klirrte das

Geschirr leise. Sie zitterte. Ohne ein Wort gesprochen zu haben und sichtbar erleichtert, verließ sie das Zimmer wieder.

»Nach Ihren Angaben wurde die Vermisste auf einen Besorgungsgang geschickt. Wohin?«

»Meine Frau hatte ihr aufgetragen, Schuhe von der Reparatur zu holen.«

»Bei wem?«

»Wir lassen bei Weydrich arbeiten. Das ist …«

»Ich weiß, wo das ist«, antwortete Golsten. Er zog ein Notizbuch aus der Tasche. »Und wann war das genau?«

Munder sah seine Frau fragend an.

»Gegen zehn.«

Golsten notierte die Angaben. »Und vom Schuster ist sie nicht zurückgekommen?«

»Was soll das eigentlich?«, brauste Munder auf. »Das habe ich doch alles bereits zu Protokoll gegeben.«

»Entschuldigen Sie, Herr Munder, aber Fragen gehören nun einmal zum Beruf eines Polizisten«, erwiderte Golsten bestimmt. Stellvertretender Kreisleiter hin oder her, Golsten wollte sich nicht einschüchtern lassen.

»Nein, sie ist nicht zurückgekommen. Sonst säßen Sie ja nicht hier!«

»Da haben Sie recht«, lenkte Golsten ein. »Sie haben am 25. März Vermisstenanzeige erstattet. Warum haben Sie zwei Tage gewartet? Eine Fremdarbeiterin, die flüchtig ist, muss unverzüglich den zuständigen Dienststellen gemeldet werden.«

»Was wollen Sie damit andeuten?«, schnauzte Munder.

50

»Nichts, absolut nichts«, beeilte sich Golsten zu versichern. »Es erstaunt mich nur, dass Sie achtundvierzig Stunden vergehen lassen, bevor Sie …«

»Ihr Tonfall gefällt mir nicht, Hauptsturmführer.«

»Sicher hatten Sie gute Gründe für Ihr Zögern«, baute Golsten eine Brücke.

»Verdammt noch mal, ja.«

»Und die wären? Verstehen Sie mich bitte nicht falsch, aber meine Vorgesetzten werden mich das auch fragen. Wenn ich darauf in meinem Bericht keine befriedigende Antwort gebe, dann …«

Die indirekte Drohung wirkte. Etwas besänftigt erläuterte Munder: »Also, ich befand mich auf einer Dienstreise und bin erst am Donnerstag letzter Woche zurückgekehrt. Vorher wusste ich nichts vom Verschwinden der Polin. Natürlich bin ich sofort tätig geworden.« Er lächelte leicht. »Charlotte kennt sich mit den Polenerlassen nicht so aus wie Sie und ich. Außerdem ist sie, wie soll ich sagen, für eine deutsche Frau etwas weich. Sie hatte gehofft, die Kleine würde wieder zurückkehren. Schließlich wird unerlaubtes Entfernen von der Arbeitsstelle streng bestraft, wie Sie ja wissen.«

Golsten nickte. Es kam nicht selten vor, dass wegen solcher vergleichsweise geringfügiger Vergehen unter Berufung auf die Erlasse vom März 1940 die Todesstrafe verhängt wurde.

»Meine Frau hatte Mitleid mit der Polin. Das können wir ihr doch nicht zum Vorwurf machen, oder?«

Charlotte Munder, die dem Gespräch bisher schweigend gefolgt war, lächelte entschuldigend.

51

»Nein, natürlich nicht«, stimmte Golsten zu.

Munder zögerte. »Das müssen Sie ja nicht unbedingt in Ihrem Bericht aufführen, Hauptsturmführer.«

»Selbstverständlich nicht, Herr Munder.«

»Danke.«

»Könnte ich jetzt bitte noch den Raum sehen, in dem die Vermisste untergebracht war?«

»Warum?«

»Vielleicht befindet sich ja unter dem persönlichen Besitz ein Hinweis, wohin die Slowacki geflüchtet sein könnte.«

»Das wird leider vergeblich sein, Hauptsturmführer. Wir brauchten die Kammer für das neue Mädchen. Deshalb haben wir alles in den Müll gegeben, was dort noch von dieser Marta herumlag. Aber da war nicht wirklich etwas. Zwei, drei Bücher, ein Wintermantel, das war's.«

»Sie hat also ihre ganzen Sachen mitgenommen?«

»Ja. Alles. Auch ihren Koffer.«

»Die Kammer befindet sich aber in Ihrem Haus?«

»Ja. Im Keller. Wir haben dort extra einen kleinen Verschlag abmauern lassen.« Munder blickte auf seine Uhr. »Haben Sie noch weitere Fragen, Hauptsturmführer? Ich muss dringend zurück in meine Dienststelle.«

»Ja, eine noch: Seit wann war die Slowacki in Ihrem Haushalt?«

»Da muss ich nachdenken …«

Charlotte Munder schaltete sich ein. »Seit Januar 1942. Das weiß ich genau, denn …«

»Stimmt. Seit Anfang des letzten Jahres«, unterbrach Munder seine Frau. »War es das jetzt?«

»Ja. Wenn ich später noch etwas wissen möchte ...«

»Rufen Sie mich an. Ich stehe Ihnen jederzeit zur Verfügung.«

Das Gespräch war beendet. Golsten stand auf und reichte Charlotte Munder die Hand.

»Ich begleite Sie hinaus«, bestimmte Munder und erhob sich ebenfalls.

Als Golsten das Haus verließ, erwartete ihn ein strahlend blauer Himmel. Er zog die Luft ein. »Der Frühling ist da.«

»Ja. Und im Sommer haben wir den Krieg gewonnen«, erwiderte Munder.

Golsten drehte sich wortlos zum Gehen.

»Heil Hitler, Hauptsturmführer«, rief Munder ihm nach.

Der Hauptkommissar hob müde den rechten Arm.

8

Mittwoch, 31. März 1943

Die fünf Jungen ließen ihre Beine von den Spundwänden des Rhein-Herne-Kanals baumeln. Der älteste war gerade siebzehn und erwartete jeden Tag seinen Einberufungsbescheid, der jüngste noch keine zehn und so unbekümmert, wie es wohl nur ein Kind sein kann.

Trotz der noch mäßigen Temperaturen trugen die drei älteren kurze Lederhosen, weiße Kniestrümpfe, Fahr-

53

tenhemden, darüber gestrickte Wollpullis in unterschiedlichen Farben. Auffällig waren die bunten Halstücher, die ihnen ein lässiges Aussehen verliehen.

»Habt ihr die Pinsel verschwinden lassen?«, fragte Erwin, der Älteste der Gruppe.

»'türlich.« Manni, der richtig Manfred hieß, schnippte einen flachen Stein ins Wasser, der mehrmals aufsprang, bevor er versank. »Liegen etwa da, wo gezz der Stein is.«

»Und euch hat keiner gesehen?«, fragte Erwin nach.

»Hör ma, meinze, wir sind bescheuert?« Manni spuckte dem Stein hinterher. »Kein Schwein hat wat gesehen. Allet klar?« Dann fing er an zu kichern und schlug seinem Nachbarn freundschaftlich auf die Schulter. »Du muss abba dat nächste Mal 'n bisken besser im Deutschunterricht aufpassen, Karl. Banditen schreibt ma nämlich mit 'nem d in der Mitte. Und nich mit zwei t.«

»Is doch scheißegal, wie ich Nazi-Banditen schreibe«, meinte der Gerügte. »Weiß trotzdem jeder, wat gemeint is. Hauptsache, dat stand heute Morgen anner Zechenmauer. Konnten alle lesen.«

»Nur nich lange genug. Kurz nachdem dat hell war, ham die dat schon wieder wechgewischt.« Der fünfzehnjährige Hugo beugte sich vor und sah Erwin an. »Dat hat doch allet keinen Sinn. Parolen anne Wände malen, die 'n paar Stunden später wieder wech sind. Wir sollten ma wat anderes machen.«

»Un wat?«, fragte Karl.

54

»Hitlerjungs verkloppen«, schlug der kleine Adolf vor. »Dat macht wenigstens Laune.«

Einige der Jungen lachten. Einer rief: »Du wirst doch nich ma mit 'nem Pimpf fertig.«

Hugo war ernst geblieben. »Quatsch mit Soße. Dat bringt doch auch nix.«

»Wat denn sonst?«

»Wat weiß ich. Irgendwat Richtiges eben. Wat die nich einfach so wegwischen können. Keine Ahnung.« Er kaute auf seinen Fingernägeln. »Erwin, sach du doch ma wat.«

Der Angesprochene wirkte plötzlich sehr erwachsen. »Schlägereien mit denen von der Hitlerjugend bringen wirklich nichts.«

»Sagen dat deine Kommunistenfreunde?«, fragte Karl.

»Die auch.«

»Un warum bringt dat deren Meinung nach nix?«, hakte Karl nach. »Die anderen Edelweißpiraten machen dat doch auch.«

»Eben. Die Kommunisten glauben, wir würden dat allet nur für 'n großes Abenteuerspiel halten. Dat mit den Prügeleien würde uns alle nur gefährden. Dat wär anarchistisch.«

»Wat is anarchistisch?«, wollte Adolf wissen.

»Anarchisten lehnen jede Art von Hierarchie ab«, erklärte Hugo oberlehrerhaft.

»Un dat heißt wat?«

»Sie wollen nicht, dat Menschen über Menschen herrschen«, fügte Erwin hinzu.

»Also keinen Drill wie bei der Scheiß-HJ?«

55

»Nee. Keinen Drill.«

»Un auch keinen Hausarrest?«

»Dat auch nich.«

Adolf dachte einen Moment nach. »Prima«, verkündete er dann entschlossen und mit ernstem Blick. »Dann will ich auch Anarchist werden.«

»Mach erst ma die Schule zu Ende.«

Karl zog seinen kleinen Bruder scherzhaft an den Ohren. »Un dann lern wat Ordentliches. Dann kannze von mir aus Anarchist werden.«

»Du bis nich mein Vater!«, empörte sich Adolf.

»Nee. Der liegt anner Ostfront inner Scheiße.«

Erwin hob plötzlich die Hand. »Seid ma still. Da kommen welche.«

Aus der Ferne drang leise ein Marschlied an ihre Ohren.

»Hitlerjungs«, rief Adolf und sprang auf. »Klasse. Gezz gibt's Dresche.«

Alle schauten prüfend den Kanal entlang Richtung Westen, konnten jedoch nichts sehen. Der Gesang jedoch wurde lauter.

»Nee«, meinte Erwin. »Keine HJ. SA!«

Und tatsächlich trat in diesem Moment ein Trupp SA-Männer aus einem nicht einsehbaren Pfad heraus auf den Weg, der beiderseitig des Kanals verlief.

»Lasst uns abhauen. Gegen die ham wir keine Chance. Richtung Bladenhorst. Un dann ab inne Büsche.«

9

Mittwoch, 31. März 1943

Peter Golsten beschloss, gleich den Schuster Weydrich aufzusuchen, um ihn über die vermisste Polin zu befragen. Auf dem Weg dorthin sprangen ihm von fast jeder Hauswand und Schaufensterscheibe Plakate des Winterhilfswerks, Aufrufe zu Metall- und Kleidungsspenden und natürlich die Feind-hört-mit-Warnungen entgegen. Auch die Sammelaktionen der diversen nationalsozialistischen Wohlfahrtsorganisationen ließen sich nicht ignorieren. Zwei Mal musste Golsten den obligatorischen Obulus in Büchsen stecken, die ihm von Hitlerjungen entgegengehalten wurden. Wer sich verweigerte, lief Gefahr, als Volksfeind denunziert zu werden. Also spendete eigentlich jeder.

Nur wenige Männer waren unterwegs, die meisten von ihnen in Uniform. Auch Autos gab es kaum zu sehen, wenigstens die Straßenbahnen verkehrten einigermaßen punktlich.

Golsten passierte das, was von der jüdischen Synagoge an der Ecke Hermann-Löns- und Schäferstraße übrig war. Auch in Herne hatten die Nazis im November 1938 gewütet und unter dem Beifallsgejohle der Zuschauer das jüdische Gebetshaus abgefackelt.

Peter Golsten genoss den Spaziergang an der frischen Luft. Das gab ihm Zeit, seine Gedanken zu ordnen. Sein Chef Saborski sah in Munder eine zukünftige Parteigröße und wollte ihm deshalb einen Gefallen tun. Nun gut. Aber warum hatte Charlotte Munder die Polizei nicht sofort vom Verschwinden der Polin informiert? Die Erklärung des Bonzen, seine Frau habe ihr Hausmädchen schützen wollen, war zwar nachvollziehbar; aber je länger Golsten über das eben geführte Gespräch nachdachte, desto mehr beschlich ihn das Gefühl, dass ihm das Ehepaar nicht die ganze Wahrheit gesagt hatte. Aber warum?

Das Geschäft Weydrichs befand sich in der Nähe des Bahnhofs. Auch an diesem Schaufenster klebten die üblichen NS-Plakate. Als Golsten die Tür aufzog, signalisierte eine kleine Glocke: Kundschaft. Im Verkaufsraum roch es nach Leder, Klebstoff und Schuhwichse. In gebogenen Holzregalen stapelten sich überwiegend Kinder- und Damenschuhe, die darauf warteten, wieder von ihren Besitzern abgeholt zu werden. Die Herren der Schöpfung mussten sich derzeit mit Knobelbechern begnügen und die stellte der Führer zur Verfügung, dessen millionenfach verbreitetes Foto auch hier an der Wand hinter der Verkaufstheke hing.

Aus dem Hinterraum näherte sich ein Mann, der weit jenseits der sechzig sein musste. Sein Gesicht war faltig und sein Gang gebückt. Er wischte sich die Hände an einer speckigen Lederschürze ab und fragte mit klebriger Stimme: »Sie wünschen?«

58

Golsten zückte seine Marke. Schlagartig änderten sich die Gesichtszüge des Schusters von gelangweilt zu verängstigt. Eine typische Reaktion. Reichssicherheitshauptamt. Das Wort ließ viele erzittern.

»Golsten. Kriminalhauptkommissar. Ich habe ein paar Fragen an Sie.«

Weydrich eilte zur Eingangstür, warf einen hastigen Blick auf die Straße, drehte das Schild auf *Geschlossen* und verriegelte die Tür. Seine Hände umklammerten einen Schuhspanner so sehr, dass die Fingerknöchel weiß hervortraten. Mit bebender Stimme stieß er hervor: »Wir haben das Verdunklungsrollo bereits vor zwei Wochen in Auftrag gegeben. Natürlich ist eine schwarze Decke kein vollwertiger Ersatz. Aber wenigstens haben wir ja was vor dem Fenster hängen. Das habe ich auch dem Blockwart erklärt. Und der hat uns versichert, dass wir uns keine Sorgen machen müssten. Ich verspreche Ihnen, Herr Kommissar, ich werde mich unverzüglich mit dem Lieferanten ...«

»Ich bin nicht hier wegen einem etwaigen Verstoß gegen die Verdunklungsvorschriften«, unterbrach Golsten das Nervenbündel.

»Nein?« Der Schuster wirkte nicht beruhigt, im Gegenteil.

»Nein. Es wird nicht gegen Sie ermittelt. Ich möchte lediglich eine Auskunft von Ihnen.«

Weydrich atmete hörbar aus.

»Sie kennen das Ehepaar Munder?«

59

»Den Herrn stellvertretenden Kreisleiter und seine Gattin? Selbstverständlich. Sie gehören zu meinen besten Kunden.«

Das überraschte Golsten nicht. In diesen Tagen gab es nicht viele, die sich den Gang zum Schuster leisten konnten.

»Erinnern Sie sich auch an das Mädchen, welches bei Munder im Haus gearbeitet hat?«

»Diese Polin?«

»Marta Slowacki, ja.«

»Ich kenne ihren Namen nicht. Sie hat nie viel gesprochen.«

Golsten zog das Foto der Vermissten aus seiner Jackentasche. »Ist sie das?«

»Ja.«

»Wann haben Sie sie zuletzt gesehen?«

»Ich muss nachdenken … Ja, jetzt habe ich es wieder. Das war vor etwa einer Woche.«

»Geht das etwas genauer?«

»Da muss ich in meinem Auftragsbuch nachsehen. Einen Moment.« Weydrich griff zu einer dicken Kladde und begann zu blättern. »Hier habe ich es. Sie war am 23. März bei mir. Sie hat Schuhe für die gnädige Frau abgeholt. Die Absätze, wissen Sie. Es war nicht einfach, das Material zu bekommen. Ich musste …«

»Verschonen Sie mich mit Details Ihrer Beschaffungsprobleme. Das Mädchen hat die Schuhe also abgeholt?«

»Ja. Echte Qualität war das.« Weydrich senkte seine Stimme. »Wissen Sie, die sind nie und nimmer aus deutscher Produktion. Also nicht aus den ganzen Ersatzstoffen wie Gras oder Schilf.« Erschrocken hielt er inne. Dann setzte er fort: »So habe ich das nicht gemeint. Natürlich müssen wir alle Kräfte auf den Endsieg konzentrieren. Schuhe haben da zurückzustehen.«

»Schon gut.« Golsten ließ ihn reden. Wenn er ihn wieder unterbrach, müsste er dem Mann möglicherweise jedes Wort aus der Nase ziehen.

»Zugpumps waren das. Aus Ungarn, vermute ich. Braunes Rauleder mit schmalen Plateausohlen und kräftigen Absätzen, in der Mitte kombiniert mit Schlangenleder. Wirklich tolle Schuhe. Aber das Schlangenleder stellte auch das Problem dar. Es war am Absatz beschädigt worden. Und woher bekomme ich heute Schlangenleder, frage ich Sie.«

»Das Mädchen hat die Schuhe gleich bezahlt?«

»Wo denken Sie hin! Frau Munder hat, soweit ich weiß, ihrer Fremdarbeiterin nie Geld anvertraut. Nein, die Frau des stellvertretenden Kreisleiters begleicht ihre Rechnungen immer persönlich.«

»Führte die Polin Gepäck mit sich?«

»Gepäck? Nein. Nur ihre Einkaufstasche.«

»Ist Ihnen an ihr etwas aufgefallen?«

»Was meinen Sie?«

»War sie beispielsweise nervös?«

Der Schuster wiegte seinen Kopf hin und her. »Nein, eigentlich war alles wie immer. Nur dünn war sie geworden.«

»Dünn?«

»Ja. Ich hatte sie längere Zeit nicht gesehen und fülliger in Erinnerung.«

Das erstaunte Golsten nicht. Schon die Lebensmittel-rationen für die deutsche Bevölkerung waren äußerst knapp bemessen. Von den Rationen, die Polen zugeteilt wurden, konnte niemand Speck ansetzen, im Gegenteil: Menschen, die sich davon ernähren mussten, waren dem Tod näher als dem Leben.

»Und weiter?«

»Ich habe ihr die Schuhe und die Rechnung gegeben und sie gebeten, Frau Munder auszurichten, dass sie sich mit der Bezahlung etwas Zeit lassen könne. Ich habe nämlich meinen Laden für zwei Tage zugemacht, um einen alten Freund …«

Golsten unterbrach den Mann nun doch. »War die Po-lin in Begleitung?«

»Nein, allein.«

»Wie war sie bekleidet?«

»Also, beim besten Willen …«

»Versuchen Sie, sich zu erinnern.«

Der Schuster dachte nach. »Ich glaube, sie trug einen dunklen Mantel. Und darunter … Nein, das weiß ich nicht mehr. Aber an ihre Schuhe kann ich mich sehr genau erinnern. Braune, absatzlose Schuhe. Einfache Ausführung. Auf dem Vorderblatt war eine Art stilisierte Blume aufgenäht. Dann ist sie wieder gegangen. Mo-ment. Jetzt fällt mir etwas ein.« Der Schuster drehte das Buch nervös in den Händen. »Draußen hat jemand auf sie gewartet.«

»Wer?«

»Ein Mann.«

»Wie sah er aus?«

»Ich habe ihn nur von hinten gesehen. Und das auch nur für einen Moment. Groß. Dunkle Haare, glaube ich.«

»Und dieser Mann hat Marta Slowacki abgeholt?«

»Abgeholt? Ich glaube nicht. Es sah eher wie ein zufälliges Treffen aus.«

Das konnte eine Spur sein. Dieser Unbekannte war vielleicht der Letzte, der die Polin gesprochen hatte. »Wie ging es weiter?«

Weydrich sah erneut in sein Auftragsbuch. »Vor drei Tagen ist Frau Munder gekommen und hat die Rechnung beglichen.«

Golsten stutzte. »Sie hat die Rechnung beglichen?«

»Ja, natürlich. Familie Munder bleibt nie lange etwas schuldig. Wenn alle meine Kunden ...«

»Wie ist das genau abgelaufen? Frau Munder kam zu Ihnen in den Laden und Sie haben ihr gesagt, was sie Ihnen schuldig ist?«

»Nein, nein. So war das nicht. Ich erinnere mich genau. Es war voll an diesem Tag. Sie musste einen Moment warten. Ich sah sie in ihrer Handtasche kramen. Als sie an der Reihe war, entschuldigte sie sich. Sie habe nur einen Fünf- und einen Hundertmarkschein und dummerweise das Kleingeld vergessen. Die Reparatur kostete fünf fünfzig. Frau Munder reichte mir den Hunderter. Ich konnte aber nicht wechseln. Wir haben vereinbart, dass ich den Fünfer nehme und den Fehlbetrag auf die nächste Rechnung aufschlage.«

»Dann wusste Frau Munder, bevor sie den Laden betrat, wie viel sie zu bezahlen hatte?«

63

»Genau.«

»Haben Sie Frau Munder die Rechnungssumme vielleicht schon bei der Auftragserteilung mitgeteilt?«

»Nein.«

»Da sind Sie sich sicher?«

»Natürlich. Ich wusste ja gar nicht, ob ich das Material für den Absatz überhaupt bekommen würde. Außerdem hielt sie doch die Rechnung in der Hand, als sie bezahlen wollte. Ich habe die Zahlung darauf quittiert. Das halte ich immer so.«

Golsten bedankte sich. »Kein Wort über dieses Gespräch. Zu niemanden.«

»Selbstverständlich, Herr Kriminalkommissar«, antwortete der Schuster demütig. »Sie können sich völlig auf mich verlassen.«

10

Mittwoch, 31. März 1943

Seit zehn Jahren lese ich in dem Blatt keine wahre Zeile«, stellte Hermann Treppmann verärgert fest, als sein Schwiegersohn zur *Herner Zeitung* griff. »Abgesehen von den Todesanzeigen. Gefallen für Führer und Vaterland. In dieser Reihenfolge. Eine halbe Seite wird allein damit gefüllt. Und täglich sterben mehr. Es dauert nicht mehr lange, dann beginnt die Liste mit den Todesanzeigen unserer Helden gleich auf der zweiten Seite. Direkt hinter den Meldungen von der Wunderwaffe und dem Endsieg. Wenn wir überhaupt noch genug Papier haben.«

Treppmann saß auf dem mit dunkelrotem Samt bezogenen Sofa, sein Schwiegersohn in einem Sessel neben dem Fenster. Im Ofen knisterten die Kohlen. Über dem Sideboard aus schwarzem Schleiflack hingen Fotografien von Treppmanns Eltern, seiner toten Tochter und seiner vor zehn Jahren verstorbenen Frau. Auf dem Schrank thronte eine schwere Gipsbüste Goethes, der Dichter schaute streng auf die Anwesenden nieder. Der ebenfalls schwarze, mit kunstvoll gedrechselten Beinen ausgestattete Tisch befand sich in der Mitte des Raumes, umgeben von vier dazu passenden Stühlen. Ihn schmückte eine selbst gehäkelte Tischdecke. In einer Eichenkommode bewahrte Lisbeth Golsten dasjenige Geschirr auf, welches nur an Sonn- und Feiertagen benutzt wurde. Ein Orientteppich und zwei Ölbilder, die die Ostseeküste der Insel Rügen zeigten, vervollständigten die Einrichtung des Wohnzimmers.

»Vater!« Lisbeth hatte das Wohnzimmer betreten. »Nicht so laut. Wenn dich jemand hört!«

»Wer soll mich hier schon hören? Niemand außer dir und deinem Mann, dem SS-Offizier. Der Hauptsturmführer in unserer Familie!«

Peter Golsten vergrub sich hinter seiner Zeitung und tat, als ginge ihn das Gezänk nichts an.

»Du weißt genau, dass Peter keine Alternative hatte.«

»Tatsächlich? Was wäre ihm denn passiert, wenn er Nein gesagt hätte, als man ihm nahelegte, dieser Verbre-

65

cherorganisation beizutreten? Wäre er dann standrechtlich erschossen worden?«

»Natürlich nicht. Aber die Chance auf eine Beförderung zum Kriminalrat wäre dahin gewesen.«

»Und? Das Ganze ist vier Jahre her. Ist er Kriminalrat geworden?« Treppmann gab die Antwort gleich selbst. »Nein. Wenn sie ihn aber befördert hätten, wäre er jetzt SS-Sturmbannführer. Eine tolle Karriere, wirklich.«

»Vater, du bist unmöglich!«

Golsten legte die Zeitung beiseite. »Nee, lass mal, Lisbeth. So ganz unrecht hat er ja nicht.«

»Du nimmst ihn auch noch in Schutz?!«

»Das nicht. Aber man hat mir damals etwas vorgemacht. Was dein Vater sagt, entspricht nun mal der Wahrheit.« Golsten wandte sich an seinen Schwiegervater: »Es war aber nicht nur die versprochene Beförderung. Hätte ich nicht eingewilligt, SS-Mitglied zu werden, wäre ich möglicherweise nicht mehr im Polizeidienst. Und dann? Wovon sollten wir leben? Deine Rente ist nicht so hoch, dass du auch uns hättest damit durchbringen können.«

Hermann Treppmann brauste auf. »Du brauchst mich nicht daran zu erinnern, dass es dein Geld ist, von dem wir unser Essen kaufen. Wenn es denn auf die Lebensmittelmarken überhaupt etwas zu kaufen gibt. Trotzdem werde ich mit meiner Meinung nicht hinterm Berg halten. Jedenfalls nicht in meinem Haus«, schränkte er ein. »Soweit ist es in Deutschland unter der Nazibande schon gekommen. Wer offen sagt, was er denkt, dem droht KZ. Wer die sogenannten Feindsender hört, wird gleich einen Kopf kürzer gemacht.« Er schüttelte den Kopf. »Da war es ja selbst im Kaiserreich besser. Damals wurden Sozialdemokraten für ihre Überzeugung zwar auch eingesperrt, kamen aber in der Regel mit dem Leben davon. Der Staat, dem du, mein lieber Schwiegersohn, dienst, ist ein Verbrecherstaat. Ein falsches Wort und das Volk landet unter dem Fallbeil.«

»Nun hört doch auf«, bat Lisbeth. »Immer diese Streitereien.«

»Und vor allem die SS ist und bleibt eine Mörderbande. Auch wenn mein Herr Schwiegersohn da Mitglied ist.«

Jetzt war es an Golsten, laut zu werden. »Viele meiner Kollegen von der Kripo sind in die SS eingetreten, aber deshalb sind wir noch lange keine Mörderbande. Wir sind Polizisten und tun nur unsere Pflicht!«, rief er.

»Ach ja?«, erwiderte Treppmann süffisant.

»Natürlich.«

»Und warum hängt dann diese schwarze Uniform in deinem Schrank?«

»Die ich so gut wie nie trage.«

»Das stimmt allerdings. Aber du trägst sie.«

»Wenn ich muss.«

»Warum auch immer. Und wenn du sie trägst, bist du von den anderen nicht mehr zu unterscheiden. Deine Kollegen im Übrigen auch nicht. Alle die ehrlichen deutschen Kriminalpolizisten, die nur ihre Pflicht tun. Mir wäre es lieber, es gäbe ein paar mehr von denen, die ihre Pflicht nicht tun. Oder sich genau überlegen, was eigentlich ihre Pflicht wäre.« Treppmann winkte resigniert

67

ab und griff zu dem Glas mit Hochprozentigem, welches neben ihm auf dem Beistelltisch stand. »Aber was soll's. Nach Stalingrad ist der Krieg verloren und die Alliierten werden uns alle gemeinsam am Arsch kriegen. Prost, Herr Hauptsturmführer.«

11

Mittwoch, 31. März 1943

Seit nunmehr fast zehn Jahren wohnte Wieland Trasse hier. Die Villa südlich der Recklinghäuser Innenstadt war früher im Besitz seines Kompagnons Königsgruber gewesen. Dieser hatte die Gerissenheit Trasses unterschätzt. So war nicht nur die Villa, sondern auch die Maschinenfabrik und vor allem das Kaufhaus Königsgrubers in Trasses Eigentum übergegangen. Trasse war dabei der Umstand zu Hilfe gekommen, dass er nicht nur über ausgezeichnete Verbindungen ins Berliner Finanzministerium verfügte, sondern als langjähriges Mitglied der NSDAP nach 1933 gute Kontakte zu den Machthabern pflegte. Und mit tatkräftiger Unterstützung der alten Kameraden hatte Königsgruber nicht nur seine Firma, sondern auch seine Villa und, was für ihn sicher noch bedauerlicher war, später auch sein Leben in einem Gestapo-Keller verloren.

Trasses Geschäfte liefen schlecht. Viele seiner früheren Zuliefererfirmen hatten auf Kriegsproduktion umgestellt und ihn von ihrer Kundenliste gestrichen. Die meisten der Waren, die Trasse in dem Kaufhaus anbot, gab es ohnehin nur auf Bezugsmarken. Große Gewinne waren da nicht zu machen. Schließlich plagte Trasse die Sorge, dass er Kaufhaus und Waren bei einem der immer häufigeren Luftangriffe verlieren könnte. Dann wäre er ruiniert. Die Entschädigung, die Ausgebombte erhielten, war ihren Namen nicht wert. Umso wichtiger war es Trasse, seine alten Freundschaften weiter zu pflegen. Alte Kameraden konnten immer nützlich sein.

Trasse und Wilfried Saborski hatten es sich auf den schweren Ledersesseln im Salon der Villa bequem gemacht.

»Erstklassiger Tropfen.« Saborski hob anerkennend das Weinglas. »Wie kommst du nur an das Zeug?«

»Gibt's auf Lebensmittelkarten.«

»Du machst Witze.«

Trasse trank einen Schluck Roten. »Natürlich.«

»Also, wie?«

»Beziehungen. Geld. Und die richtige Nase für ein gutes Geschäft.«

»Kannst du mir auch ein paar Kisten besorgen?«

»Zehn?«

»Und der Preis?«

»Den sage ich dir, wenn der Wein in deinem Keller liegt. Du wirst zufrieden sein.«

»Danke.«

»Keine Ursache. Ich helfe immer gern.«

»Das glaube ich dir aufs Wort.«

Trasse und Saborski kannten sich seit mehr als zwanzig Jahren. Sie hatten gemeinsam gegen die französische Besatzung des Ruhrgebiets gearbeitet, Trasse als Koordinator des Widerstands, Saborski als Leiter einer der dezentral operierenden Gruppen. Trotzdem waren der Sechzigjährige und der zehn Jahre jüngere Saborski nie wirklich Freunde geworden. Sie respektieren einander, trauten sich jedoch nicht über den Weg. Immerhin hatte ihr Zweckbündnis Bestand. Vielleicht weil die beiden Männer zu viel voneinander wussten.

»Was erzählt man sich denn so im Reichssicherheitshauptamt über die Kriegslage nach Stalingrad?«, wollte Trasse wissen.

Saborski musterte sein Gegenüber aufmerksam. Der Kaufmann war nicht besonders groß gewachsen und hatte auffallend buschige Augenbrauen. Seine Haarpracht hatte in den letzten Jahren deutlich gelitten. Sichtbare Lücken auf der Schädeldecke und ausgeprägte Geheimratsecken zollten dem Alter Tribut. Und der früher so drahtige Körper hatte Fett angesetzt, ein Zeichen dafür, dass Trasse sich Lebensmittel leisten konnte, die nicht auf Marken zu haben waren.

Saborski ließ den schweren Rotwein in seinem Glas kreisen und beobachtete die Alkoholschlieren, die sich an der Glaswand bildeten. »Es ist nur eine Frage der Zeit, bis die Amis in Westeuropa landen. Der Iwan wird uns über kurz oder lang überrennen. Und Stalingrad war nur der Anfang. Wir haben ja heute schon kaum noch eine Chance gegen die feindlichen Bomber, allen Sprüchen von Göring zum Trotz. Also: Es sieht nicht gut aus.«

»Was ist denn mit den Wunderwaffen? Nur Propaganda?«

»Keine Ahnung.«

»Ist das die vorherrschende Auffassung in deinem Amt?«

Saborski lachte heiser. »Wie kommst du denn darauf? Natürlich glauben die meisten von uns immer noch an den Endsieg. Stalingrad war nicht viel mehr als eine umfassende Frontbegradigung. Traurig, aber unvermeidbar. Die Verluste der Sowjets waren viel zu hoch, als dass sie den Kampf noch lange fortsetzen können. Wir werden siegen, keine Frage.«

»Und du? Was glaubst du?«

»Ist noch etwas in der Flasche?« Saborski streckte seinem Gastgeber das leere Glas entgegen.

Trasse griff zum Rotwein, hielt aber in der Bewegung inne. »Na, was ist nun?«

»Ein guter Tropfen, wie gesagt.«

»Mich interessiert deine Meinung.«

»Meine Meinung? Steht jeden Morgen im *Völkischen Beobachter*.« Saborski wedelte mit dem Glas.

Trasse lächelte. »Ganz Polizist. Immer auf der Hut. Na denn.« Er schenkte endlich ein und hob sein Glas. »Zum Wohl. Auf den Führer.«

»Auf den Führer.«

Nun kam Trasse zur Sache. »Du hast dich um diese verschwundene Polin gekümmert?«

»So, wie du mich darum gebeten hast. Aber was interessiert dich eigentlich diese Ostarbeiterin?«

»Die Polin ist mir völlig egal. Aber meine Tochter hat es versäumt, sofort Vermisstenanzeige zu erstatten. Sie wollte erst ihren Mann informieren und hat zu lange gewartet. Wenn man diesen kleinen Gesetzesverstoß nun benutzt, um Material gegen meinen Schwiegersohn in die Hand zu bekommen …«

»Verstehe. Die Karriere, nicht wahr?«

»Gerade in dieser Zeit darf nicht der geringste Makel auf ihn fallen. Es stehen einige Neubesetzungen im Parteiapparat an, wie man so hört. Aber nur, wenn die Angelegenheit mit dieser Polin nicht hochgekocht wird.«

»Schon erledigt.«

»War das eine richtige Entscheidung, diesen Goldstein …«

»Golsten!«

»Es ist mir gleich, wie er sich jetzt nennt. Von mir aus auch Golsten. Also, war es richtig, ausgerechnet ihn mit den Nachforschungen zu beauftragen?«

»Warum interessiert dich der Mann?«

»Er stellt sehr viele Fragen. Meine Tochter hat sich beschwert.«

»Ach so. Ja, er war bei ihr. Ich habe seinen Bericht gelesen. Das ist normal. Die üblichen Ermittlungen. Du musst dir darüber keine Gedanken machen.«

»Wäre es nicht klüger gewesen, jemand ohne Erfahrung einzusetzen? Jemand, der nicht überall herumschnüffelt und sich mit dem zufriedengibt, was man ihm sagt?«

»Ich verstehe dich nicht. Neulich sagtest du noch, du wolltest keinen Anfänger, der sich aus Karrieregründen

72

in den Fall hineinkniet, sondern jemanden, der am Ende seiner Laufbahn steht und dem alles egal ist. Im Übrigen handelt Golsten so, wie ich es erwartet habe. Er handelt immer so, wie ich es erwarte. Deshalb habe ich ihn ausgewählt. Keine Ambitionen, keine persönlichen Interessen an der Sache, keine politischen Beziehungen, die deiner Familie schaden könnten. Ein deutscher Beamter eben. Manchmal etwas stur, aber immer treu nach Vorschrift. Mach dir keine Sorgen. Golsten wird in der Spur bleiben.«

12

Donnerstag, 1. April 1943

Wie gewöhnlich hatten sie sich im südlichen Teil des Gysenberger Walds getroffen, kurz hinter der Grenze zu Gerthe. Dort befand sich, im dichten Unterholz verborgen, ihr Hauptquartier. Streng genommen handelte es sich dabei um nicht mehr als eine Art Erdloch, welches sie vergrößert, mit dicken Äste stabilisiert und mit Laub und Grassoden bedeckt hatten, sodass der Unterstand auch einem Regenschauer standhalten konnte. Den Eingang der Höhle tarnten einige Büsche. Ein zufälliger Spaziergänger konnte wenige Meter entfernt an dem Versteck vorbeigehen, ohne es zu bemerken. Das Innere der Höhle war mit trockenem Laub und Stroh ausgepolstert, und in einer Holzkiste verbargen sie ihre Schätze: von Hitlerjungen erbeutete Messer, eine sorgfältig in Ölpapier eingewickelte Walther P38 und mehrere kleine Stickereien, die ein Edelweiß darstellten. Die Pistole war vor etwa einem Jahr in ihren Besitz gelangt. Erwin hatte sie am helllichten Tag einem sturzbesoffenen Feldwebel geklaut, der im Stadtgarten auf einer Parkbank seinen Rausch ausschlief. Selbstverständlich hatten sie die Waffe ausprobiert. Sie waren extra in das kleine Waldstück in der Nähe des Schießstands in Horsthausen gegangen. Doch obwohl dort häufiger geschossen wurde, hatte der laute Explosionsknall einige Arbeiter vom nahe gelegenen Friedhof alarmiert und die Jungen waren nur knapp einer Entdeckung entgangen. Seitdem lag die Walther gut verpackt in ihrer Kiste und wurde nicht mehr angerührt.

Außer Erwin hatten sich an diesem Nachmittag auch Manni und Karl in der Höhle eingefunden.

»Der Rote hat mich angesprochen.« Erwin legte die Schnitzerei, mit der er sich beschäftigt hatte, beiseite. »Er hat 'n Auftrag.«

Nur Erwin kannte den Mann, der von ihnen der Rote genannt wurde, persönlich. Der Spitzname passte nicht nur wegen seiner Arbeit für die illegale KPD zu ihm, sondern auch wegen seines blondroten Haarschopfs. Selbst Erwin kannte den richtigen Namen nicht.

»Wat denn? Sollen wir uns wieder vorm Haus von dem Goldfasan die Beine in den Bauch stehen?« Manni war nicht begeistert.

»Nee. Nur 'ne Nachricht überbringen.«

»Un wohin?«

»Keine Ahnung. Dat sacht der Rote mir morgen.« Erwin drehte das Messer in seiner Rechten.

»Na denn.«

Einen Moment schwiegen die drei. Dann meinte Karl: »Wir sollten ma bisken neues Laub ranschaffen. Hat in den letzten Tagen nich geregnet. Is allet trocken. Bald ist allet vermodert und wir müssen Gras nehmen. Is abba mehr Arbeit. Wat meint ihr?«

Erwin stand auf und kroch Richtung Ausgang. »Karl hat recht. Komm, lasst uns Laub holen.« Er schnappte sich einen der alten Kohlensäcke, die neben der Holzkiste lagen.

Widerstrebend folgte Manni den beiden anderen zum Ausgang.

»Wat trockenes Reisig wär auch nich schlecht«, schlug Erwin vor. »Zum Drunterlegen. Dat macht ihr. Ich hol Laub. Abba denkt dran. Nix hier ausser Nähe. Könnte sonst auffallen. Also, bewegt euch wat.«

Die Jungs verteilten sich im Wald. Erwin wandte sich nach Osten in Richtung des Hofs Heiermann. Er lief ein paar hundert Meter und begann, trockenes Laub in den Sack zu stopfen. Schließlich schulterte er den prallen Sack und machte sich auf den Rückweg zu ihrem Hauptquartier.

Er hatte die Höhle noch nicht erreicht, als Manni auf ihn zustürmte. »Erwin«, rief er, »beeil dich! Karl hat wat gefunden. Dat musst du dir ansehen.«

Erwin verfiel in einen leichten Trab. »Wat is los?«, fragte er.

»Lass den Sack. Komm. Da liegt wer im Wald.«

Sie rannten einen kleinen Hügel hinauf. Von dort oben konnten sie Karl ausmachen, der, heftig mit den Armen rudernd, in einer Senke auf sie wartete.

Als seine Freunde ihn erreichten, zeigte Karl auf einen Reisighaufen, der wenige Schritte von ihnen entfernt aufgeschichtet war.

»Da, da drin«, stammelte er. »Da, da liegt wat.«

Erwin stiefelte durch das trockene Laub zu der Stelle, auf die der Arm seines Freundes gerichtet war. Tatsächlich schimmerte etwas Weißes durch das trockene Geäst. Erwin schob einige Äste beiseite und beugte sich vor, um genauer sehen zu können. Ja, tatsächlich. Da war eine weiße, verdreckte Decke, zu einem Bündel von nicht mehr als einem halben Meter Länge gefaltet. Und jetzt erkannte der Junge auch, was seine Freunde so fassungslos gemacht hatte: Eine kleine Hand ragte aus dem Lumpenbündel hervor. In die weiße Decke war ein toter Säugling eingewickelt worden.

»Scheiße«, stieß Erwin hervor, als er den ersten Schock überwunden hatte. »Ein totes Kind.«

Manni schaute Erwin fragend an. »Un wat machen wir gezz?«

»Ich muss nachdenken.«

»Komm, lass uns abhauen«, bat Manni. »Wenn uns hier jemand erwischt, heißt es nachher, wir hätten wat mit dem Kind zu tun.«

»Wir können dat Kleine doch nich hier liegen lassen«, antwortete Karl. »Mitten im Wald.«

76

»Warum nich? Tot is tot. Dem Blag is dat so wat von egal.« Manni machte Anstalten zu gehen. Karl dagegen blieb unschlüssig stehen.

»Wartet.« Erwin hob die Hand. »Karl hat recht. Manni abba auch.«

»Versteh ich nich«, wunderte sich Manni. »Machen wir nun die Biege oder nich?«

Erwin straffte sich. »Das Kind mitnehmen geht nich. Dat gibt zu viel Ärger. Es aber einfach hier liegen lassen, geht auch nich, finde ich. Und die Polente holen und dumme Fragen beantworten, geht erst recht nich. Wer weiß, wat mit dem Kind passiert is.«

»Ermordet. Bestimmt.«

»Dat wissen wir nich. Is abba egal. Bei uns inne Siedlung wohnt doch dieser Kriminaler.«

»Der Golsten?«

»Genau.«

»Dem stecken wir 'n Zettel innen Briefkasten. Dann muss der sich um dat Kleine kümmern un wir sind aussem Schneider.«

13

Freitag, 2. April 1943

Sieh dir das bitte einmal an.«
Golsten hielt seinem Kollegen Schönberger einen gefalteten Zettel hin.

77

»Im Gysenberger Wald liegt ein kleines Kind«, las der laut vor, nachdem er das Stück Papier auseinandergefaltet hatte. *»Das ist tot. Wir warn das aber nicht. Das kann doch da nicht bleiben. Auf der Rückseite haben wir aufgezeichnet, wo das Kleine liegt.«* Schönberger drehte den Zettel um und musterte die schlichte Zeichnung. »Woher hast du das?«

»Habe ich heute Morgen in meinem Briefkasten gefunden. Eingeworfen wurde der Wisch wahrscheinlich gestern Nacht. Kurz nach der Entwarnung. Ich meinte, ein Geräusch gehört zu haben, hatte aber keine Lust nachzusehen. Was hältst du davon?«

»Vielleicht will sich jemand mit dir einen Scherz erlauben. Schließlich war gestern der erste April. Und es liest sich, als sei es von Kindern oder Jugendlichen geschrieben worden.«

»Ja, den Gedanken hatte ich auch. Doch ich kann mir nicht vorstellen, dass Kinder solch einen morbiden Scherz wagen.«

»Ich verstehe, was du meinst.« Heinz Schönberger kratzte sich am Kopf. »Du würdest am liebsten nachsehen, stimmt's?«

»Genau.«

»Fahr doch hin.« Schönberger grinste seinen Kollegen breit an.

»Du weißt genau, dass ich keine Fahrerlaubnis habe.« Trotz mehrerer Aufforderungen seiner Vorgesetzten hatte Peter Golsten bis heute keine Fahrerlaubnis erworben. Irgendwann vor Jahren hatte die Polizeibehörde dann akzeptiert, dass es in ihren Reihen einen Kriminalkommissar gab, der kein Auto wollte, und es aufgegeben, Golsten zu drängen. »Ich hatte gehofft, dass du mich fährst.«

Schönberger machte eine kreisende Armbewegung, die seinen Schreibtisch umfasste. »Sieht das hier so aus, als ob ich Zeit hätte, mit dir einen Waldspaziergang zu machen?«, fragte er.

»Nein. Aber ich bitte dich trotzdem.«

Schönberger überlegte einen Moment. Dann stand er auf und sah aus dem Fenster. »Na gut. Es regnet ja nicht. Ich bewege mich ohnehin zu wenig. Aber die Anforderung für den Kraftwagen unterzeichnest du.«

Golsten zog einen weiteren Zettel aus der Jacke und griff zum Hörer. »Schon erledigt«, grinste nun er und ließ das Fahrzeug bereitstellen.

Eine halbe Stunde später parkten sie den Adler Trumpf Junior kurz vor der Stadtgrenze nach Bochum und gingen am Ledigenheim vorbei in den Wald. Sie folgten zunächst dem Weg, der in südöstlicher Richtung fast parallel zur Hiltroper Landwehr verlief. Sie orientierten sich anhand der Skizze und glaubten schließlich, die angezeigte Stelle gefunden zu haben. Doch so sehr sie suchten, nirgends entdeckten sie eine Kinderleiche.

»Allmählich glaube ich doch an einen Aprilscherz«, meinte Golsten, nachdem sie fast eine Stunde Laubhaufen durchwühlt hatten. »Und ich werde das dumme Gefühl nicht los, dass sich irgendwo dahinten im Gehölz Kinder verstecken, uns beobachten und sich kaputtlachen über die blöden Polizisten, die ihnen auf den Leim gegangen sind.«

Schönberger meinte gleichmütig: »Mag sein. Aber jetzt sind wir hier. Lass uns noch über den kleinen Hügel da vorne schauen. Wenn wir dort auch nichts finden, hören wir auf.«

Sie benutzten denselben Weg, den am Tag zuvor auch Erwin gelaufen war. Der Reisighaufen in der Mitte der Senke bildete eine deutliche Landmarke. Als die Polizisten näher kamen, sahen sie auch das weiße Bündel.

»Verdammt noch mal!«, schnaubte Schönberger. »Kein Aprilscherz. Hat dich deine Intuition doch nicht getrogen.«

Golsten, den der Anblick des toten Kinds rührte, seufzte. »Ich weiß nicht, was mir lieber gewesen wäre. Na denn. Du fährst und alarmierst die Truppe. Ich bleibe hier und sehe mich etwas um.«

Es kostete Golsten nicht viele Worte, seine Vorgesetzten zu überzeugen, dass er diesen Fall übernehmen durfte. Schließlich war davon auszugehen, dass in Golstens Nachbarschaft mögliche Zeugen wohnten.

Am späten Nachmittag schon lag der Bericht des Rechtsmediziners auf Golstens Schreibtisch. Bei dem toten Kind handelte es sich um ein Mädchen, welches kurz nach der Geburt mit einem dünnen Strick oder Seil erdrosselt worden war. Darauf ließen die Strangulationsmerkmale schließen, die das Muster des Strangwerkzeuges wiedergaben. Ein weiteres Indiz für ein Fremdverschulden war das am Zungenbein und dem

Schildknorpel gebrochene Kehlkopfskelett der Kleinen. Da die Nabelschnur nicht fachgerecht durchtrennt worden war, ging der Rechtsmediziner davon aus, dass das Kind ohne medizinische Hilfe zur Welt gebracht worden war. Seine Geburt hatte es höchstens zwölf Stunden überlebt. Nur bei der Ermittlung des Todeszeitpunkts war sich der Mediziner unsicher. Mit Sicherheit war das Kleine seit mindestens einer Woche tot, es konnten aber durchaus auch schon zwei oder drei Wochen sein.

Die Decke, in der die nackte Leiche eingewickelt war, war von guter Qualität und musste schon einige Jahre alt sein. Zum einen wies sie deutliche Abnutzungsspuren auf, zum anderen war eine solche Ware seit Beginn des Krieges nicht mehr im Handel. In einer Ecke der Decke fand sich ein eingestickter Buchstabe, ein rotes S.

Am Fundort der Leiche selbst waren wegen des Regens, der erst vor einigen Tagen dem frühlingshaften Wetter hatte weichen müssen, keine brauchbaren Spuren mehr auszumachen gewesen.

Eine Meldung über ein in Herne oder den umliegenden Städten vermisstes, frisch geborenes Kind lag nicht vor. Aber das hätte Golsten sowieso gewundert. Wahrscheinlich war, dass das Neugeborene von seiner Mutter oder einer anderen Person, die bei der Geburt geholfen hatte, getötet worden war. Und die hatten wohl kaum anschließend eine Vermisstenanzeige aufgegeben.

Die einzige Spur, die er hatte, war die Decke mit dem eingestickten S. Golsten seufzte. Das bedeutete unendlich viel Kleinarbeit. Vielleicht war es doch keine gute Idee gewesen, Saborski um diesen Fall zu bitten.

81

Erst am frühen Abend kam Golsten dazu, sich um seinen anderen Fall, um die verschwundene Polin, zu kümmern. Er suchte das Lager auf, in dem die Ostarbeiter untergebracht waren.

Er wies sich dem Posten gegenüber aus und betrat das umzäunte Terrain. Aber keiner der dort Anwesenden konnte oder wollte Marta Slowacki anhand des Fotos, welches er herumzeigte, wiedererkennen. Die meisten der Lagerinsassen waren sichtbar eingeschüchtert und hatten Angst.

Nach einer Stunde erfolglosen Befragens gab der Kommissar auf. Hier würde er nichts erfahren.

14

Freitag, 2. April 1943

Es dämmerte schon, als Erwin und Manni die Schrebergartenanlage nördlich der Zeche Teutoburgia betraten. Obwohl Erwin strikte Order hatte, allein beim Roten zu erscheinen, hatte er dieses Mal dem Drängen seines Freundes nachgegeben und ihn mitgenommen. Allerdings, so hatte Erwin Manni eingeschärft, habe er mit Abstand zu der Laube, wo er den Roten treffen sollte, zu warten.

Gehorsam blieb Manni nicht weit vom vereinbarten Treffpunkt entfernt stehen und sah Erwin nach, als der einen der Gärten betrat, an die Tür eines Schuppens klopfte und dann in der Laube verschwand.

Wie immer saß der Rote allein im Halbdunkel.

»Ist dir jemand gefolgt?«, fragte er nach der Begrüßung. Auch das gehörte zu ihrem Ritual.

»Nein. Niemand«, antwortete Erwin nach bestem Wissen.

»Wie geht es dem Vater?«, wollte der Rote wissen.

»Wir haben keine Nachricht. Sein letzter Brief aus Stalingrad kam vor neun Wochen.«

»Wenn er nicht gefallen ist und sich den Genossen der Roten Armee nach seiner Gefangenschaft zu erkennen gegeben hat, hört ihr bald von ihm.«

»Dat hofft Mutter auch.«

»Habt ihr genug zu essen?«

»Geht so.«

»Komm näher.«

Erwin, der in der Nähe der Tür geblieben war, folgte der Aufforderung.

»Da hinten im Regal liegt ein Rucksack. Bitte gib ihn mir.«

Um zum Regal zu gelangen, musste sich Erwin an dem Rollstuhl des Roten vorbeiquetschen.

»Schieb mich etwas näher zum Ofen«, sagte der Rote. »Abends wird es doch noch etwas kühl.«

Erwin tat wie geheißen. Dabei rutschte die Decke, die sich der Rote hüftabwärts umgewickelt hatte, auf den Boden. Beide Beine endeten an den Oberschenkeln.

»Oh, Entschuldigung. Ich wusste nicht ...«

Der Rote lachte bitter. »Brauchst dich nicht zu entschuldigen. Musst auch kein Mitleid mit mir haben. Erstens lebe ich noch und zweitens hätte es noch

83

schlimmer kommen können. Der andere, den sie außer mir nach dem Granateinschlag lebend aus dem Graben gezogen haben, hat auch keine Beine mehr. Aber auch keine Arme. Komischerweise hat der es trotz seiner Verletzungen bis ins Lazarett geschafft. Dort haben sie ihn genauso wie mich wieder zusammengeflickt. Er ist darüber alles andere als glücklich, glaub mir. Sie hätten es besser gelassen. Die arme Sau kann sich noch nicht mal mehr selbst erschießen. Alle anderen im Graben hat es in Stücke gerissen. Da war nichts mehr mit aufsammeln. Da kann ich mich doch glücklich schätzen. Also, her mit dem Ding.«

Erwin griff nach dem Rucksack. Er war schwerer als erwartet. Der Junge ließ den Sack in den Schoß des Roten gleiten.

Der kramte mit seiner rechten Hand im Inneren, hielt dann inne. »Wann habt ihr zuletzt Fleisch gegessen?«

Fleisch? Erwin konnte sich kaum daran erinnern, wie Fleisch schmeckte. Bei ihnen zu Hause gab es allenfalls mal eine Scheibe Wurst auf Karte. »Ich glaub, dat war auf dem sechzigsten Geburtstag von meinem Opa. Vor drei Jahren? Oder waren es vier? Ich hab's vergessen.«

»Hier.« Der Rote hatte gefunden, was er suchte. Er hielt Erwin etwas entgegen, was in Pergamentpapier eingewickelt war. »Schweinebauch. Nicht mehr ganz taufrisch, aber noch genießbar. Gib's deiner Mutter. Sie wird etwas damit anzufangen wissen.«

Erwin griff zu und wog das Stück mit der Hand. Ein Kilo, mindestens. Schweinebauch! Ihm lief das Wasser im Mund zusammen. Doch er reichte es dem Roten zurück. »Dat kann ich nich annehmen.«

»Quatsch nicht. Ich hab noch mehr. Lass dich nur nicht von einer Streife erwischen. Auf illegales Schlachten steht KZ.«

Erwin zog seinen Pullover hoch, knöpfte sein Hemd auf und verstaute das Geschenk auf der bloßen Haut. Kühl fühlte es sich an, als er das Hemd wieder zurück in die Hose stopfte und den Pullover herunterzog.

»Hast etwas zugenommen in den letzten Minuten«, grinste der Rote. Dann wurde er wieder ernst. »Ich habe einen Auftrag für dich.«

Erwin nickte. »Wieder nach Castrop?«

»Nein. Erle. Gelsenkirchen. Du weißt, wo das ist?«

»Klar.«

»Hast du ein Fahrrad?«

»Nee. Aber ich kann mir eins leihen.«

»Gut.« Der Rote griff erneut in den Rucksack. »Dieses Päckchen hier muss zu einer Genossin nach Erle.«

Das Päckchen war deutlich leichter und kleiner als das, das Erwin bereits auf seinem Bauch trug.

»Verlier es nicht. Du darfst dich damit unter keinen Umständen schnappen lassen. Hast du das kapiert?«

»Geht klar. Wohin nach Erle soll ich dat bringen?«

»Wenn du von Grimberg aus in die Cranger Straße in Erle kommst, ist nach etwa zweihundert Metern auf der rechten Seite eine Bude. Dort wartet morgen früh um Punkt zehn Uhr ein anderer Junge auf dich. Er hält den *Stürmer* unter dem Arm.«

85

»*Stürmer*.« Erwin spuckte den Namen aus. »Dat Scheißblatt.«

»Mach dir darüber keine Gedanken. Sprich ihn an und frage, wie es seiner Tante geht. Er wird antworten, dass sie auf dem Weg der Besserung ist. Dann gibst du ihm das Päckchen und siehst zu, dass du Land gewinnst. Antwortet er nicht genau so, wie ich es dir eben gesagt habe, musst du so tun, als ob du ihn verwechselt hast, und möglichst schnell Abstand gewinnen. Alles klar?«

»Natürlich.« Erwin hob das Päckchen mit der Hand. »Wat is 'n drin? Is so leicht.«

»Es ist besser für dich, wenn du das nicht weißt. Und komm nicht auf den Gedanken nachzusehen.«

»Hab ich noch nie gemacht«, maulte Erwin beleidigt. »Auf mich kannze dich verlassen.«

»Weiß ich ja.« Der Rote klopfte Erwin aufmunternd auf die Schulter. »Und jetzt geh nach Hause zu deiner Mutter. Wenn sie dich fragt, woher du das Fleisch hast, lass dir was einfallen. Und kein Wort über mich.«

»Geht klar.« Erwin wandte sich zum Gehen.

»Erwin«, bremste der Rote seine Bewegung.

»Ja?«

»Wir werden uns nicht mehr sehen. Die Luft hier wird mir zu dicke. Möglicherweise wird dich in Zukunft ein anderer Genosse bitten, ihm zu helfen.« Er machte eine Pause, die Erwin zu einer Frage nutzte, die ihm schon seit Tagen auf den Nägeln brannte: »Wieder den Bonzen überwachen?«

Der Rote winkte ab. »Das solltest du ganz schnell vergessen. Diese Aktion ist gescheitert. Es ist vorbei.«

»Warum sollten wir den …«

»Hast du nicht richtig zugehört? Ich habe vorbei gesagt. Aus und Ende. Es wurde alles abgeblasen. Mehr wirst du nicht erfahren. Und jetzt hau ab. Danke für alles. Pass auf dich auf.«

»Mach ich.«

»Glück auf, Junge. Mach's gut.«

»Glück auf, Roter.«

Manni wartete schon ungeduldig. »Na?« fragte er, während sie, nebeneinander herlaufend, die Schrebergartenkolonie verließen. »Wat is? Neuer Auftrag?«

»Ja.«

»Und?«

Erwin blieb stehen. »Du weißt doch, dat ich nich drüber reden darf.«

»Kann ich beim nächsten Mal nich mitkommen?«, bat Manni. »Frag doch mal den Roten!«

Sie gingen weiter. Erwin sah seinen Freund von der Seite an. »Na gut. Ich frag ihn«, log er.

»Danke.«

Als sie die Schadeburgstraße erreichten, verabschiedete sich Manni. »Dann bis morgen.«

»Bis morgen«, antwortete Erwin.

Erwin, seine Mutter und sein Großvater wohnten am Südrand der Siedlung.

Als Erwin die Tür aufschloss, wunderte er sich über eine fremde Stimme, die in der Stube zu hören war. Er schlich in die Küche, deponierte den Schweinebauch im Schrank und öffnete dann die Tür zum Wohnraum.

Sein Großvater saß in dem schweren Ohrensessel, die Augen geschlossen. Seine Mutter stand neben ihm und hielt seine Hand. Ein fremder Mann verstaute etwas in einer schwarzen, ausgebeulten Tasche.

»Machen Sie sich keine Sorgen, Frau Bertelt. Ihr Vater hatte vermutlich einen leichten Schwächeanfall und wird ruhig schlafen, wenn er die Medikamente genommen hat. Viel kann ich ja nicht tun«, meinte der Mann gerade entschuldigend. »Aber Sie wissen ja …«

»Natürlich. Danke, Herr Doktor.«

»Keine Ursache. Und, wie gesagt, es ist nur rein vorsorglich. Ich werde nachher noch mit dem Krankenhaus telefonieren und Ihren Vater anmelden. Aber er muss morgen früh um zehn Uhr in der Klinik sein.«

»Selbstverständlich. Ich muss zwar arbeiten, aber«, sie sah zu Erwin hinüber, »mein Sohn wird mit ihm gehen. Das ist doch in Ordnung, oder?«

»Aber sicher.« Der Arzt verabschiedete sich. Erwins Mutter begleitete ihn hinaus.

Erwins Gedanken rasten. Er sollte seinen Großvater in die Klinik bringen? Genau zu der Zeit, wenn er das Päckchen in Erle zu übergeben hatte? Er betrachtete seinen Großvater, der friedlich im Sessel schlief. Was sollte er tun? Seine Mutter einweihen und sie bitten, jemand anderes zu suchen, der sich um Großvater kümmerte? Nein, dann würde er das Versprechen brechen, das er dem Roten gegeben hatte. Keiner durfte von Erwins Kontakten zu den Widerständlern wissen. Er würde seiner Mutter kein Wort sagen. Also musste er mit seinem Großvater zum Krankenhaus gehen. Es blieb nur eine Lösung.

Als seine Mutter wieder die Stube betrat, berichtete Erwin: »Ich habe uns Fleisch besorgt. Liegt im Schrank. Aber gezz muss ich noch mal kurz weg.«

Ohne weitere Erklärungen ließ er seine Mutter stehen.

15

Samstag, 3. April 1943

Habt ihr gut geschlafen?« Hermann Treppmann stellte die Tasche beiseite, zog die Tür zum Stall hinter sich zu, achtete darauf, dass die Decke, die als Verdunklungsschutz diente, noch ordentlich vor dem einzigen Fenster hing, und machte sich daran, die Kaninchen zu füttern.

»Die Frage gilt auch Ihnen, mein Freund. Die Luft ist rein. Ich versorge nur eben meine Tiere. Dann öffne ich die Luke und Sie können herunterkommen.«

»Ja, danke«, klang es gedämpft vom Zwischenboden.

»Haben Sie Hunger?«, fragte Treppmann, während er frisches Stroh in die kleinen Verschläge legte. »Ich habe etwas Brot und Rübenkraut mitgebracht.«

»Wie ein Wolf.«

»Das dachte ich mir.«

89

Fünf Minuten später schob sich Heinz Rosen vorsichtig durch die schmale Öffnung des Zwischenbodens und stieg steif und ungelenk die Leiter hinunter, einen Eimer in der linken Hand.

»Ich leere ihn eben aus.« Rosen öffnete die Tür zu dem kleinen Verschlag, der als Abort diente.

Als er wieder hinaustrat, hatte Treppmann ihm bereits Wasser in eine Schüssel gefüllt und Seife und ein Handtuch bereitgelegt. »Sie möchten sich doch sicher waschen?«

Kurz darauf saßen sich die beiden Männer auf zwei schweren Holzklötzen, die üblicherweise zum Spalten von Scheiten und manchmal auch zum Köpfen von Hühnern dienten, gegenüber. Rosen hatte das Brot gebrochen und tunkte die Stücke in den Sirup, bevor er sie sich in den Mund schob. Dazu trank er mit großen Schlucken den Saft, den Treppmann ihm eingeschenkt hatte.

»Schmeckt wirklich gut.«

»Apfelsaft. Im letzten Herbst selbst gepresst. Aber langsam geht er zur Neige. Na ja, die Bäume tragen sicher auch in diesem Jahr genug. Was wichtig ist, denn bestimmt werden wir wieder gezwungen, die Hälfte unserer Ernte, wie es so schön heißt, freiwillig an den Sammelstellen abzuführen.«

Rosen vertilgte das letzte Stück Brot und wischte sich mit dem Handrücken über den Mund. »Ich weiß nicht, wie ich Ihnen danken soll. Sie riskieren viel für einen Mann, den Sie nicht kennen.«

»Ich weiß genug. Sie sind Kommunist. Ich nicht. Und Sie sind Jude. Das bin ich auch nicht. Aber Sie sind ein Gegner der verdammten Nazis. Wie ich. Das genügt.«

»Aber das Essen! Sie können doch selbst nicht viel haben.«

Treppmann lächelte. »Wir folgen den Anordnungen der Partei und bauen Obst und Gemüse in unserem Garten an. Von Zeit zu Zeit schlachte ich eines meiner Tiere. Somit haben wir ab und zu sogar etwas Fleisch.«

»Schwarzschlachtungen sind verboten«, warf Rosen ein.

»Das Verstecken von Volksfeinden auch«, erwiderte Treppmann und seine Augen blitzten. »Und schlachten tut hier in der Siedlung fast jeder. Deshalb verrät auch keiner den anderen. Außerdem sind wir privilegiert.«

»Inwiefern?«

»Mein Schwiegersohn: Würden Sie es riskieren, einen SS-Offizier, der beim Reichssicherheitshauptamt tätig ist, wegen des Schlachtens eines Karnickels anzuzeigen?«, gluckste Treppmann belustigt.

Rosen verschluckte sich fast am Apfelsaft. »Ihr Schwiegersohn ist bei der Gestapo?«, fragte er fassungslos.

»Das hört er nicht gerne. Er ist eigentlich Kriminalpolizist und behauptet, keine Wahl gehabt zu haben, als er in die SS eingetreten ist. Und für die Gründung des Reichssicherheitshauptamts kann man ihn tatsächlich nicht verantwortlich machen.«

»Aber ...« Rosen schüttelte den Kopf. Er sah aus, als hätte er ein Gespenst gesehen.

91

»Sie meinen, wenn er Sie hier entdeckt?«

Rosen nickte.

»Das würde zwar einige Probleme in unserer Familie aufwerfen, aber ich glaube, Peter würde Sie nicht der Gestapo ausliefern. Er ist kein schlechter Kerl. Und er ist kein Nazi, deshalb ...«

»Er ist in der SS!«, empörte sich Rosen.

»Stimmt. Weil er glaubte, nur so Karriere machen zu können. Aber denken Sie nach. Wenn er Sie ausliefert, muss er mich gleich mit ans Messer liefern. Und das Mindeste, was ihm selbst passieren würde, ist die Entfernung aus dem Polizeidienst. Das ist für ihn unvorstellbar. Er ist mit Leib und Seele Polizist. Machen Sie sich keine Sorgen. Außerdem: Haben Sie eine Alternative? Was meinen Sie, wie groß ist die Wahrscheinlichkeit, dass Sie geschnappt werden, wenn Sie dieses Versteck verlassen, ohne ein neues zu haben?«

Rosen schwieg.

»Trinken Sie den Saft ruhig aus. Und dann, wenn Sie wollen, erzählen Sie mir etwas über sich.« Treppmann schob den Holzklotz etwas zurück und lehnte sich an die Wand.

Und Heinz Rosen begann zu sprechen.

16

Samstag, 3. April 1943

Willst du einen Kaffee? Ich habe extra welchen gekocht.« Lisbeth Golsten stand in der Küche neben dem Herd, die Kanne in der Hand.

Die Küche war einfach, aber zweckmäßig eingerichtet. Ein weiß lackierter Tisch mit vier Stühlen, ein Schrank mit Anrichte, mehrere Regale an den Wänden und der große Spülstein, unterbaut mit einer weiteren Abstellmöglichkeit. Lediglich der Kohleherd mit den emaillierten Flächen mit buntem Dekor fiel in dem weißen Einerlei aus dem Rahmen.

»Du meinst wohl Muckefuck?«, meinte Marianne Berger. Sie seufzte. »Aber was soll's. Immer noch besser als nichts.«

Lisbeth schenkte ein und entschuldigte sich. »Milch haben wir nicht. Und auch keinen Zucker. Wenn du aber etwas Rübensirup möchtest?«

»Nee, lass mal. Das Zeug schmeckt auch so schon scheußlich genug.« Marianne schüttelte sich und nippte an der dunkelbraunen Brühe. »Ersatzkaffee. Brrr.«

Trotzdem trank sie weiter. »Peter arbeitet?«, fragte sie dann.

»Ja. Sie haben im Moment viel zu tun, sagt er.«

»Sieh an. Ich dachte, in unserer Volksgemeinschaft gäbe es keine Kriminellen«, lästerte Marianne. »War wohl 'n Irrtum vom Amt.«

93

Die beiden Frauen waren zusammen zur Schule gegangen, kannten sich von Kindesbeinen an.

»Peter erzählt kaum Einzelheiten über seine Arbeit.«

»Kann ich verstehen. Wer bei der Gestapo ist …«

»Marianne! Peter ist nicht bei der Gestapo!« Lisbeth war empört.

»Nein? Wo denn dann?«, spottete die Freundin.

»Im Reichssicherheitshauptamt.«

»Tatsächlich? Und wo ist da der Unterschied?«, sagte Marianne und hob beschwichtigend beide Hände. »Lass uns das Thema wechseln. Ich wollte dich nicht kränken. Und Peter auch nicht. Hast du schon mitbekommen, dass Dauerwellen verboten sind?«

»Was? Das darf ja wohl nicht wahr sein. Woher weißt du das?«

»Ich habe es in der Zeitung gelesen.«

»Aber warum?«

»Vielleicht sind Dauerwellen kriegswichtig.« Marianne kicherte. »Möglicherweise glaubt die Oberste Wehrmachtsführung, dass wir Frauen mit unseren Dauerwellen den Soldaten so den Kopf verdrehen, dass sie nicht mehr für den Endsieg kämpfen, sondern bei uns zu Hause bleiben wollen.«

»Du scherzt.«

»Natürlich. Aber ein anderer Grund fällt mir nicht ein.«

Lisbeth überlegte. »Vielleicht werden die Chemikalien für etwas anderes benötigt.«

»Für die Wunderwaffen?« Marianne blickte skeptisch.

»Möglich.«

Marianne nahm erneut einen Schluck Muckefuck, verzog das Gesicht und meinte: »Mag sein. Trotzdem, erst wurden Lippenstifte und Schminkutensilien verteufelt, dann gab es Kleider nur noch auf Karten, neue Schuhe sind gar nicht mehr erhältlich und jetzt wird die Dauerwelle verboten.«

»Wenn das mit den Bombenangriffen so weitergeht, werden Dauerwellen unser kleinstes Problem sein«, flüsterte Lisbeth und warf, ohne nachzudenken, einen Blick nach draußen, fast so, als ob sie sich vergewissern wollte, dass dort keine unerwünschten Lauscher auf ein unbedachtes Wort hofften.

Die Frauen kamen auf Unverfängliches zu sprechen, die Zeit verging wie im Flug.

»Um Gottes willen, es ist ja schon fast vier Uhr.« Marianne raffte ihre Sachen zusammen. »Jetzt muss ich mich aber beeilen.« Sie warf ihrer Freundin eine Kusshand zu. »Tschüss. Pass auf dich auf. Und grüß Peter und deinen Vater. Ich finde schon allein raus.«

»Werde ich machen«, rief ihr Lisbeth nach. »Wir sollten uns öfter die Zeit nehmen, um …« Das Schlagen der Haustür zeigte, dass ihre Freundin ihre letzten Worte nicht mehr gehört hatte.

Lisbeth stand auf, räumte das gebrauchte Geschirr in das Spülbecken und ging in den Flur.

»Vater?«, rief sie nach oben. »Bist du da?«

Sie bekam keine Antwort. Beunruhigt stieg sie die Treppe hinauf. Die Tür zum Zimmer ihres Vaters stand offen. Sie warf einen Blick hinein. Es war leer. Lisbeth schüttelte den Kopf. Saß der alte Mann immer noch bei seinen Kaninchen? Was machte er da so lang?

Sie beschloss nachzusehen, ging zum Stall und öffnete die Tür.

»Vater? Was machst du hier so lange? Warum ...« Als Lisbeth Golsten den ihr fremden Mann erblickte, der auf einem Holzklotz im Stall hockte, ein Glas Apfelsaft in der Hand, schaute sie überrascht von Hermann Treppmann zur offenen Deckenluke über ihnen. »Was soll ... Wer ist das?«

»Heinz Rosen«, erwiderte Hermann Treppmann lapidar. Der überraschende Auftritt seiner Tochter schien ihn nicht zu verunsichern. »Er wohnt vorübergehend bei uns.«

»Hier?«

»Wo sonst? Ich kann einen flüchtigen Nazigegner doch schlecht bei euch im Schlafzimmer einquartieren.«

Lisbeth Golsten wurde weiß wie eine Wand. Ihr Herz schlug bis zum Hals. Hatte sie ihren Vater eben richtig verstanden? War der Mann dort tatsächlich auf der Flucht? Oder war das nur wieder einer seiner Scherze? Aber dann sah sie seinen Gesichtsausdruck und wusste Bescheid. »Das ist keiner deiner Witze, oder?«, fragte Lisbeth tonlos und mit einem letzten Funken Hoffnung.

»Nein«, erwiderte Treppmann gelassen. »Unser Freund hier benötigte Hilfe. Und ich habe sie ihm gewährt. Du hast doch nichts dagegen?«

Der ruhige, fast bedächtige Tonfall ihres Vaters machte sie wütend. »Ist dir eigentlich klar, in welche Situation du uns bringst?«, brauste sie auf.

»Völlig.«

»Wie kannst du dann ...«

Hermann Treppmann hob beide Arme, so, als ob er sich einem imaginären Feind ergeben würde. Er sah auf einmal unendlich müde aus. Und unendlich traurig. »Kannst du es denn mit deinem Gewissen vereinbaren, diesem Mann unsere Hilfe zu verweigern?«, fragte er.

Sekundenlang war nur das Rascheln der Kaninchen in ihren Käfigen zu hören.

Dann antwortete Lisbeth: »Wenn die Gestapo ihn hier findet ...«

»Ich weiß.«

Rosen, der die Auseinandersetzung zwischen Vater und Tochter bis dahin schweigend verfolgt hatte, sagte: »Ich möchte keine Zwietracht in Ihre Familie bringen. Und Sie erst recht nicht gefährden. Wenn es dunkel ist, werde ich verschwinden.«

Bevor Treppmann antworten konnte, hatte sich Lisbeth zu einer Entscheidung durchgerungen. Sie atmete tief durch. »Gut. Er kann bleiben. Aber nur für einige Tage. Dann müssen wir eine andere Lösung gefunden haben. Und kein Sterbenswort zu Peter. Ich weiß nicht, ob er uns verstehen würde.«

»Das weiß ich auch nicht«, antwortete Hermann Treppmann leise. Und setzte hinzu: »Leider.«

Mit diesen Worten war das Gespräch beendet.

97

17

Montag, 5. April 1943

Den Vormittag verbrachte Golsten in einem Schutzraum in der Nähe des Polizeipräsidiums – Luftalarm. Schon der dritte in dieser Woche. Aber erneut waren die Bomber über das Herner Stadtgebiet hinweggeflogen und hatten ihre todbringende Fracht an anderer Stelle abgeladen.

Der Tag ging nicht erfreulicher weiter. Frustriert blickte der Hauptkommissar auf die aufgeschlagene Akte Marta Slowacki. So recht wusste er in dieser Sache nicht weiter. Am liebsten hätte er die Brocken einfach hingeschmissen und den Fall abgegeben. Aber Saborski saß ihm im Nacken. Und natürlich wusste er, dass eine geflohene Ostarbeiterin aus ideologischen Gründen möglichst schnell wieder gefasst werden musste. Deshalb musste er weitermachen.

Golsten seufzte. Die Befragung der Munders und des Schusters hatte eigentlich nichts ergeben und auf die Suchanzeige, die er in der *Herner Zeitung* hatte schalten lassen, hatte sich niemand gemeldet.

Die Streifen im Herner Stadtgebiet und den umliegenden Städten waren mit Fotos der gesuchten Polin ausgestattet worden, aber auch diese Maßnahme war ohne Resonanz geblieben.

Es würde ihm nichts anderes übrig bleiben, als weiter Klinken zu putzen. Bei den Nachbarn der Munders und auch bei den Ostarbeitern.

Bevor der Kriminalhauptkommissar sein Vorhaben in die Tat umsetzen konnte, betrat Heinz Schönberger das Büro.

»Haben wir ja wieder mal Glück gehabt. Die Bomber sind nur über die Stadt hinweggeflogen«, meinte er und kramte eine Zigarette aus seiner Tasche. »Stört es dich?«

»Ja. Aber du wirst dich vermutlich trotzdem nicht abhalten lassen, oder?«

»Da hast du recht.« Schönberger zündete seine Zigarette an. »Vermutlich sind die Flieger nach Essen, was?«

»Ja. Krupp oder eine der dortigen Zechen.«

Sein Kollege inhalierte tief. »Na ja. Solange die uns hier außen vor lassen …«

Für einen Augenblick hingen die beiden Männer ihren Gedanken nach.

Dann meinte Schönberger: »Hast du eigentlich davon gehört, dass am Samstag in Gelsenkirchen ein Junge erschossen worden ist?«

Golsten stand auf, um sich seine Jacke anzuziehen. Tote Jungen gab es in diesen Tagen häufiger. »Tatsächlich?«

»Ja. Er soll aus der Teutoburgia-Siedlung stammen.«

Jemand aus seiner Nachbarschaft. Das interessierte Golsten dann doch. »Wie heißt er? Weißt du das?«

»Ein gewisser Loobs. Knapp siebzehn Jahre alt. Kanntest du ihn?«

Golsten dachte nach, konnte aber mit dem Namen nichts anfangen. »Nein. Ich glaube nicht.«

»Er gehörte vermutlich zu einer Jugendgruppe, die sich selbst Edelweißpiraten nennt.«

99

»Und wer hat ihn erschossen?«

»Die Gestapo. Sie haben wohl einen Treffpunkt überwacht, der häufiger von Kurieren der Kommunisten benutzt wird. Da ist ihnen der Junge aufgefallen. Als sie ihn überprüfen wollten, hat er Fersengeld gegeben. Und als er sie abzuhängen drohte, haben sie das Feuer eröffnet.«

»Und? War er ein kommunistischer Kurier?«

»Gefunden haben sie nichts bei ihm. Aber aufgefallen ist er schon früher. Schlägereien mit der Hitlerjugend, Aufsässigkeit in der Schule und solche Sachen.«

»Wieder ein Volksverräter weniger.«

Heinz Schönberger entging die Resignation in Golstens Stimme.

»Tut mir leid. Ich kann nicht weiter mit dir plaudern. Die Arbeit ruft. Ich muss jetzt gehen.«

»Die Polin?«

»Ja.«

»Kommst du weiter?«

»Überhaupt nicht. Aber los werde ich die Angelegenheit leider nicht mehr.«

Schönberger lachte auf. »Dann viel Glück.« Er verließ Golstens Büro.

Aus den Akten des Einwohnermeldeamtes wusste Golsten, dass in dem Haus links neben Munders Villa die Witwe eines Offiziers wohnte. Ihr Mann war schon in den ersten Kriegstagen gefallen.

Golsten musste nach dem Läuten nicht lange warten, bis die Tür geöffnet wurde.

100

»Sie wünschen?« Eine Frau von etwa Mitte dreißig musterte ihn kühl. Sie war schlank und trug ihre dunklen Haare zu einem strengen Zopf gebunden. Ihr wadenlanger Rock, die Bluse und auch die Strickjacke waren schwarz.

Golsten zückte seine Marke. »Guten Tag. Ich möchte mit Frau von Burwitz sprechen.«

Die Reaktion der Menschen, denen Golsten seine Marke vor die Augen hielt, war unterschiedlich. Wie dem Schuster Weydrich vor einigen Tagen sah man einigen gleich ein schlechtes Gewissen an. Andere überspielten ihre Angst und Unsicherheit mit forschem Auftreten. Aber irgendeine Reaktion zeigte jeder, der mit den Fahndern des Reichssicherheitshauptamts konfrontiert wurde.

Nicht jedoch diese Frau. Als sie antwortete, verzog sie keine Miene. »Das bin ich. Also, was wünschen Sie?« Die Stimme war eisig.

»Hauptkommissar Golsten. Ich hätte einige Fragen an Sie.«

Anna von Burwitz machte keine Anstalten, Golsten in das Hausinnere zu bitten. »In welcher Angelegenheit?«

»Es geht um Ihre Nachbarn.«

»Rechts, links oder gegenüber?«

»Ihre Nachbarn zur Rechten.«

»Munders?« Sie spuckte den Namen regelrecht aus. »Mit denen habe ich nichts zu schaffen.«

»Sie scheinen die Leute wohl nicht …?«

»Gibt es in Deutschland jetzt auch ein Gesetz, wonach Nachbarn sich zu lieben haben?«, fragte sie zurück.

101

Golsten musste grinsen. »Nicht dass ich wüsste.«

»Sehen Sie. Also, was wollen Sie wissen?«

»Können wir das nicht drinnen besprechen?«

Die Offizierswitwe zögerte. Dann gab sie widerwillig den Weg frei. »Bitte treten Sie ein«, sagte sie und schloss die Haustür hinter Golsten. Sie machte einige Schritte in Richtung einer halb geöffneten Tür, entschied sich dann aber doch anders und drehte sich abrupt um. »Also?«

»Was haben Sie gegen die Familie Munder?«

»Sind Sie Herner Bürger?«

»Ja.«

»Dann müssten Sie die Familie Cohn kennen, die früher in dem Haus wohnte.«

»Nur vom Hörensagen.«

»Wir waren befreundet.«

Golsten schwieg. Er konnte nicht anders, als die stolze Frau zu bewundern. Nicht viele brachten den Mut auf, so offen ihre Abneigung gegen Parteibonzen zu äußern. Erst recht nicht, wenn dieses verbunden war mit einer verklausulierten Kritik an der Behandlung der Juden. Und vor allem nicht einem Mitarbeiter des Reichssicherheitshauptamts gegenüber.

»Offene Worte, Frau von Burwitz. Sie sollten vorsichtiger sein.«

Sie lachte bitter auf. »Ein freundschaftlicher Rat von der Gestapo. Wie fürsorgend.«

»Ich bin nicht von der Gestapo.«

»Aber vom Reichssicherheitshauptamt.«

»Das ist nicht identisch.«

»Das sehe ich anders. Aber Sie sind ja nicht gekommen, um sich mit mir über die Strukturen Ihres Amtes zu unterhalten. Also, was wollen Sie?«

»Bei Munders arbeitete eine Polin. Sie ist verschwunden. Ist Ihnen in diesem Zusammenhang in letzter Zeit etwas aufgefallen, was mir weiterhelfen könnte?«

»Ich habe das junge Mädchen nur selten gesehen. Ich lebe seit dem Tod meines Mannes sehr zurückgezogen und interessiere mich nicht mehr sehr für das, was sich außerhalb dieser Mauern abspielt. Tut mir leid, ich kann Ihnen nicht helfen.«

Anna von Burwitz ging Richtung Haustür, öffnete sie und hielt inne. »Da war doch etwas. Vielleicht interessiert Sie das. Wenn ich auch meine Zweifel habe.«

»Was?«

»Das war vor vielleicht fünf, sechs Monaten. Da habe ich das Mädchen im Garten arbeiten gesehen. Sie harkte Laub zusammen. Die Kleine hatte ein geschwollenes Gesicht und Arme und Beine waren blau geschlagen. Benimmt sich so die Herrenrasse, Herr Hauptkommissar?«

Ohne ein weiteres Wort schloss sie die Tür hinter Golsten.

18

Montag, 5. April 1943

Am frühen Nachmittag hämmerte jemand an die Haustür. Erwin, der in der Küche einen Teller Rübensuppe löffelte, stand auf und öffnete.

Sein Freund Karl stand vor ihm, nur im Hemd, völlig durchnässt vom Regen, der seit dem Morgen unablässig niederging, und japste völlig außer Atem: »Manni is tot.«

Erwin glaubte, seinen Ohren nicht zu trauen. »Was?«, stieß er hervor.

»Manni is tot«, wiederholte Karl.

Erwin schüttelte entgeistert den Kopf. »Das kann nicht sein. Ich habe doch noch am Freitag ...«

»Es is am Samstagmorgen passiert.«

Ein schrecklicher Gedanke nahm von Erwin Besitz. »Wie?«

»Weiß ich nicht. Ein Nachbar hat es eben meiner Mutter erzählt. Adolf hat das mitbekommen und ist gleich zu mir gerannt.«

Erwin blieb fast das Herz stehen. Samstagmorgen. Er hatte Manni gebeten, den Auftrag des Roten auszuführen. Weil er selbst doch keine Zeit hatte. Wortlos griff Erwin zu seiner Jacke und zog die Haustür hinter sich zu.

»Komm«, sagte er.

»Wohin?«

»Zu euch nach Hause.«

104

Zehn Minuten später hockten die Freunde in der Küche von Karls Mutter. Sie ließ Wasser in ein Glas laufen und trank es aus. Dann musterte sie Erwin und ihre Kinder, so als ob sie sie erst jetzt wahrgenommen hätte. »Du gehst nach oben«, wies sie dann Adolf an. »Das ist nichts für Kinder.«

»Abba Mamma«, beschwerte sich Adolf.

»Ich sag dir das nur ein Mal«, drohte seine Mutter. »Ab mit dir!«

Murrend tat Adolf wie geheißen.

Als der Kleine die Küche verlassen hatte, ließ sich seine Mutter auf einen Stuhl fallen. »Jetzt schon die Kinder«, stöhnte sie und schlug beide Hände vor ihr Gesicht. »Jetzt schon Kinder.«

Karl hielt das folgende Schweigen nicht mehr aus. »Wat is passiert?«, fragte er aufgeregt.

»Sie haben Manni erschossen«, antwortete seine Mutter.

»Wer?« Karl stupste sie an. »Mama, erzähl doch.«

»Die Gestapo«, fuhr sie Karl an. »Was glaubst du denn, wer sonst?«

Karl wich erschrocken zurück.

»Entschuldige. Du kannst ja nichts dafür.« Sie streichelte Ihrem Sohn über das Haar. »Es war in Erle. Keine Ahnung, was der Junge da wollte. Mit dem Rad seines Vaters ist er da hingefahren. Mannis Mutter wusste von nichts. An einer Bude hat der Junge gestanden. Wohl auf jemanden gewartet, meint die Polizei. Aus irgendeinem Grund ist er einer Gestapo-Streife aufgefallen.« Sie schüttelte den Kopf. »Was die da wohl zu tun hatten?

105

Aber ist ja auch egal. Auf jeden Fall haben die ihren Wagen angehalten und sind ausgestiegen. Das muss Manni wohl mitbekommen haben, hat sich auf das Rad geschwungen und ist abgehauen, der dumme Junge. Die Gestapo-Leute wieder in den Wagen und hinterher. An der nächsten Ecke hatten sie ihn. Manni ist mit dem Rad in die nächste Hauseinfahrt, dann auf den Hof, hat da das Rad fallen gelassen und ist zu Fuß weiter. Über eine Mauer ist er noch gekommen. Einen Garten weiter haben sie ihn erwischt und in den Rücken geschossen. Manni war sofort tot. Die Polizei hat es erst vor zwei Stunden seiner Mutter gesagt. Die war natürlich sowieso schon voller Sorge, weil der Junge zwei Tage nicht nach Hause gekommen ist. Ihre Schwester ist jetzt bei ihr. Der Mann irgendwo in Russland und der Älteste von der Gestapo erschossen.« Sie schüttelte wieder traurig den Kopf. »Was für Zeiten.«

Erwin war starr vor Schreck. Ihm war, als ob eine kalte Hand sein Herz umklammerte und langsam, ganz langsam zudrückte. Doch er musste die Frage stellen, die ihm auf der Seele brannte. »Hat die Polizei noch etwas gesagt? Haben die vielleicht irgendwat bei Manni gefunden?«, platzte es aus ihm heraus.

Karls Mutter wurde hellhörig. »Was soll die Fragerei? Was sollen die denn gefunden haben?«

»Na ja, wenn er doch verabredet war. Vielleicht hat er dem Mädchen wat mitbringen wollen.«

»Welchem Mädchen?« Ihr Misstrauen war spürbar. »Weißt du etwa, warum der Manni nach Erle ist?«

106

»Nee«, beeilte sich Erwin zu versichern. »Ich mein ja bloß.«

»Du solltest deine Meinung besser für dich behalten. Hast du verstanden?«

Erwin nickte eingeschüchtert. Aber er war auch erleichtert. Wenn die Gestapo das Päckchen, das er vom Roten erhalten hatte, bei Manni gefunden hätte, wäre garantiert auch dessen Mutter intensiv in die Mangel genommen worden. Das aber schien nicht der Fall zu sein. Es gab zwei Möglichkeiten: Entweder hatte Manni das Paket bei seiner Flucht irgendwo versteckt. Das war eher unwahrscheinlich, denn er dürfte kaum eine Gelegenheit dazu gehabt haben. Oder aber es war Manni gelungen, dem fremden Jungen das Päckchen zu übergeben. Und der war anscheinend unerkannt entkommen. Der Auftrag, den der Rote ihm erteilt hatte, war also vermutlich aufgeführt worden. Aber um welchen Preis! Erwin wurde schlecht. Er sprang auf und schaffte es gerade noch bis zur Toilette.

Später lief Erwin ziellos durch die Gegend. Sein schlechtes Gewissen peinigte ihn. Manni war tot und er war schuld. Er würde Mannis Mutter nie wieder unter die Augen treten können.

Wenn er selbst den Auftrag ausgeführt hätte, wäre Manni noch am Leben. Aber hatte er eine Alternative gehabt? Er hätte den Roten bitten können, jemand anders zu beauftragen. Aber vielleicht wäre der Rote selbst auf die Idee gekommen, Manni zu schicken. Hätte. Wäre. Alles nur Spekulation. Manni war tot. Und er war schuld. Das war die Realität.

Noch später schlugen die Schuldgefühle in Wut um. Wut auf sich selbst, aber noch mehr auf die Gestapo, auf die ganze Nazibande. Plötzlich stand sein Entschluss fest.

Er würde nicht weiter tatenlos zusehen.

Er würde etwas unternehmen.

19

Montag, 5. April 1943

Neben dem Klingelknopf am Haus stand: *Nieper.* Golsten stutzte. So hieß auch der Kreisleiter der NSDAP in Herne. Hatten in dieser Straße alle Herner Parteibonzen ihr Nest?

Er drückte auf den Knopf und ein lauter Klang ertönte. Kurz darauf öffnete ein Mädchen von vielleicht zwölf Jahren die Tür. Es trug einen dunkelblauen Rock und eine weiße Bluse. Dazu ein schwarzes Halstuch mit Lederknoten. Die obligatorische Uniform des Bunds Deutscher Mädel.

»Heil Hitler«, rief sie mit heller Stimme und hob den rechten Arm. »Meine Mutter kommt gleich. Sie muss eben noch das Geschirr wegräumen.« Sie musterte Golsten ohne Scheu. »Was wollen Sie?«

Bevor Golsten antworten konnte, trat eine Frau an die Seite des Mädchens. Auch sie trug Blau und Weiß, allerdings kein Halstuch. »Bitte?«

Golsten zeigte seine Marke und nannte seinen Namen. »Sind Sie Frau Nieper?«

»Ja. Hannelore Nieper.« Ihre Stimme zitterte leicht. »Bitte kommen Sie doch herein – Elke, du gehst auf dein Zimmer.«

»Aber Mama …«

»Keine Widerrede.« Hannelore Nieper wandte sich wieder Golsten zu. »Wir sollten ins Wohnzimmer gehen. Da sind wir ungestört.«

Dort lehnte Golsten den ihm angebotenen Kräutertee dankend ab. »Ich habe einige Fragen zu Munders von nebenan.«

»Zu Munders?« Hannelore Nieper riss den Mund auf. »Aber das sind doch gute Parteigenossen. Warum holt die Gestapo Erkundigungen über diese Familie ein?«

Immer wieder die gleiche Leier. Gelassen sagte Golsten sein Sprüchlein auf. »Und genauer gesagt geht es nicht um Munders, sondern um die Polin, die bei ihnen gearbeitet hat.«

»Diese Polackin? Die ist doch abgehauen, oder?«

»Was wissen Sie darüber?«

»Eigentlich nichts. Ich habe diese Fremdarbeiterin von Zeit zu Zeit gesehen. Allerdings habe ich nie ein Wort mit ihr gewechselt. So weit kommt das noch, dass ich mich mit einer Polin abgebe.«

»Wann haben Sie sie zuletzt gesehen?«

Hannelore Nieper legte ihre Stirn in Falten. »Da muss ich nachdenken. Warten Sie, das war vor zwei Monaten. Oder ist es doch schon drei Monate her? Ich weiß es nicht mehr genau. Charlotte, ich meine, Frau Munder, hat mir vor einigen Tagen erzählt, dass die Polin verschwunden ist. Aber sie hat ja glücklicherweise schon wieder Ersatz bekommen.« Sie seufzte. »Tja, wer an der Quelle sitzt ... Wissen Sie, ich habe auch schon mal versucht, eine Hilfe zu bekommen. Das große Haus macht viel Arbeit. Aber leider. Mir fehlen die Beziehungen.«

»Sind Sie denn nicht verwandt mit Karl Nieper?«

»Doch. Aber nur über mehrere Ecken. Der Herr Kreisleiter ist ein Cousin zweiten Grades meines Mannes. Und seit mein Mann im Felde steht ... Ich habe zu meinem Bedauern nur sehr sporadisch Kontakt zu dem Herrn Kreisleiter.«

Also doch kein Nest.

»Können Sie sich einen Grund vorstellen, warum die Polin weggelaufen ist?«

»Nein. Überhaupt nicht.«

»Sie sagen das so bestimmt. Woher nehmen Sie diese Gewissheit?«

»Die hatte es doch wirklich gut bei Munders.«

»Ist sie jemals geschlagen worden?«

Hannelore Nieper ließ sich mit ihrer Antwort einen Wimpernschlag zu viel Zeit. »Gott bewahre. Die Munders sind zu fein für so etwas.«

»Da habe ich schon anderes gehört.«

Sie sah aus, als ob sie in eine Zitrone gebissen hätte. »Anderes gehört?«, echote sie. »Bestimmt von der von

110

Burwitz. Die Ziege sitzt auf einem unglaublich hohen Ross, und das nur deshalb, weil ihr Mann Ritterkreuzträger war. Aber was hat es ihm genutzt? Er ist genauso tot wie andere.« Hannelore Nieper lachte auf. »Wissen Sie, dass diese Familie engen Kontakt zu diesen Juden, den Cohns, pflegte? Bis zuletzt. Bis das Judenpack endlich verschwunden ist«, giftete sie. »Ein hochdekorierter deutscher Offizier. Eine Schande, so etwas. Solchen Leuten dürfen Sie kein Wort glauben, Herr Hauptkommissar.«

»Die Munders haben die Frau also gut behandelt?«

»Selbstverständlich. Das konnte man schon daran sehen, dass die deutlich an Gewicht zulegte. Munders haben ja gute Beziehungen. Die leben nicht nur von den Marken. Anscheinend hat auch die Ostarbeiterin davon profitiert.«

Es war nicht nur der Widerspruch zur Aussage Anna von Burwitz', der Golsten aufmerken ließ. Hatte nicht der Schuster gesagt, die Polin sei dünner geworden?

»Haben Sie die Polin in letzter Zeit gesehen?«

»Nein. Wie gesagt, zwei, drei Monate ist es mit Sicherheit her, dass ich ihr begegnet bin.«

Nun gut. Zwischen der Wahrnehmung der Frau vor ihm und der des Schusters lag somit ausreichend Zeit, um drastisch an Gewicht zu verlieren. Plötzlich kam Golsten ein Gedanke. Was, wenn die Polin schwanger gewesen war? Das würde die unterschiedlichen Aussagen erklären. Und was, wenn das tote Kind im Wald ihres war? Eine ungewollte Schwangerschaft, eine

111

heimliche Geburt, die Ermordung des Kindes, die Flucht der Mutter – konnte es so gewesen sein?

»Wissen Sie, ob Frau Slowacki Kontakt zu anderen Ostarbeitern hatte?«

»Frau Slowacki?«

»Die Polin.«

»Ach so. Nein, nicht dass ich wüsste. Obwohl ...« Sie zögerte mit der Antwort.

»Ja?«

»Kurz vor dem Verschwinden der Polin sind mir hier in der Straße Jugendliche aufgefallen.«

»Was für Jugendliche? Polen?«

»Nein, nein. Das waren Deutsche. Aber die lungerten hier herum.«

»Vielleicht Nachbarskinder?«

»Das wüsste ich«, erwiderte Hannelore Nieper bestimmt. »Ich kenne die Nachbarn. Nein, die waren nicht von hier. Und dann, von einem Tag auf den anderen, sind sie nicht mehr gekommen.«

»Danke, Frau Nieper. Das war es schon. Vielen Dank für Ihre Auskünfte.«

»Keine Ursache. Es ist doch eine patriotische Pflicht, der Gestapo zu helfen, wann immer man kann. Heil Hitler.« Jetzt riss sie sogar den rechten Arm nach oben.

Golsten verzichtete auf eine Entgegnung und verließ das Haus. Auf der Straße blieb er einen Augenblick unschlüssig stehen. Dann wandte er sich nach links, um noch einmal Anna von Burwitz aufzusuchen.

Sie schien nicht besonders erfreut, ihn so schnell wiederzusehen. »Was wollen Sie denn noch?«, fragte sie verärgert.

»Ich werde Ihre Zeit nicht lange in Anspruch nehmen. Aber es gibt widersprüchliche Aussagen bezüglich der Behandlung der Polin«, sagte Golsten streng. »Andere Zeugen behaupten, Munders hätten die Frau gut behandelt und nicht geschlagen.«

»Tatsächlich?«, erwiderte die Witwe spitz. »Passt besser ins patriotische Bild, nicht wahr? Deutsche müssen edel sein, nicht brutal und gemein. Mir soll es egal sein. Dann haben diese Leute die Polin eben gut behandelt. Zufrieden?«

»Das reicht mir nicht, Frau von Burwitz. Was stimmt denn nun?«

»Wenn Sie wirklich an der Wahrheit interessiert sein sollten, befragen Sie die Mitarbeiter der Baufirma, die bei Munders irgendwelche Umbauarbeiten vorgenommen haben. Die waren genau in der Zeit tätig, als die Kleine mit blauen Flecken herumlief.«

»Wie heißt die Baufirma?«

»Ich weiß es nicht. Auf dem Lieferwagen stand der Name … Irgendetwas mit Pro… Es kann auch Brau… gewesen sein.« Sie schüttelte den Kopf. »Ich kann mich nicht erinnern. Reicht Ihnen das jetzt?«

Golsten nickte und sie schloss schnell die Tür.

Der Hauptkommissar überlegte, ob er den Namen der Baufirma bei den Eheleuten Munder erfragen sollte, entschied sich dann aber dagegen. Vielleicht war seine Spekulation über die Schwangerschaft ja doch völlig unbegründet und die Polin war tatsächlich geschlagen worden und deshalb geflüchtet. Sein Auftrag lautete, diese Polin zu finden. Nicht aber in Erfahrung zu bringen, warum sie weggelaufen war.

20

Montag, 5. April 1943 / Dienstag, 6. April 1943

Dieser Polizist schnüffelt in unserer Nachbarschaft herum.« Walter Munder lief im Salon seines Schwiegervaters auf und ab, ein Weinglas in der Rechten. »Charlotte ist schon angesprochen worden.«

Wieland Trasse erhob sich und schaltete das Radio aus. Zarah Leander verstummte. »Soll ich dir auch nachschenken?«, fragte er ruhig.

»Ja. Ein Glas trinke ich noch. Aber dann muss ich los. Charlotte ist allein zu Haus und sie …«

»Spiel mir nicht den treu sorgenden Ehemann vor. Damit kannst du noch nicht einmal mehr Charlotte beeindrucken.« Wieland Trasse stellte die Weinflasche wieder weg. »Also, was wollte dieser Polizist?«

»Er hat sich nach der Polin erkundigt. Wann die Nachbarn sie zuletzt gesehen, wie wir sie behandelt haben, ob sie sich einen Grund vorstellen könnten, warum sie weggelaufen ist, solche Fragen hat er gestellt.«

»Und das wundert dich? Genau das ist der Auftrag, den der Beamte erhalten hat. Er befolgt seine Befehle, mehr nicht.«

114

»Ja, aber er war auch bei der von Burwitz.«

»Ist das die Offizierswitwe, mit der ihr in herzlicher Feindschaft verbunden seid?«

»Genau die. Die trauert immer noch ihren Judenfreunden nach und meint, wir wären für ihr Verschwinden verantwortlich.«

Trasse lachte spöttisch auf. »Seid ihr das denn nicht?«

»Jetzt fang du nicht auch noch an. Diese von Burwitz lässt kein gutes Haar an uns. Wer weiß, was für einen Mist sie über uns erzählt hat.«

»Ich werde mich bei Saborski erkundigen. Aber zu etwas anderem. Hast du mit deinen Freunden vom Generalgouvernement gesprochen?«

»Ja.«

»Und?«

»Sie sind einverstanden.«

»Gut. Wobei mich interessiert: Warum eigentlich sind die beiden auf dich zugegangen, als sie Partner suchten?«

Munder grinste. »Misstrauisch?«

»Ja. Denn die könnten das Geschäft auch allein durchziehen, oder? Wozu brauchen sie uns?«

»Nein, können sie nicht«, widersprach Munder. »Ihnen fehlen zuverlässige Kontaktleute im Reich, die Waren in Empfang nehmen und aufbewahren können.«

»Was ist mit ihren Angehörigen? Oder Freunden?«

Munder trank einen tiefen Schluck. »Einer der Freunde bin ich. Und deren Familien? Wo sollen sie die Waren lagern? Sie könnten ausgebombt werden und im schlimmsten Fall fliegt das ganze Geschäft dann sogar auf.«

»Das kann uns auch passieren.«

»Richtig. Nicht aber, wenn du den Großteil der Waren zu deinen Partnern in die Schweiz schaffst. Du hast doch noch diese Verbindungen?«

Trasse dachte nach. »Ja. Du willst also von meinen Verbindungen profitieren?«

»Das werden wir alle.«

»Ein Großteil der Waren? Warum sollen nicht die vollständigen Lieferungen in die Schweiz weitergeleitet werden?«

»Weil ich nicht so lange auf die Erlöse verzichten will. Ich könnte einige zusätzliche Einnahmen schon jetzt gut gebrauchen.«

»Das ist riskant.«

»Nicht wenn ich vorsichtig bin. Und auch nicht riskanter als der Transport selbst.«

»Das sehe ich anders. Du solltest dich gedulden und mich die Waren vollständig in die Schweiz schaffen lassen.«

»Ich brauche Geld. Oder zahlst du mir etwa einen Vorschuss?«

»Nein.«

»Dann geht ein Teil der Lieferung sofort an mich. Oder ich spreche mit meinen Freunden und du bist aus dem Geschäft raus. Das ist nicht verhandelbar. Also, bist du dabei?«

Trasse überlegte einen Moment. »Ich bin einverstanden. Wie wird der Transport organisiert?«

116

»Einer meiner Freunde, Knut Lahmer, sitzt im Distrikt Galizien im Stab vom Regierungsrat Ludwig Losacker. Er ist dort verantwortlich für die neue Ostbahn-Bezirksdirektion. Er wird uns die Transportgenehmigungen ausstellen. Der andere, er heißt Wolfgang Müller, untersteht dem dortigen Polizeichef SS-Gruppenführer Katzmann. Über seinen Schreibtisch laufen die Listen der bei den Juden und Polen beschlagnahmten Wertsachen. Und er hat unbeschränkten Zugang zu den Warenlagern des Bezirks. Seine Aufgabe ist es, die Belege zu prüfen, abzuzeichnen und schließlich die Wertgegenstände zum Abtransport ins Reich freizugeben.«

»Er allein? Es gibt kein Vieraugenprinzip?« Trasse war erstaunt.

»Nein. Schließlich bedient sich auch unsere oberste Reichsführung. Die hat es allerdings mehr auf Kunstgegenstände abgesehen. Wie auch immer. Zu viele Mitwisser wären auch ihnen auf jeden Fall eher unangenehm. Daher nur ein Verantwortlicher. Der muss dann aber besonders vertrauenswürdig sein.« Munder grinste. »Und das ist Müller ja. Die Lieferungen werden an dein Herner Kaufhaus adressiert und sind als Haushaltsgegenstände deklariert. Die erste wird, wenn alles nach Plan verläuft, in wenigen Tagen eintreffen.«

»Wer wählt aus, was und vor allem wie viel an uns geht?«

»Das macht Müller. Wir haben abgesprochen, dass wir die Finger von Einzelstücken lassen. Es würde möglicherweise auffallen, wenn ein SS-Kommando ein besonders ausgefallenes Schmuckstück abliefert, es aber später in keiner Transportliste auftaucht. Also nur Allerweltsschmuck. Aber Gold bleibt schließlich Gold.«

»Sehr richtig. Und die Bezahlung?«

»Jeder meiner Freunde erhält fünfzehn Prozent des Warenwertes. Ursprünglich haben sie fünfundzwanzig verlangt, aber da wir das Transportrisiko in die Schweiz tragen und die unverkäuflichen Stücke lagern müssen, bis wir sie einschmelzen und verkaufen können, habe ich den Preis gedrückt. Der Erlös dessen, was du über deine Schweizer Geschäftspartner sofort verkaufen kannst, wird aufgeteilt und auf dortige Nummernkonten hinterlegt. Alles andere bleibt zunächst bei uns.«

»Wie können deine Freunde sicher sein, dass wir sie nicht hintergehen?«

»Sie führen eine Liste der übersandten Waren. Ein Durchschlag liegt jeder Lieferung bei. Vertrauen gegen Vertrauen. Dann erwarten sie natürlich die Auszüge der Nummernkonten. Und schließlich können sie sehr unangenehm werden, wenn sie betrogen werden.«

»Sie wissen also, dass sie nicht sofort über das Geld verfügen können?«

»Ja. Ihr Anteil wird erst fällig, sobald wir den Schmuck verkauft haben. Dass das dauern kann, ist ihnen bewusst.« Munder grinste. »Und bis dahin kann noch viel passieren.«

»Noch einen Schluck Wein?« Trasse hob die Flasche.

21

Dienstag, 6. April 1943

Wie befürchtet hatte die Anzeige, die Golsten in den Tageszeitungen in Herne und den umgebenden Städten geschaltet hatte, kein brauchbares Resultat erbracht. Sie wussten immer noch nicht, wer der tote Säugling war. Natürlich hatten sich die üblichen Spinner bei der Polizei gemeldet, Wichtigtuer oder Denunzianten, die endlich die Chance sahen, die Auseinandersetzung mit ihren Nachbarn ein für alle Mal für sich zu entscheiden. Aber das war es auch.

Bei der genaueren Untersuchung der Decke, in die die Leiche eingewickelt gewesen war, waren immerhin ein paar blonde Haare sichergestellt worden, die nicht von dem toten Kind stammen konnten. Und der Rechtsmediziner hatte seine Annahmen über den Todeszeitpunkt präzisiert. Er war nach der erfolgten Obduktion davon überzeugt, dass das Kind unmittelbar nach seiner Geburt zwischen dem 20. und 24. März ermordet worden war.

Golstens Telefon klingelte.

»Heil Hitler, Hauptsturmführer«, flötete Margot Schäfer. »Der Sturmbannführer möchte Sie sprechen. Einen Moment, ich stelle durch.«

Wie gewohnt, kam Saborski sofort zur Sache. »Ich hatte doch darum gebeten, in der Sache Munder über jeden Ihrer Schritte informiert zu werden, Hauptsturmführer.«

»Das habe ich auch getan.«

119

»Sie haben die Nachbarn Munders befragt.«

»Ja.«

»Warum wusste ich nichts davon?«

»Ich hatte Ihnen sehr wohl mitgeteilt, dass ich Erkundigungen im Umfeld der Vermissten einholen wollte. Und nicht mehr habe ich getan.«

»Ich hatte da nicht an die Nachbarschaft der Munders, sondern an die anderen Fremdarbeiter gedacht. Aber gut. Was haben Ihre Erkundigungen ergeben?«

Fieberhaft dachte Golsten nach. Gestern erst hatte er die Nachbarn befragt, heute schon war Saborski am Telefon. Die Quelle dieser Information hatte mit Sicherheit einen Namen: Munder.

»Beide Nachbarinnen, mit denen ich gesprochen habe, haben ausgesagt, die Polin nur selten gesehen zu haben. Doch es gibt auch Widersprüchliches. Wenn die eine Nachbarin recht mit ihren Beobachtungen hat, könnte die Ursache für das Verschwinden der Polin in der Behandlung durch die Familie Munder liegen. Die andere Nachbarin dagegen behauptet, die Munders behandelten die Polin vorbildlich.«

Golsten entschied sich, seinem Vorgesetzten nichts davon zu berichten, dass es einen Zusammenhang zwischen dem toten Kind und dem Verschwinden der Polin geben könnte. Zum gegenwärtigen Zeitpunkt erschien ihm diese Annahme doch noch zu vage.

»Möglicherweise können die anderen Nachbarn …«

»Vergessen Sie die Nachbarn. Ich möchte nicht, dass es so aussieht, als würde das Reichssicherheitshauptamt gegen Munder ermitteln. Die Leute in der Schäferstraße zerreißen sich ohnehin schon das Maul. Also, keine Befragung weiterer Nachbarn.«

Als Golsten mit der Zustimmung zögerte, blaffte Saborski: »Das ist ein Befehl! Haben Sie das verstanden, Hauptsturmführer?«

»Jawohl.«

»Halten Sie mich auf dem Laufenden.« Saborski legte auf. Golsten war irritiert. Was hatte Munder zu verbergen, dass ihn eine Befragung seiner Nachbarn beunruhigte? Denn andernfalls hätte der stellvertretende Kreisleiter wohl kaum bei Saborski interveniert.

Das Telefon meldete sich erneut. Wieder Saborski. »Ich habe noch etwas vergessen. Was ist mit dem toten Kind?«

Golsten setzte seinen Vorgesetzten vom Stand der Ermittlungen in Kenntnis.

»Der Fall ist wichtiger als diese weggelaufene Polin, Golsten. Mir wird gemeldet, dass in der Bevölkerung Gerüchte über den Leichenfund kursieren. Ich will nicht, dass sich das ausweitet. Ein totes Mädchen! Das beunruhigt die Menschen. Und Unruhe können wir nicht gebrauchen. Also, in dem Fall will ich zügig Ergebnisse sehen. Verstanden?«

Golsten war zwar der Meinung, dass die Bevölkerung sich für einen namenlosen toten Säugling weniger interessierte und sich mehr über Bomben und die Soldaten an den verschiedenen Fronten sorgte, hielt aber den Mund.

Und er hatte sehr gut verstanden, was Saborski wollte: einen Täter, und zwar irgendeinen. Bevor die Ge-

121

rüchte in der Bevölkerung überhandnahmen. Ob es der wahre war, war dem Sturmbannführer egal. Hauptsache glaubwürdig. Der Fall könnte abgeschlossen werden und die Polizei des nationalsozialistischen Deutschlands hätte wieder einmal ihre Fähigkeiten bewiesen.

Golsten verspürte zum ersten Mal seit Jahren das Bedürfnis nach einer Zigarette. Er stand auf, um Schönberger einen Besuch abzustatten, blieb an der Tür für einen Moment unschlüssig stehen und setzte sich dann wieder hinter seinen Schreibtisch. Keine Zigarette. Stattdessen griff er zum Telefon und ließ einen Wagen bereitstellen. Er würde den Anrainern am Gysenberger Wald einen Besuch abstatten.

22

Dienstag, 6. April 1943

Habt ihr gut geschlafen?« Wieder rief Hermann Treppmann den verabredeten Satz.

Nur wenig später saß ihm Heinz Rosen auf den Holzklötzen gegenüber.

»Sie hatten gestern gerade begonnen, von Ihrer Freundin zu erzählen, als uns meine Tochter überraschte. Wie haben Sie sie kennengelernt?«, fragte Treppmann.

Rosen biss in das Brot, das Treppmann ihm mitgebracht hatte. »Was interessiert Sie eigentlich so an meiner Geschichte?«

Der Alte lächelte. »Sie erzählen so lebendig. Und Sie haben ein ganz anderes Leben als ich geführt. Also, wollen Sie?«

Ja, Rosen wollte. Es war für Rosen, als ob seine Erinnerungen so für die Nachwelt festgehalten werden könnten. Vielleicht war es ja so. Er machte sich keine Illusionen über sein Schicksal. Wenn Deutschland den Krieg nicht bald verlor, war es um ihn geschehen. Irgendwann würden sie ihn aufspüren.

»Ich kannte Ilse schon aus der Schulzeit. Sie ist in die jüdische Volksschule in Wanne gegangen. Ich war zunächst auf einer religiös nicht gebundenen Schule. Dann aber wurde der Druck auf meine Eltern zu groß und sie haben mich ebenfalls auf die jüdische Schule geschickt. Ich erinnere mich noch gut. Zwanzig bis dreißig Kinder lernten in fünf verschiedenen Klassen. In einem Raum. Da habe ich Ilse zum ersten Mal gesehen. Als die Volksschule 1924 geschlossen wurde, folgten wir unserem Lehrer Rosenbaum in die konfessionsfreie Diesterwegschule. Später besuchte ich dann ein Gymnasium in Herne, Ilse das Oberlyzeum in Wanne-Eickel. Für einige Zeit haben wir uns dann aus den Augen verloren. Erst einige Jahre später beim *Sukkot*-Fest haben wir uns in der Herner Synagoge wiedergesehen.«

»Was ist das?«, unterbrach ihn Treppmann.

»Das Laubhüttenfest. Es erinnert an die Wüstenwanderungen des jüdischen Volkes. Wie angeblich unsere Vorfahren bauen wir während der Festtage eine Hütte aus Ästen und Blättern. Damit sich ein jeder besinnt, dass alles Materielle vergänglich ist und jederzeit verlo-

123

ren gehen kann. Ist viel Wahres daran, finden Sie nicht auch?«

Treppmann nickte. »Seit Kriegsbeginn wird uns das täglich vor Augen geführt.«

»Ich sehe das auch so. Gleichzeitig ist es für gläubige Juden ein Symbol, dass Gott im Gegensatz zu einer Hütte aus Laub unvergänglich ist.«

»Sie glauben nicht an Gott?«

»Nein. Aber *Sukkot* ist trotzdem ein schönes Fest. Könnte ich wohl noch einen Schluck Wasser haben?«

Treppmann schenkte Rosen ein, den die Erinnerung offensichtlich überwältigte.

»Danke.« Rosen sprach weiter: »Na ja, das war 1932. Sie war achtzehn, ich einundzwanzig. Wir waren ineinander verliebt und sprachen von Heirat. Aber dann ergriff Hitler die Macht und ich begann mit der illegalen Arbeit. Da ist es besser, wenn man nicht gebunden ist. Anfangs haben wir uns noch häufiger sehen können, aber als die Überwachung von uns Juden immer lückenloser wurde, blieben Ilse und mir nur noch Briefe. Später wurde auch das zu gefährlich. Ilse lebte damals mit ihren Eltern in der Bismarckstraße. Im selben Haus wohnten die Munders, überzeugte Nationalsozialisten und natürlich schon damals stramme Antisemiten.«

»Meinen Sie etwa *den* Munder, den stellvertretenden Kreisleiter?«

»Ja. Beziehungsweise ihn und seine Eltern. Walter ist der jüngste Sohn. Ein Mistkerl, wenn Sie mich fragen.«

Treppmann lächelte. »Das liegt auf der Hand.«

»Nein, nein, ich meine das noch nicht einmal politisch. Munder ist vor allem als Mensch ein Schwein. Er war schon damals hinter jedem Rock her, den er kriegen konnte. Auch bei Ilse hat er sein Glück versucht. Stellen Sie sich das vor: Ein Antisemit wie Munder begrapscht eine Jüdin.«

»War das vor oder nach den Nürnberger Rassengesetzen?«

»Danach. Munder hat sich einen Dreck um dieses Gesetz geschert.« Ein Lächeln spielte um Rosens Lippen. »In diesem Punkt bin ich sogar mit ihm einer Meinung. Dieses Gesetz taugte wirklich nur dazu, es zu ignorieren. Ilse hat ihn natürlich zurückgewiesen. Wir haben uns über den Bock lustig gemacht. Ein Nazi, der Rassenschande begehen will. Was für eine Groteske!« Rosens Lächeln erstarb. »Doch aus der Groteske wurde Dantes Inferno. Ilse wurde Ende 1941 als eine der Ersten in das Getto Riga deportiert. Ich traue Munder durchaus zu, dabei seine dreckigen Finger im Spiel gehabt zu haben. Sie müssen wissen, wir kannten uns alle seit der Einschulung. Und er wusste von meiner Beziehung zu Ilse und meiner Arbeit für die KPD.« Sein Blick wurde wehmütig. »Zunächst kam Ilse in ein provisorisches Sammellager in Dortmund, in das Lokal *Zur Börse*. Zwei Tage später erfolgte ihr Abtransport nach Riga. Über Umwege habe ich einen Brief erhalten, der aus dem Getto herausgeschmuggelt worden ist. Das ist das letzte Lebenszeichen von Ilse.« Rosen öffnete sein Hemd und zog aus einem Brustbeutel ein vergilbtes Blatt Papier. Sorgfältig, fast liebevoll faltete er den Zettel auseinander. »Er war an eine Nachbarin gerichtet. Ilse wusste ja nicht, wie sie mich erreichen konnte. Ich lese Ihnen nur die letzten Sätze vor. Sie sind ein Code.« Er räusperte sich. *»Ich werde nicht mehr lange hier sein. Ich besuche Onkel Willi und Tante Else. Mein Liebster, sei du schlauer, als ich es war. Es umarmt und küsst dich ...«* Rosen konnte nicht weitersprechen.

Minuten vergingen, bis er sich wieder gefangen hatte. »Ihr Onkel und ihre Tante waren schon 1930 gestorben. Sie kündigt mit diesen Zeilen ihren baldigen Tod an. Und ihre Bemerkung über mich spielt darauf an, dass wir darüber gesprochen haben, uns nie den Nazis kampflos ergeben zu wollen. Eher wollten wir sterben. Wenn es sein müsste, durch eigene Hand. Ihr ist das nicht gelungen. Sie ...« Tränen rannen über Rosens Gesicht.

Treppmann legte einen Arm auf die Schultern des Trauernden.

Rosen ergriff dessen Hand und drückte sie fest. »Ich würde sie so gerne wiedersehen«, schluchzte er, von Krämpfen geschüttelt. »Nur einmal noch.«

23

Dienstag, 6. April 1943

Golsten ließ den Fahrer kurz hinter der Stadtgrenze am Hiltroper Landwehr halten. Zwischen Wald und Feldern gruppierte sich ein knappes Dutzend Häuser,

126

die meisten von ihnen kleinere Bauernhöfe oder Kotten. Der Hauptkommissar lief auf die erste Behausung zu.

Da keine Klingel vorhanden war, klopfte Golsten an die Tür. Keine Reaktion. Er klopfte erneut, ein wenig heftiger. Immer noch reagierte niemand. Erst als Golsten mit der Faust gegen die schwere Eichentür hämmerte, hörte er von innen schlurfende Schritte. Eine ältere Frau sah ihn mit erstaunten Augen und offenem Mund an.

Golsten zückte seine Dienstmarke, die die Alte aber offensichtlich nicht interessierte. »Ich bin von der Kriminalpolizei. Mein Name ist …«

»Könnten Sie wohl etwas lauter sprechen. Ich höre nicht mehr so gut«, sagte die Frau.

Golsten steigerte die Lautstärke und brüllte fast, bis die Frau Verstehen zeigte.

»Polizei? Aber ich habe doch nichts getan.«

»Ich bin auch nicht wegen Ihnen hier«, schrie Golsten.

»Nicht? Warum sind Sie denn sonst hier?«

»Ist Ihnen zwischen dem 20. und 24. März irgendetwas Ungewöhnliches hier im Wald oder am Waldrand aufgefallen?«

»März? Welcher März?«

»Der letzte März.«

»Dieses Jahr?«

»Ja.«

»Ich gehe nicht in den Wald.«

»Haben Sie vielleicht auf der Straße etwas gehört oder gesehen? Fremde vielleicht?«

»Gehört?« Die Frau schüttelte heftig den Kopf. »Nee. Wissen Sie, ich hör nicht besonders gut.«

»Und gesehen?«

»Gucken kann ich auch nicht mehr so richtig. Seit Tagen suche ich meine Brille. Wissen Sie vielleicht, wo die sein könnte?«

Golsten atmete tief durch. Dann brüllte er: »Ist Ihr Mann zu Hause?«

»Mein Mann? Der ist schon lange tot.«

»Und ein Sohn oder eine Tochter?«

»Nee, keine Tochter. Wir haben nur zwei Söhne. Der eine wohnt in Bayern. Stellen Sie sich das mal vor. Der andere ist auch schon tot. Aber der aus Bayern kommt mich manchmal besuchen. Und Sie wissen wirklich nicht, wo meine Brille ...«

Golsten verabschiedete sich. Noch eine paar solcher Befragungen und er würde den Dienst quittieren.

Auch die Nachforschungen bei den Bewohnern der anderen Häuser erwiesen sich als unergiebig. Entweder war erst gar niemand zu Hause oder den Befragten war nichts Besonderes aufgefallen. Vielleicht wollte sich manch einer auch an nichts erinnern.

Unzufrieden näherte sich Golsten einem Gebäude am Gysenberg, das unmittelbar am Waldrand lag. *Schmidt* stand auf dem Schild neben der Klingel.

Die Frau, die die Haustür öffnete, war Anfang vierzig. Und nicht schwerhörig.

»Vor vierzehn Tagen? Ja, da war etwas.«

Golsten, der die Hoffnung, etwas zu erfahren, schon fast aufgegeben hatte, sah die Frau erwartungsvoll an.

»Das weiß ich deshalb so genau, weil an dem Tag der Heimaturlaub meines Mannes endete. Er musste sich am 23. März bei seiner Einheit in Essen melden. Sein Regiment ist von Frankreich an die Ostfront verlegt worden.«

»Und was ist an diesem Abend vorgefallen?«

»Gegen elf Uhr hörten wir plötzlich ein Fahrzeug, das den Weg hinauf Richtung Wald fuhr. Das ist sehr ungewöhnlich. Außer von den Bauern, die mit ihren Pferdefuhrwerken hier vorbeikommen, wird der Weg nicht benutzt. Schon gar nicht in der Nacht. Also, der Wagen fuhr an unserem Haus vorbei. Dann war es wieder ruhig. Weil das so seltsam war, ist mein Mann aufgestanden und nach draußen gegangen. Selbstverständlich, ohne Licht zu machen. Und dann ist der Wagen wieder zurückgekommen.«

»Wie viel Zeit ist zwischen Hin- und Rückfahrt vergangen?«

»Nur ein paar Minuten.«

»Geht das etwas genauer?«

»Zehn, aber nicht mehr als fünfzehn Minuten.«

Genug Zeit, um eine Kinderleiche unter Laub zu verstecken, dachte Golsten. »Konnte Ihr Mann jemanden in dem Fahrzeug erkennen?«

»Gott bewahre. Dafür war es viel zu dunkel.«

»Und das Fahrzeugmodell?«

»Ja. Das hat er wohl erkannt. Er hat noch gemeint, dass es eigenartig sei, dass gerade ein solcher Wagen hier entlangfährt.«

»Und was war das für ein Modell?«

»Das hat er mir nicht gesagt. Ich interessiere mich nicht für Autos.«

»Ach?«, fragte Golsten enttäuscht.

»Tut mir leid.«

»Aber Ihr Mann kennt sich mit Autos aus?«

»Er war vor dem Krieg Mechaniker.«

Der Hauptkommissar zückte seinen Notizblock. »Dann geben Sie mir doch bitte den Namen Ihres Mannes. Und die Bezeichnung seiner Einheit.«

Die Frau erschrak. »Aber er hat doch nichts Unrechtes getan.«

»Sie brauchen sich keine Sorgen zu machen. Ich möchte nur von ihm wissen, um welches Fahrzeugmodell es sich gehandelt hat.«

Die Frau blieb misstrauisch. Trotzdem unterwarf sie sich der Polizeiautorität. »Unteroffizier Hugo Schmidt. Er dient im Panzer-Regiment 27 der 19. Panzer-Division. Hugo ist dort im ersten Werkstattzug eingesetzt.«

»Und seine Feldpostnummer?«

»Warten Sie, da muss ich nachsehen.« Sie verschwand für kurze Zeit im Haus. »13259.«

Golsten wandte sich zum Gehen. Endlich eine Spur.

Zurück im Büro erhielt seine Zuversicht, bald weiterzukommen, einen Dämpfer. Wie ihm die Poststelle des Präsidiums mitteilte, gab es keine andere Möglichkeit der Kontaktaufnahme mit dem Unteroffizier Schmidt als der gewöhnliche Feldpostweg. Telegramme oder gar Telefongespräche mit der kämpfenden Truppe blieben ausnahmslos Wehrmachtsdienststellen vorbehalten. Und für einen SS-Hauptsturmführer, der einen kleinen Unteroffizier sprechen wolle, würde man mit absoluter Sicherheit keine Ausnahme machen, meinte der Leiter der Poststelle.

Zähneknirschend setzte sich Golsten an die Schreibmaschine und begann, mit zwei Fingern zu tippen.

Als er fertig war, stempelte Golsten ohne große Hoffnung *Eilt* und *Amtliches Schreiben* auf den Umschlag. Dann reichte er das Kuvert zur Bearbeitung an die Poststelle weiter.

24

Mittwoch, 7. April 1943

Die Zahl derer, die gekommen waren, um Manni zu Grabe zu tragen, war nicht groß: seine Mutter, einige nahe Verwandte, wenige Nachbarn, selbstverständlich seine Freunde und zwei Männer in schwarzen Ledermänteln, die niemand kannte, vermutlich von der Gestapo.

Die Mutter, Anne Loobs, musste auf den Beistand ihres Mannes am offenen Grab verzichten. Mannis Vater wusste zwar vom Tod seines Sohnes, aber dessen Vorgesetzte hatten ihm den Heimaturlaub mit der Begründung verweigert, dass in dem Kampf, den das deutsche Volk zu führen habe, jeder Opfer bringen müsse. Ein Soldat habe das Vaterland mit der Waffe in der Hand an der Front zu verteidigen und dürfe sich nicht zu einer

Trauerfeier davonstehlen. Außerdem sei Loobs politische Gesinnung, glaube man den vorliegenden Berichten des Reichssicherheitshauptamts, eher zweifelhaft, weswegen er sich zunächst im Kampf zu bewähren habe, bevor er Urlaub gewährt bekäme.

Der Pastor sprach einige nichtssagende Worte über Jugend, frühes Sterben und ewiges Leben.

Schwere Wolken hingen über dem Kommunalfriedhof in Holthausen. Und genau in dem Moment, als der Sarg in die feuchte Erde gesenkt wurde, begann es heftig zu regnen. Regenschirme wurden aufgeklappt, Kragen hochgeschlagen. Diejenigen, die nicht so weitsichtig gewesen waren, selbst Regenschutz mitzubringen, drängten sich unter die Schirme der anderen. Auch die beiden Kerle, die vermutlich zur Gestapo gehörten, hatten keinen Schirm dabei, noch nicht einmal einen Hut. Es dauerte nicht lange, da verließen sie, triefend nass, das Gelände. Andere Trauergäste folgten.

Nur Mannis Mutter blieb stoisch im Regen stehen und lehnte mit einem knappen Kopfschütteln den Schutz des Regenschirms ab, den einer ihrer Nachbarn ihr anbot.

Ihre Tränen mischten sich mit Regenwasser und rannen über ihre Wangen.

Als Erwin an der Reihe war zu kondolieren, verhinderte ein dicker Kloß in seinem Hals das Sprechen. In die Augen schauen konnte er der Mutter seines Freundes auch nicht, zu tief nagte die Schuld in ihm. So stand er mit gesenktem Blick vor ihr, drückte ihre Hand, dachte an seine Rache, schob sich wieder in den Hintergrund und schlich schließlich wie ein geprügelter Hund davon.

»He, du!« Jemand rief ihn aus dem Schutz dicht stehender Koniferen an.

Erwin sah in die Richtung, aus der die Stimme gekommen war. Dort stand ein junger Mann in Lederjacke, kaum älter als er selbst, eine Kappe tief ins Gesicht gezogen.

»Nun beweg deinen Arsch schon hierhin«, blaffte der Unbekannte.

»Warum?« Erwin machte keine Anstalten, der Aufforderung zu folgen.

»Der Rote will dich sprechen.«

Der Rote! Er war also doch noch da.

»Nun mach schon. Ich hab nicht ewig Zeit.«

Der junge Mann drehte sich um und ging zurück zum Friedhofseingang. An der Friedhofstraße blieb er stehen und zeigte nach Norden, Richtung Schießstand. »An der nächsten Ecke.«

Gehorsam trottete Erwin los. Als er das letzte Mal diesen Weg gegangen war, waren sie noch zu fünft gewesen. Er hatte die Walther im Hosenbund getragen und sie hatten einen sicheren Platz gesucht, um die Waffe auszuprobieren. Und jetzt lebte Manni nicht mehr.

Er bog um die Ecke und wäre fast über den Roten gestolpert, der in seinem Rollstuhl unter einem Busch Schutz vor dem Regen gesucht hatte.

»Schieb mich ein paar Meter«, meinte der Rote zur Begrüßung. »Ich glaube, du musst mir etwas erklären.«

133

Erwin konnte in seiner Stimme keinen Vorwurf erkennen, nur mitleidiges Interesse. Er griff zum Rollstuhl, drehte ihn und fragte: »Wohin?«

»In die Felder.«

Die Wege waren aufgeweicht und schlammige Pfützen erschwerten ihr Fortkommen. Immer wieder blieb der Rollstuhl stecken und der Rote musste mit seinen kräftigen Armen selbst die Greifreifen fassen. Der Rote sprach kein Wort. Und auch Erwin hielt den Mund.

Erst nach zehn Minuten brach der Rote sein Schweigen.

»Das reicht. Und jetzt erzähl mir, warum Manfred und nicht du das Päckchen überbracht hat.«

»Es is also angekommen?«, erkundigte sich Erwin erleichtert.

»Das ja. Aber es war knapp. Also?«

Erwin berichtete von dem fraglichen Abend, vom Schwächeanfall seines Großvaters und der Notwendigkeit, ihn ins Krankenhaus zu begleiten. »Ich wusste nich, wie ich dich erreichen konnte. Meiner Mutter konnte ich schlecht von dem Auftrag erzählen. Und Manni wollte doch schon immer ...« Tränen stiegen in seine Augen. »Wat sollte ich denn machen? Ich hatte doch keine Ahnung, dat dat passieren würde. Sonst wär ich selbst ... Hätte ich nur nich ...«, stammelte er.

Der Rote griff seinen Arm. »Beruhige dich. Du brauchst dir keine Vorwürfe zu machen. Manni hat den Auftrag korrekt ausgeführt. Leider hat er die Nerven verloren, als die Gestapo plötzlich auftauchte. Das Paket war zu diesem Zeitpunkt schon längst übergeben und unser Kurier über alle Berge. Wäre dein Freund stehen geblieben und hätte sich kontrollieren lassen, wäre vermutlich nichts passiert. Du brauchst dir keine Vorwürfe zu machen.«

Der Versuch des Roten, ihn zu trösten, erschien Erwin zu durchsichtig. Der Rote konnte sagen, was er wollte, aber wenn er selbst vor Ort gewesen wäre, würde Manni noch leben und nicht in einer Holzkiste liegen.

»Ich werde heute noch aus der Gegend verschwinden. Aber eins solltest du wissen: Wenn du zukünftig einen Auftrag übertragen bekommst und ihn, aus welchen Gründen auch immer, nicht ausführen kannst, informierst du zuerst deinen Kontaktmann. Ist das nicht möglich, unternimmst du nichts. Absolut nichts. Hast du das verstanden?«

Erwin nickte.

Der Rote hob den rechten Arm, um seinen wartenden Genossen heranzuwinken. »Ansonsten ist bei dir alles in Ordnung?«, fragte er dann und musterte Erwin aufmerksam.

Erwin wischte sich über die Wangen. »Allet klar. Ich weiß, wat ich zu tun hab.«

25

Donnerstag, 8. April 1943

Lemberg, das auf Polnisch Lwów hieß, war Ende Juni 1941 von der Wehrmacht besetzt worden, ohne dass

135

diese auf nennenswerten Widerstand gestoßen war. Entsprechend wenige Gebäude waren zerstört worden. Selbst der Hauptbahnhof mit seinen von Glaskuppeln überspannten Bahnsteigen war weitgehend intakt.

Wieland Trasse atmete auf, als der Zug am frühen Nachmittag sein Ziel erreichte. Er hatte fast achtundvierzig Stunden in diesem Zug gesessen, der ein paarmal wegen zerstörter Gleisanlagen umgeleitet worden und einmal sogar das Ziel eines Tieffliegerangriffs gewesen war. Mehrmals war er von Wehrmachts- und SS-Streifen bei außerplanmäßigen Aufenthalten des Zuges kontrolliert worden. Er als Zivilist erweckte das Misstrauen dieser Leute. Je weiter die Fahrt nach Osten ging, desto weniger Beachtung fand die von einem Gauleiter der NSDAP weit im Westen ausgestellte Reiseerlaubnis, die er sich dank seiner Beziehungen hatte besorgen können. Bei einer der letzten Kontrollen entging Wieland Trasse einer Festnahme nur, weil sich der Streifenführer als bestechlich erwies. Als Zivilist galt man augenscheinlich nur dann etwas, wenn man eine Marke des Reichssicherheitshauptamt mit sich herumtrug.

Trasse begab sich zu einer Wehrmachtsdienststelle im Hauptbahnhof, zeigte seine Papiere nebst Reiseerlaubnis und bat um die Ausstellung eines Passierscheins für die Stadt. Ein Wehrmachtsoffizier drückte ihm nach kurzem Hin und Her das Dokument in die Hand und beschrieb ihm den Weg.

Die Verwaltung des Distrikts Galizien befand sich im historischen Rathaus der Stadt, einem neoklassizistischen Bau, dessen Glockenturm weithin sichtbar war und Trasse die Orientierung dorthin erleichterte. In den Straßen patrouillierten Wehrmacht, Waffen-SS und ukrainische Hilfstruppen.

Trasse fragte sich bis zu Knut Lahmer durch, der sein Büro in einem Nebentrakt des Gebäudes hatte.

Lahmer erwartete ihn bereits. Die Schulterklappen auf seiner Wehrmachtsuniform gaben Auskunft über den Dienstgrad: Major. Lahmer war nicht allein. Neben ihm stand SS-Sturmbannführer Wolfgang Müller.

»Einen weiten und nicht ungefährlichen Weg haben Sie auf sich genommen, Herr Trasse«, meinte Lahmer und bot seinem Gast eine Tasse Kaffee an. »Wäre es nicht einfacher gewesen, wir hätten die noch offenen Fragen fernmündlich besprochen?«

»Und wir eigentlich doch schon alles mit Ihrem Schwiegersohn geregelt haben«, ergänzte Müller.

Lahmer zog eine Kognakflasche aus einer Schreibtischschublade und hielt sie fragend hoch. Trasse lehnte ab. Also schenkte Lahmer nur zwei Gläser ein.

Trasse nahm einen Schluck Kaffee. »Wirklich gut, der Kaffee.« Er stellte die Tasse ab.

Lahmer wirkte misstrauisch. »Wenn Sie den Preis weiter drücken wollen, haben Sie die Fahrt vergebens gemacht. Die Grenze unserer Kompromissbereitschaft ist erreicht. Weniger als fünfzehn Prozent sind nicht möglich. Auch wir tragen ein nicht gerade unerhebliches Risiko. Schließlich handelt es sich um Eigentum des Reiches, von dem wir, lassen Sie es mich so formulieren, etwas abzweigen.«

Müller knallte sein Glas abrupt auf den Schreibtisch. »Um es ganz klar zu sagen: Wenn wir erwischt werden, landen wir vor einem Erschießungskommando.«

Trasse lächelte müde. »Ich befürchte, das dürfte meinem Schwiegersohn und mir nicht anders ergehen. Aber ich bin nicht gekommen, um den Preis zu drücken. Ich finde, Sie sollten mehr bekommen.« Trasse lehnte sich auf seinem Stuhl zurück. »Ich biete Ihnen zwanzig Prozent.«

Die Überraschung war ihm gelungen. Verblüffung stand in den Gesichtern seiner Gesprächspartner.

»Das müssen Sie uns erklären«, forderte dann Lahmer.

»Deshalb bin ich hier.« Trasse machte eine erneute Kunstpause. »Sie werden von den Waren, die Sie an uns liefern – wie haben Sie das eben so schön genannt? – etwas abzweigen. Und zwar für mich persönlich.«

»Unmöglich!« Müller war aufgesprungen. »Wenn wir mehr als bisher geplant liefern, steigt das Risiko der Entdeckung. Das geht nicht.«

Lahmer nickte heftig.

»Das will ich ja gar nicht. An dem Volumen der Lieferungen werden keine Veränderungen vorgenommen. Wie vorgesehen, obliegt die Auswahl der Stücke nur Ihnen. Sie senden jedoch in zwei Tranchen: Eine größere ist für meinen Schwiegersohn und mich bestimmt, eine kleinere geht ausschließlich an mich. Dementsprechend müssen natürlich auch die Lieferscheine gestaltet werden. Und noch etwas: Ihr Anteil von fünf Prozent zusätz-

138

lich wird selbstverständlich für beide Lieferungen gezahlt, nicht nur für die, die an mich persönlich geht.«

Lahmer dachte nach. »Da stehen Sie sich aber schlechter.«

»Nicht wenn der Anteil, der an mich geht, groß genug ist.«

Müller nippte an dem Kognak. »Aha. Sie wollen Ihren eigenen Schwiegersohn übers Ohr hauen?«

»Darauf läuft mein Vorschlag hinaus, ja.«

»Und warum?« Lahmer sah Trasse aufmerksam an.

»Das ist nicht Ihr Problem«, erwiderte Trasse kühl. »Was halten Sie von meinem Angebot?« Er schaute in die Runde. Dann griff er in seine Jackentasche und legte ein Bündel Geldscheine auf den Tisch. »Leider noch keine Schweizer Franken, sondern Reichsmark. Als Vorschuss gewissermaßen.«

Müller nahm das Geld in die Hand und wog es nachdenklich. »Wer gibt uns die Sicherheit, dass Sie uns nicht ebenso austricksen wollen wie Ihren Schwiegersohn? Schließlich müssen wir uns darauf verlassen, dass Sie tatsächlich die Nummernkonten für uns einrichten. Wir oder unsere Angehörigen können ja nicht selbst in die Schweiz reisen.«

»Diese Sicherheit gibt Ihnen niemand«, erwiderte Trasse gelassen. »Aber ich wäre bereit, Ihnen Ihren Anteil nach jeder Lieferung auszuzahlen. So bliebe das Risiko für Sie kalkulierbar. Zahle ich nicht, liefern Sie nicht mehr. In diesem Fall erfolgt die Bezahlung allerdings nur in Reichsmark. Ich möchte nicht mit einem

139

Koffer voller Franken an der Grenze aufgegriffen werden. Alternativ bleibt es bei den Nummernkonten.«

Lahmer dachte nicht lange nach. »Ich bin grundsätzlich einverstanden. Und du?«, fragte er Müller.

»Geht in Ordnung. Mir ist aber die sofortige Zahlung lieber. Wer weiß, ob ich den Krieg überhaupt überlebe.«

»Geht mir auch so«, stimmte Lahmer zu. »Wie wollen Sie den Betrag zahlen? Und vor allem berechnen?«

»Beginnen wir mit der ersten Frage: wie Sie wollen. Bar?«

»Ich würde in der Tat Bargeld bevorzugen. Können Sie den Betrag an eine von mir benannte Vertrauensperson im Reich übermitteln?«

»Kein Problem«, antwortete Trasse. »Nennen Sie mir Namen und Adresse, und das Geld wird zuverlässig abgeliefert.«

»Ich schließe mich dem an.« Lahmer begann, etwas auf einem Zettel zu notieren, reichte ihn dann Trasse. »Die Daten meiner Vertrauensperson.«

Trasse faltete den Zettel zusammen und steckte ihn in seine Jackentasche.

Auch Müller notierte einen Namen. »Und die Berechnung?«

»Wenn ich das richtig sehe, taxieren Sie die Wertsachen doch ohnehin selbst, bevor Sie sie ins Reich transportieren lassen, oder? Und vermutlich orientierten Sie sich dabei an den jeweiligen Goldpreisen.«

Müller nickte bestätigend. »An den international üblichen Preisen«

»Sehen Sie. Dann nehmen wir doch den von Ihnen festgelegten Betrag.«

»Damit bestimmen wir aber auch selbst über die Höhe unseres Anteils.«

»Das ist mir bewusst.« Trasse lächelte. »Sollten Sie sich jedoch zu Ihren Gunsten verkalkulieren, fällt mir das spätestens dann auf, wenn ich die Ware in der Schweiz taxieren lasse. Dann würde ich bei der nächsten Lieferung eine entsprechende Korrektur vornehmen. Aber wie haben Sie es doch so treffend gegenüber meinem Schwiegersohn betont: Vertrauen gegen Vertrauen.« Die Ironie war nicht zu überhören.

»Einverstanden.« Müller schob die Notiz zu Trasse hin.

»Wir sind uns also einig. Wunderbar.« Trasse zeigte auf die Kognakflasche. »Jetzt möchte ich auch einen.«

Lahmer griff zur Flasche. »Wenn Sie schon mal hier sind – möchten Sie einen Blick auf das werfen, von dem ein Teil uns gehören wird? Ich könnte das ermöglichen.«

Trasse dachte nicht lange nach und nickte.

26

Donnerstag, 8. April 1943

Was macht dein Vater eigentlich immer so lange im Stall?«

Peter Golsten saß am Küchentisch, vor sich eine Flasche Bier, und beobachtete seine Frau, wie sie am Herd das Abendessen zubereitete: Pellkartoffeln mit Salz und Bohnen, dazu ein kleines Stück Speck.

»Reichst du mir bitte das kleine Messer«, bat Lisbeth.

Golsten erhob sich, nahm das Messer und trat hinter seine Frau. Er umarmte sie und sog ihren Geruch ein.

Mit einer leichten Bewegung befreite sich Lisbeth. »Nicht jetzt. Ich muss doch kochen. Hast du das Messer?«

Ein wenig enttäuscht reichte Golsten ihr das Gewünschte. »Du hast meine Frage nicht beantwortet. Was tut dein Vater den ganzen Tag im Stall?«

Lisbeth war froh, mit dem Rücken zu ihrem Mann zu stehen. Sie war nie eine gute Lügnerin gewesen. »Ich weiß es nicht. Er kümmert sich um seine Kaninchen. Außerdem ist er nicht den ganzen Tag im Stall. Nur am Morgen und Abend.«

»Ganz schön viel Zuwendung für so blöde Viecher.« Golsten machte ein paar Schritte Richtung Tür. »Ich sollte mit ihm reden. Außerdem habe ich schon seit Monaten nicht mehr nach den Tieren geschaut. Es wäre schön, wenn wir wieder ein Karnickel schlachten könnten. Langsam hängen mir Bohnen mit Speck zum Hals raus.«

Lisbeth fuhr herum. Vermutlich unterhielt sich ihr Vater mit dem flüchtigen Juden über Gott und die Welt. Peter durfte die beiden unter keinen Umständen erwischen.

»Schmeckt dir etwa mein Essen nicht?«, schmollte sie und legte das Messer aus der Hand. »Dabei gebe ich mir immer so viel Mühe. Aber auf die Lebensmittelkarten gibt es doch nur so wenig. Was soll ich machen?« Sie trat zu ihrem Mann, ergriff seine Hand und führte sie an ihre Brust. »Du kommst doch herum und kennst Hinz und Kunz. Hast du keine Möglichkeit, etwas Fleisch zu besorgen? Die Tiere sind noch nicht fett genug. Ich habe mit Vater gestern darüber gesprochen. Noch einige Wochen, dann gibt es geschmorte Kaninchen. Vielleicht zu Pfingsten.«

»Ich träume oft von einem Stück Fleisch«, flüsterte Golsten in ihr Ohr. »Aber es hat zwei Beine und lange Haare. Es sieht dir verdammt ähnlich.«

Lisbeth lachte, drehte den Kopf beiseite und wand sich in seinen Armen, ohne sich ernstlich von ihm zu lösen. »Ich habe doch gesagt, jetzt nicht.« Trotzdem schlang sie ihre Arme um seinen Hals und küsste ihn. Dann schob sie ihn sanft von sich. »Deckst du bitte den Tisch? Das Essen ist gleich fertig.«

Im kleinen Flur, der von der Küche zur Gartentür führte, war ein Geräusch zu hören. Minuten später betrat Hermann Treppmann den Raum. »Was riecht das hier so gut?«, fragte er und warf einen Blick auf den Herd. »Hmm. Bohnensuppe. Lecker.«

»Keine Suppe«, rief Lisbeth erleichtert. »Bohnen mit Speck. Und Pellemänner.«

»Auch gut«, erwiderte ihr Vater und warf seiner Tochter einen beruhigenden Blick zu. Mach dir keine Sorgen, las sie in seinen Augen. Unser Gast liegt auf seinem Zwischenboden und verhält sich ruhig.

Lisbeth atmete tief durch. Für heute schien es so, als sei alles noch einmal gut gegangen.

Sie aßen schweigend. Erst als wirklich alle Schüsseln geleert waren und Lisbeth das Geschirr abzutragen begann, sprach Peter Golsten seinen Schwiegervater auf die Kaninchen an. »Können wir uns bald auf einen Braten freuen?«

Hermann Treppmann wischte sich mit dem Handrücken Bierschaum vom Mund. »Kommt drauf an.«

»Auf was?«

»Aufs Futter.«

»Wollt ihr nicht in die Stube gehen und eure Unterhaltung dort fortsetzen? Ihr sitzt mir hier nur im Weg.«

Die beiden Männer sahen sich erstaunt an. Bisher war es in ihrem gemeinsamen Haushalt üblich gewesen, dass abwechselnd einer von ihnen das Geschirr abtrocknete. Lisbeth wusste, dass eine Tür mehr oder weniger nicht vor Entdeckung schützte, doch sie wollte ihren Mann möglichst weit entfernt vom Stall sehen.

»Das lasse ich mir nicht zweimal sagen.« Ihr Vater erhob sich ächzend, schnappte sich sein Getränk und schlurfte Richtung Wohnzimmer. Sein Schwiegersohn folgte ihm.

»Was meinst du also?«, fragte Golsten.

»Wozu?«

»Können wir ein Kaninchen schlachten?«

Hermann Treppmann griff zu seiner Pfeife, stopfte sie mit Tabak aus einem Lederbeutel und setzte sie dann in Brand. Er paffte einige Rauchwolken in das Zimmer. »Tja, ich sagte ja schon, dass das vom Futter abhängt.« Er lachte leise. »Im Grunde konkurrieren wir ja mit den Viechern um das Essen. Nur was wir nicht mehr verwer-

144

ten können, bekommen sie. Viel ist das nicht. Ich denke, so um Pfingsten herum.« Damit war diese Frage für ihn erledigt.

Wenig später senkte Hermann Treppmann die Zeitung. »Hier steht, dass in Dortmund eine sogenannte Kriegsschieberin zum Tode verurteilt wurde. Hast du etwas mit dem Fall zu tun gehabt?«

»Nein.« Golsten hatte jedoch von dem Prozess vor dem Sondergericht gehört. Die bei einer Lebensmittelgroßhandlung beschäftigte Frau hatte Bezugsscheine unterschlagen und Unterschriften gefälscht, war geschnappt, vor das Sondergericht gestellt und nach kurzer Verhandlung abgeurteilt worden.

»Die Zeitung behauptet, sie habe einige Zentner Butter, Käse und Wurst beiseitegeschafft.«

»Das ist viel.«

»Genug, um einen Menschen auf das Schafott zu schleppen?«

»Das habe ich nicht gesagt.« Golsten seufzte. »Warum drehst du mir eigentlich immer das Wort im Mund um?«

»Tue ich das?«

»Ja.«

»Dann liegt das möglicherweise daran, dass du dich nicht eindeutig ausdrückst. Hältst du dieses Urteil nun für richtig oder nicht?«

»Es ist sicher hart, aber schließlich herrscht Krieg. Und wenn schon das Abhören von Feindsendern mit dem Tode bestraft werden kann, dann ...«

»Dann kann man auch den Diebstahl von Butter so bestrafen, oder was?«

145

»Natürlich nicht. Aber wir haben uns alle an die Gesetze zu halten. Wer dagegen verstößt, wird bestraft. So ist das. Und so war das im Übrigen auch schon, als deine SPD noch am Ruder war. Auch sie haben Gesetze erlassen und deren Nichtbefolgung unter Strafandrohung gestellt.«

»Ich kann mich nicht erinnern, dass Unterschlagung früher mit dem Tod bestraft wurde.«

»Darum geht es doch überhaupt nicht.« Golsten nahm einen Schluck Bier.

»Doch, genau darum geht es. Selbstverständlich müssen Gesetze eingehalten werden. Aber nicht jedes Gesetz und nicht um jeden Preis. Und vor allem nicht solche von jeder Regierung. Erst recht nicht, wenn diese Gesetze gegen Menschenrechte verstoßen.«

Golsten lachte auf. »Menschenrechte. Große Worte. Es herrscht Krieg.«

»Stimmt. Das ist tragisch genug. Dieser Staat aber rechtfertigt mit dem Verweis auf den Krieg alles und jedes. Butter stehlen – Todesurteil. Es ist schließlich Krieg. Sogenannte Feindsender hören – Todesurteil. Es ist ja Krieg. Laut seine Meinung sagen? Das ist möglicherweise Wehrkraftzersetzung. Also: Verurteilt zum Tode. Wir befinden uns im Krieg.«

»Ja, ja. Ich verstehe schon.«

»Außerdem hat dieses System schon vor Kriegsbeginn mit Gesetzen gemordet.«

Golsten schwieg.

»Deshalb dürfen wir nicht so einfach jedes Gesetz akzeptieren.«

146

»Du akzeptierst den ganzen Staat nicht, in dem wir leben.«

»Da hast du recht.«

»Ich gebe ja zu, dass in Deutschland nicht alles in Ordnung ist.«

»Das ist sehr schmeichelhaft ausgedrückt.«

»Aber wer entscheidet, welche Gesetze befolgt werden und welche nicht?«

»Das muss jeder mit sich selbst ausmachen.«

»Du redest der Anarchie das Wort.«

»Nein, nicht der Anarchie. Den Menschenrechten.«

»Ich glaube ...«

Die Tür wurde geöffnet. Lisbeth steckte den Kopf in die Stube. »Wir haben noch ein paar eingemachte Pflaumen im Keller. Möchtet ihr?«

Das Heulen der Sirenen erübrigte eine Antwort. Die drei zogen eilig ihre Mäntel an und schnappten sich die Koffer mit den Wertsachen und wichtigen Dokumenten. So schnell sie konnten, liefen sie zum nächsten Luftschutzkeller.

27

Freitag, 9. April 1943

Ihr Besuch ist da, Herr Sturmbannführer.«
»Danke. Schicken Sie ihn herein.« Wilfried Saborski legte den Hörer auf die Gabel zurück und erhob sich von seinem Schreibtischstuhl, um seinen Gast zu begrüßen.

Es klopfte und Margot Schäfer öffnete die Tür. »Obersturmführer von Schmeding, Herr Sturmbannführer«, kündigte sie an und gab den Weg in das Büro frei.

Von Schmeding war schlank und hochgewachsen. Seine schwarze Uniform saß wie maßgeschneidert. Und natürlich trug er die schwarze Schirmmütze mit silbernem Parteiadler und Totenkopf. Er stellte eine Aktentasche auf den Boden ab, nahm Haltung an und grüßte mit einem kerzengerade ausgestreckten rechten Arm. »Heil Hitler, Sturmbannführer. Obersturmführer von Schmeding meldet sich wie befohlen zur Stelle.«

Saborski erwiderte den vorschriftsmäßigen Gruß. »Stehen Sie bequem, Obersturmführer.«

Saborski hatte die Personalakte seines Besuchers gründlich studiert. Von Schmeding entstammte einer verarmten pommerschen Adelsfamilie, war achtundzwanzig Jahre alt und hatte in Jura und Geschichte promoviert. Schon als Student war er der SS beigetreten und nach Abschluss seines Studiums 1940 in das Reichssicherheitshauptamt übernommen worden. Von Schmeding war glühender Nationalsozialist. Das und seine schnelle Auffassungsgabe befähigten ihn, auch Aufgaben zu übernehmen, die sich außerhalb des Üblichen bewegten.

Saborski zeigte auf die Sitzgruppe in einer Büroecke. »Nehmen Sie Platz. Kaffee?«

»Danke, Sturmbannführer.«

»Bevor ich auf den eigentlichen Grund, warum ich Sie zu mir gebeten habe, zu sprechen komme, verraten Sie

148

mir: Was wissen unsere Freunde von der anderen Feldpostnummer über den Fall?«

»Die Gestapo verfügt definitiv über weniger Informationen als wir.«

»Ausgezeichnet. Das soll auch so bleiben, von Schmeding. Fangen Sie an.«

Von Schmeding griff zur Aktentasche und zog einen Ordner hervor. »Wie befohlen, haben wir Munder unter die Lupe genommen. Schulbesuch von 1917 bis 1926. Danach eine Ausbildung als Schlosser. Anschließend arbeitslos. Eintritt in die SA 1928, in die NSDAP 1929. Höchster Dienstgrad: SA-Haupttruppführer. Ab 1931 in einem Herner Industrieunternehmen beschäftigt. Parallel dazu die übliche Parteikarriere: Block- und Zellenleiter in Herne, später Ortsgruppenleiter. Ab 1933 Mitglied des Rates der Stadt Herne, seit 1939 hauptberuflicher Stellvertreter des Kreisleiters und mit der Führung der Geschäfte beauftragt.«

Saborski unterbrach von Schmeding. »Die Daten interessieren im Moment nicht so. Gibt es nichts Ungewöhnliches in seiner Biografie?«

Von Schmeding blätterte in seinen Unterlagen. »Zwei Vorstrafen wegen Körperverletzung 1931 und 1932.«

»Schlägereien mit Kommunisten?«

»Wahrscheinlich.«

»Interessiert nicht. Was sonst?«

»Im Herbst 1932 Anklageerhebung wegen Unterschlagung. Da es sich aber um das Eigentum eines Juden handelte, der Deutschland bereits Anfang 1933 verließ,

149

wurde das Verfahren wieder eingestellt. 1937 musste sich Munder einem Parteiverfahren stellen.«

»Weswegen?«

»Er soll sexuelle Beziehungen zu einer Jüdin unterhalten haben.«

»Da er noch heute in Amt und Würden ist, muss er das Verfahren überstanden haben.«

»Genau. Die Jüdin verschwand spurlos. Und die einzige Zeugin widerrief ihre Aussage und nahm sich kurz darauf das Leben.«

»Ach nee.«

»Sie hat den Gashahn aufgedreht, hieß es.«

»Haben wir in der Sache ermittelt?«

»Nein. Das heißt, ich weiß es nicht.«

»Wie das?«

»Es existieren keine Akten in unseren Archiven.«

»Das ist ja interessant. Hat da jemand die Archive gesäubert?«

»Möglich. Das war das, was aus den Unterlagen hervorgeht. Darüber hinaus gibt es immer wieder mehr oder weniger laute Gerüchte, dass sich Munder bis vor etwa einem Jahr, als die letzten Juden aus Herne deportiert wurden, an deren Eigentum bereichert hat. Wenn das stimmt, hat er deutsches Volkseigentum unterschlagen.«

»Und? Ist ihm das zuzutrauen?«

»Ich habe einige Gespräche geführt. Hinter vorgehaltener Hand, versteht sich. Keiner meiner Gesprächspartner wäre bereit, offiziell auszusagen. Es sei denn, Munder würde angeklagt und sie hätten entsprechende Rü-

150

ckendeckung von oben. Ja, ich glaube, dass an diesen Gerüchten etwas dran sein könnte. Munder ist nun nicht gerade das, was ich unter einem aufrechten Nationalsozialisten verstehe. Der Mann hat keinen Charakter, keine Überzeugungen. Er gehört nicht auf einen wichtigen Parteiposten.« Von Schmedings Stimme blieb völlig emotionslos.

Seit Munder bei ihm mit der Vermisstenmeldung aufgetaucht war, hatte Saborski den stellvertretenden Kreisleiter nicht mehr aus dem Kopf bekommen. Irgendetwas stimmte mit dem Mann nicht, dessen war er sich sicher. Und da er stets gut damit gefahren war, die dunklen Geheimnisse der Menschen in seiner Umgebung zu kennen, hatte er von Schmeding mit Nachforschungen beauftragt.

»Ich habe in Golstens Berichten gelesen, dass sich eine Zeit lang Jugendliche in auffälliger Weise vor Munders Haus herumgetrieben haben. Können Sie das bestätigen?«

»Nein. Aber wir haben mit Munders Überwachung erst vor Kurzem begonnen.«

»Dabei ist wohl nichts herausgekommen?«

»Nein. Munder war zwei Mal auf Dienstreisen. Ob dort etwas vorgefallen ist, entzieht sich unserer Kenntnis. Was wir wissen, ist, dass er in Bochum mehrmals ein einschlägiges Lokal aufgesucht hat.«

»Den *Salon Kitty?*«, vermutete Saborski.

»Ja. Eine der Prostituierten arbeitet für uns. Als kleines Entgegenkommen dafür, dass wir mehrere Beischlafdiebstähle übersehen haben. Ihr gegenüber hat

Munder geprahlt, dass er sehr wohlhabend sei und noch reicher werde, wenn der Krieg erst vorbei wäre.«

Saborski grinste. Natürlich hatte er gewusst, dass Munder Stammgast in dem Laden war. Von Schmeding gehörte jedoch nicht zu dem kleinen Kreis von hohen SS-Offizieren, die darin eingeweiht waren, dass der Schuppen vollständig unter der Leitung der SS stand. Er diente der Überwachung und Kontrolle hochrangiger Parteifunktionäre und Industrieller. Ein Edelpuff. Die Zimmer waren mit Mikrofonen ausgestattet, im Keller befand sich eine Abhöranlage. Nur deshalb durften in dem Laden in der Bochumer Innenstadt die Nutten ihren Geschäften nachgehen. Saborski dachte nicht daran, von Schmeding aufzuklären. Sollte er weiterhin annehmen, die Prostituierte, von der er gesprochen hatte, sei nur seine Informantin. Auch SS-Männer verkehrten schließlich in dem Bordell und für manchen war die Karriere nach dem Besuch beendet. »Ziemlich unvorsichtig. Aber manche Männer denken nun mal ausschließlich mit dem Schwanz.«

»Gibt es noch etwas Interessantes?«

»Der Schwiegervater von Munder, Wieland Trasse, ist vor drei Tagen nach Lemberg gereist.«

»Nach Lemberg? Woher wissen Sie das denn?«

»Von einem Freund, der in der Gauverwaltung Westfalen-Süd tätig ist.«

Im Stillen bewunderte Saborski die professionelle Distanziertheit von Schmedings. Hochintelligent, sachlich, kühl, ohne den Anschein einer persönlichen Regung. Das war das Holz, aus dem kommende Führungspersönlichkeiten geschnitzt waren. »Was will er in Lemberg?«

»In den Dokumenten ist angegeben, die Reise diene geschäftlichen Zwecken.«

Was konnte Trasse für Geschäftsinteressen haben, die ihn nach Lemberg führten? »Können Sie mehr über diese Reise in Erfahrung bringen? Wen trifft Trasse dort?«

»Ich werde es versuchen, Sturmbannführer. Aber viel Hoffnungen kann ich Ihnen nicht machen.«

»Tun Sie, was möglich ist. Und intensivieren Sie die Überwachung Munders. Und auch wenn ich mich wiederhole: nur mit absolut zuverlässigen Leuten. Sie wissen ja: Ein angeschossenes Raubtier ist am gefährlichsten.«

Saborski stand auf und reichte von Schmeding die Hand. »Erstklassige Arbeit, Obersturmführer. Wenn Sie so weitermachen, dürfen Sie bald mit einer Beförderung rechnen.«

Unvermittelt zeigte sich der Ansatz eines Lächelns auf von Schmedings Gesicht. »Danke, Sturmbannführer. Heil Hitler.«

Als er allein war, ließ sich Saborski zurück in den Sessel fallen. Wenn Munder sich tatsächlich Vermögen angeeignet hatte, das ihm nicht gehörte, würde er Beweise dafür finden. Und dann Munder ans Messer liefern. Aber natürlich nicht, ohne sich vorher selbst ein Stück vom Kuchen zu sichern. Er wusste zwar noch nicht genau, wie er das bewerkstelligen sollte, aber zunächst ging es sowieso nur darum, Beweise zu finden, die Munder überführten. Als Erstes würde er sich mit Hannelore Schneider alias Madame Kitty in Verbindung setzen.

28

Freitag, 9. April 1943

Jens Pedders befuhr seit nunmehr fast zwanzig Jahren als Partikulier die Wasserstraßen Deutschlands. Er bunkerte Kohlen in Dortmund, transportierte sie über die Kanäle im Revier und den Rhein nach Mainz oder Ludwigshafen, und auf der Rückfahrt brachte er im Bauch seiner *Juist* Schrott für Duisburgs Stahlwerke mit zurück. Kein leichtes Leben, aber er hatte sein Auskommen und war eigentlich ganz zufrieden. Zur Besatzung gehörte außerdem der Vollmatrose Paul, ein Schiffsjunge namens Moses und der Bordhund Struppi, eine ständig kläffende Promenadenmischung, die Pedders bei einem seiner Besuche im Dortmunder Puff vor mehr als zehn Jahren zugelaufen war.

Glücklicherweise waren bisher weder Paul noch Moses zur Wehrmacht einberufen worden, der eine, weil er mit seinen fast sechzig Jahren zu alt, der andere, weil er mit knapp fünfzehn Jahren zu jung für die alles verschlingende Militärmaschinerie war. Und Pedders selbst war dem Gestellungsbefehl entgangen, weil er kriegswichtige Güter transportierte und von daher UK, also ›Unabkömmlich‹, gestellt worden war.

Doch das Leben als selbstständiger Skipper bekam in letzter Zeit immer mehr Schattenseiten. Denn die zunehmenden Bombenangriffe machten den Binnenschiffern zu schaffen. Zwei Mal war die *Juist* nur knapp dem Versenken entgangen. Natürlich war so ein relativ kleiner Kahn kein lohnendes Ziel für die alliierten Bomberpiloten. Aber die Schleusen und die Hafenanlagen der großen Stahlwerke waren es.

»Die Leinen achtern nicht so stramm ziehen!«, brüllte Pedders Moses an, der zusammen mit Paul das Schiff an den Pollern vor der Schleuse Herne festmachte. »Wir wollen hier nicht überwintern.«

Vollmatrose Paul, der die Bugleine bereits vertäut und die Anstrengungen seines jungen Kollegen mit skeptischem Blick verfolgt hatte, lief über das Deck und legte achtern Hand an.

»Leinen fest!«, rief er kurz darauf dem Skipper zu, der am Ruder stand und die vor ihm wartenden Schiffe zählte.

»Das mit dem Schleusen wird dauern«, meinte Pedders, als Paul wenig später bei ihm auf der kleinen Brücke stand. »Da wollen viele zu Tal fahren.«

Wie zur Bestätigung meldete sich in diesem Augenblick das Schleusenpersonal über Funk und teilte mit, dass die *Juist* frühestens in vier Stunden damit rechnen könne, in die Schleusenkammer einzufahren.

»Ich hab's befürchtet«, stöhnte Pedders. »Aber lässt sich ja nicht ändern. Moses soll Ordnung schaffen und dann das Deck anständig schrubben. Ich erledige den liegen gebliebenen Schreibkram. Kümmerst du dich um das Mittagessen?«

Paul nickte.

»Aber lass nicht wieder alles anbrennen. Das Ergebnis deiner Kochkünste vorgestern wollte noch nicht einmal Struppi fressen. Und das will was heißen.«

Paul stapfte zur Tür. »Es gibt Erbsensuppe. Mit viel Kartoffeln.«

»Sag Moses, er soll achtern anfangen.«

Plötzlich hörte Pedders Moses vom Bug her aufgeregt schreien. Der Kapitän verließ seine Kabine und trat ins Freie.

»Skipper, da schwimmt was im Kanal!«, rief Moses. »Direkt unter Ihnen an Backbord.«

Pedders ging zur Reling und sah über Bord. Tatsächlich dümpelte ein Leinensack im Wasser, der etwas über einen Meter lang war und an dem eine Leine befestigt war. Der Schwell eines vorbeifahrenden Tankers ließ den Sack immer wieder mit einem dumpfen Geräusch an die Bordwand stoßen.

»Gib mir den Bootshaken«, meinte Pedders. »Ich ziehe das Ding nach achtern weg. Ich möchte nicht, dass der Tampen da beim Ablegen in die Schraube gerät.«

Der Partikulier griff den Haken, den Moses ihm reichte, beugte sich über Bord und versuchte, den Leinensack mit der Spitze zu greifen. Erst beim dritten Versuch hatte er Erfolg. Langsam ging Pedders die Reling entlang nach achtern und schleppte das Teil im Wasser hinter sich her. Er hatte sein Ziel fast erreicht, als sich das Arbeitsgerät löste und ein großes Loch in das Gewebe riss.

156

Pedders beugte sich nach unten, schob den Bootshaken zurück in den Sack und zog heftiger. Mit einem Ruck schoss die Metallspitze wieder heraus.

»Verdammte Scheiße. Aber was ist denn ...« Pedders konnte kaum glauben, was er da im schmutzigen Kanalwasser sah: Sein Bootshaken hatte sich in einem menschlichen Arm verfangen, der nun so aus dem Sack ragte, als wollte er ihm zuwinken.

»Scheiße«, wiederholte Pedders. Die zügige Weiterfahrt der *Juist* nach Ludwigshafen konnte er vergessen.

29

Freitag, 9. April 1943

Wieland Trasse fühlte sich ausgeruht und erholt. Die Folgen der anstrengenden Reise spürte er kaum noch. Major Lahmer hatte ihm ein Zimmer in einem Innenstadthotel besorgt, welches ausschließlich von höheren Wehrmachts- und SS-Offizieren frequentiert wurde. Das Bett war weich und bequem gewesen und das Frühstück bot einen in diesen Zeiten seltenen Luxus. Es gab Eier mit Speck, Brot, Käse und Wurst und sogar frisch aufgebrühten Filterkaffee. Der Anschein von Ferien mitten im Krieg. Es ist schon ein Vorteil, auf der Seite der Sieger zu stehen, dachte Trasse, als er die zweite Scheibe Brot belegte. Und egal wie der Krieg ausgeht, ich werde dafür sorgen, immer auf der richtigen Seite zu stehen.

Wie verabredet erschien Lahmer um zehn Uhr im Hotel, um ihn abzuholen. Sie nahmen in einem Wehrmachtskübelwagen Platz.

»Bis zum Warenlager sind es etwa vierzig Minuten Fahrt«, erklärte Lahmer. »Müller wird uns dort erwarten.«

Auf dem Weg passierten sie eine große Gruppe, die von Soldaten der Einsatzgruppen und ukrainischen Hilfstruppen durch die Straßen geführt wurde. Der gelbe Stern, den die Gefangenen trugen, wies sie als Juden aus.

»Die werden zur Sonderbehandlung gebracht«, erläuterte Lahmer. »Ich war bei einer dieser Aktionen dabei, um den Abtransport der Wertsachen zu überwachen. Scheußliche Angelegenheit. Sie glauben ja nicht, wo dieses Pack überall ihren Schmuck versteckt. Im Mund, im Arsch. Bin froh, dass ich diese Aufgabe losgeworden bin.«

Der VW-Kübel bretterte über holprige Straßen und Trasse musste mehrmals Halt an einem der Griffe am Vordersitz suchen.

»Ändert sich alles nach dem Endsieg«, lachte Lahmer. »Dann werden auch hier die Straßen picobello aussehen. Wie bei uns im Reich die Autobahnen.«

Das Warenlager, wie Lahmer es nannte, befand sich in einem Komplex, der aus zahlreichen großen Hallen bestand und augenscheinlich von der Wehrmacht als Nachschublager genutzt wurde. Das ganze Gelände war mit Stacheldraht umzogen und Streifen patrouillierten an dem Zaun. Die Zufahrt war mit MG-Posten gesichert.

Ihre Papiere wurden einer sorgfältigen Überprüfung unterzogen. Doch sie wurden erst hereingewunken, nachdem sich der Wachhabende telefonisch bei Sturmbannführer Müller rückversichert hatte, dass mit Trasse und seinem Besuch alles mit rechten Dingen zuging.

Schließlich hob sich die Schranke. Die Menge und die Vielfalt der Dinge, die auf dem Gelände lagerten, waren imposant: Benzinfässer, Eisenbahnschwellen, Autoreifen, große Holzkisten, Berge von Kohlen und vieles mehr.

»Schon beeindruckend, oder?« Lahmer hatte Trasses Erstaunen bemerkt. »Nachschub für die Truppe. Das Gelände hier hat einen Eisenbahnanschluss. Der ist dahinten.« Lahmer zeigte mit der Hand Richtung Norden. »Sie können ihn von hier aus nicht sehen. Das Lager ist größer, als man annimmt.«

Kurz darauf hielt der Fahrer vor einem Gebäude, an das eine große Lagerhalle grenzte. Beide Bauwerke waren zusätzlich separat eingezäunt. Vor einem zweiflügligen Tor standen bewaffnete SS-Männer. Rechter Hand konnte Trasse eine kleine Baracke ausmachen.

»Dort wohnen die Arbeiter«, erklärte Lahmer.

Erneut wurden ihre Papiere penibel überprüft. Dann standen sie Sturmbannführer Müller gegenüber.

»Entschuldigen Sie die Kontrollen, Herr Trasse«, meinte er, als die Männer sich die Hände schüttelten. »Aber hier lagern Millionen. Das weckt Begehrlichkeiten. Wir können nicht vorsichtig genug sein.«

Trasse unterdrückte ein Grinsen. Es war schon mehr als skurril, wenn sich ein Offizier, der drauf und dran

159

war, Reichseigentum zu unterschlagen, über die Sicherheit der ihm anvertrauten Wertsachen Gedanken machte.

»Bitte, kommen Sie herein. Möchten Sie zunächst einen Kaffee?«

»Nein, danke. Ich habe gerade erst gefrühstückt.«

»Wie Sie meinen. Dann wollen wir mal, meine Herren. Herzlich willkommen auf dem Goldesel.« Müller lachte über seinen Witz und Trasse deutete aus Höflichkeit ein Lächeln an.

Der Sturmbannführer führte sie durch einen langen, weiß gekälkten Gang, dessen Putz an einigen Stellen bröckelte und der von blanken Glühbirnen erleuchtet wurde. Die links und rechts abgehenden Türen waren geschlossen. »Hier arbeitet das Verwaltungspersonal«, erklärte Lahmer. »Alle natürlich von der SS.«

Sie bogen um eine Ecke und gelangten vor eine schwere Stahltür, die von einem SS-Mann bewacht wurde. Der Mann salutierte zackig, als er Müllers ansichtig wurde, und riss die Tür auf.

»Und nun hinein ins Allerheiligste«, meinte Müller.

Die Halle, die sie betraten, hatte keine Fenster. Nur durch verdreckte Oberlichter gelangte etwas Tageslicht in den Raum. Genau gegenüber der kleinen Gruppe, etwa einhundert Meter entfernt, befand sich eine weitere Stahltür. Auch sie wurde durch uniformierte SS-Leute gesichert.

»Die Wertsachen werden hier klassifiziert, geschätzt und gelistet. Die Gegenstände werden aus dem ganzen Bezirk Galizien hierher gebracht. Das Vermächtnis des polnischen Adels, vermögender Kaufleute oder auch reicher Juden.« Müller lachte. »Wir sind da nicht wählerisch. Die vielen Regale, die Sie hier sehen, dienen der Sortierung der Waren. In einem befinden sich nur Uhren, in einem anderen Leuchter, in wieder einem anderen Bilder und so weiter. Die SS-Männer an den Tischen davor kontrollieren die Einlieferungen, überwachen die Hilfskräfte und sind vor allem dafür verantwortlich, dass die Entnahmen korrekt verbucht werden.«

Sie schlenderten durch die Gänge der Halle. Dürre Männer standen mit gesenktem Kopf zwischen den Regalen.

»Das sind unsere Hilfskräfte«, erläuterte Müller, der Trasses Blick gefolgt war. »Ausschließlich Juden. Goldschmiede und Kunstsachverständige werden bei der Anlieferung eingesetzt, andere als Träger. Werden regelmäßig zur Sonderbehandlung geschickt.«

»Major Lahmer erwähnte diese Sonderbehandlung eben schon. Was habe ich mir darunter vorzustellen?«

Die beiden Offiziere warfen sich einen vielsagenden Blick zu. »Das wissen Sie nicht?«, fragte Lahmer erstaunt.

»Nein.«

»Die Itzigs werden alle erschossen.« Müller sagte das beiläufig, als ob er vom Wetter redete. »Kommen Sie, ich zeige Ihnen, was wir hier alles lagern.«

Sie traten zu einem der Tische. Ein SS-Mann, der dort gesessen hatte, sprang sofort auf und nahm Haltung an.

161

»Das ist zum Beispiel der Bereich, wo wir Porzellan und so etwas einsortieren. Wollen Sie eines der Stücke sehen?«

»Gern.«

Müller gab dem SS-Mann einen Befehl. Der scheuchte einen der jüdischen Träger auf eine wackelige Leiter, um etwas aus einem der oberen Regalböden in etwa fünf Metern Höhe zu holen. Als der Mann, eine Vase in der rechten Hand und bemüht, nicht die Balance zu verlieren, die Leiter wieder hinabstieg, geschah es. Eine der Leiterstufen brach, der Mann geriet ins Straucheln und bei dem Versuch, sich festzuhalten und vor dem Absturz zu bewahren, glitt ihm die Vase aus der Hand, fiel und zerschellte vor den Augen Trasses und der beiden Offiziere auf dem Betonboden.

Bebend vor Zorn wartete Müller, bis der Gefangene selbst den vermeintlich sicheren Boden erreicht hatte und mit noch tiefer gesenktem Kopf vor ihnen stand. Ohne ein weiteres Wort öffnete Müller sein Pistolenhalfter, zog die Waffe heraus, entsicherte sie und schoss dem Mann in den Kopf.

Trasse packte das blanke Entsetzen, als er den Juden in seinem Blut vor sich liegen sah.

»Sorgen Sie dafür, dass hier sauber gemacht wird«, fuhr Müller den SS-Mann an, der den Vorfall mit regungslosem Gesicht beobachtet hatte. »Und tragen Sie die Vase aus der Liste aus. Ich will keinen Ärger wegen der Buchführung.« Er warf einen Blick in die Liste, die auf dem Tisch lag. Dann meinte er, zu Trasse gewandt: »Entschuldigen Sie die kleine Unannehmlichkeit. Glü-

162

cklicherweise handelte es sich nicht um ein besonders wertvolles Stück. Ich zeige Ihnen etwas weniger Zerbrechliches. Kommen Sie.«

Trasse zitterten die Beine. Aber er folgte Müller und Lahmer zum nächsten Regal, bestaunte goldene Uhren, Bilder niederländischer Meister, Ringe aus Silber und Platin.

Als Trasse am Abend in einem Militärzug Richtung Westen saß, hatte er den Vorfall mit dem Juden schon wieder völlig vergessen. Seine Gedanken kreisten um die erste Lieferung, die Müller und Lahmer Anfang der nächsten Woche auf den Weg bringen wollten. Und darum, wie er das Problem mit seinem Schwiegersohn lösen konnte.

30

Sonntag, 11. April 1943

Walter Munder hieß den Fahrer, zwei Straßen entfernt vom *Salon Kitty* zu halten, und ging das letzte kurze Stück zu Fuß.

Das Etablissement befand sich im ersten Stock eines Geschäftshauses, das sonst Arzt-, Anwaltspraxen und einer Versicherungsagentur Platz bot. Munder drückte den Knopf neben dem Schild: *Import – Export.* Der elektrische Türöffner summte. Munder drückte die Haustür auf.

Oben erwartete ihn Madame schon an der Tür. Sie war nach der neuesten Mode gekleidet und verströmte einen dezenten Parfümgeruch. »Ah, Herr Munder. Schön, dass Sie uns wieder einmal mit Ihrem Besuch beehren. Ich habe etwas Besonderes für Sie vorbereitet.« Sie streckte einladend den Arm aus. »Bitte treten Sie ein.«

Dicke Läufer lagen im Flur auf dem Parkett und dämpften jeden Schritt. Weinrote Stofftapeten und kleine, schummriges Licht abgebende Wandleuchten vervollständigten das Interieur.

Madame öffnete eine der Türen und leise Musik war zu hören. Auch im Salon selbst waren die Wände mit den roten Stofftapeten ausgeschlagen. Ein großer Kronleuchter hing an der Decke. Schwere, bodenlange Vorhänge ganz aus schwarzem Samt verhinderten, dass ein Lichtstrahl nach außen drang. Auf bequemen Sesseln und Polstern warteten spärlich bekleidete Frauen, keine von ihnen älter als fünfundzwanzig, auf zahlungskräftige Kundschaft.

»Möchten Sie sich sofort in eines der Separees zurückziehen?«, gurrte Madame Kitty. »Ich kann Ihnen Simone empfehlen. Neu bei uns im Salon. Und sehr geschickt mit ihren Lippen.« Sie schnippte mit den Fingern und eine schwarzhaarige Schönheit erhob sich und tänzelte grazil zu Munder, legte beide Arme um seinen Hals und schmiegte sich verführerisch an ihn.

Munder spürte die festen Brüste und reibenden Schenkel an seiner Seite und sein Mund wurde trocken. »Etwas später. Vielleicht.« Er verbesserte sich hastig, als

164

er die Enttäuschung im Gesicht des Mädchens bemerkte. »Nein, bestimmt. Erst möchte ich aber etwas trinken. Und versuchen, meinen Verlust von letzter Woche wieder wettzumachen.« Er tätschelte dem Mädchen die Wange. »Simone soll mich an den Tisch begleiten. Sicher bringt sie mir Glück.«

»Eine gute Entscheidung.« Madame Kitty zog Simone von Munder fort. »Champagner. Und begleite den Herrn in das Spielzimmer.«

Im Nachbarzimmer saßen an zwei getrennten Tischen sechs andere Gäste, fast alle ein oder auch zwei der Mädchen hinter sich, die ihnen den Nacken kraulten, an ihrem Ohrläppchen knabberten und Champagner nippten. Munder wurde an einen Tisch geführt, an dem lediglich drei Männer spielten, deutete eine Verbeugung an und fragte: »Ist es gestattet?«

Einer der drei Spieler, ein Mittfünfziger mit gewaltigem Bauch, antwortete. »Gern. Wir spielen *Siebzehn und Vier*. Ich halte derzeit die Bank. Sie wechselt nach jeweils fünf Runden. Mindesteinsatz einhundert Mark. Zwei Asse, also Feuer, gewinnen sofort. Ass und Zehn gewinnen gegen andere einundzwanzig. Wenn Sie einverstanden sind ...«

Nach einer Stunde hatte Munder vier Gläser Champagner getrunken und über eintausend Reichsmark verspielt. Damit war die Hälfte des Geldes, welches er höchstens zu verlieren gedachte, in den Taschen seiner Mitspieler gelandet.

Die Bank wechselte. Der nächste Bankhalter saß links von Munder. Er war hager und sein Gesicht spitz.

Als Einziger der Anwesenden verzichtete er auf die Unterstützung von Kittys Angestellten. »Banco wird erhöht«, sagte er mit seltsam tonloser Stimme an und blätterte sechstausend Mark auf den Tisch. Damit war der Höchsteinsatz festgelegt.

Munder war der Erste, der als Pointeur setzen musste. Er legte einen Hunderter auf den Tisch. Die anderen taten es ihm nach. Die Spieler erhielten ihre ersten Karten. Munders Karte war eine Zehn. Er überlegte einen Moment und warf dann weitere fünfhundert in die Mitte. Der Mann neben ihm setzte erneut einhundert, der dritte in der Runde zweihundert. Der Bankhalter teilte die weiteren Karten aus. Munder schob seine Spielkarte mit spitzen Fingern zum Rand des Spieltisches, legte die erste darauf und hob beide an. Dann faltete er sie langsam auseinander. Ein Pikass. Zusammen mit der Zehn hatte er einundzwanzig. Nur ein Doppelass konnte das schlagen. Munder bemühte sich, einen möglichst gelassenen Gesichtsausdruck beizubehalten, und setzte weitere fünfhundert. Auch die anderen Männer tätigten ihre Einsätze. Munder verzichtete darauf, weitere Karten zu kaufen, erhöhte aber den Einsatz erneut um einhundert. Nur nicht zu gierig erscheinen, sagte er sich. Der Spieler rechts von ihm stieß einen Fluch aus und warf seine Karten wütend auf den Tisch. Dabei bekam eine Spielkarte so viel Fahrt, dass sie zu Boden segelte. Munder erkannte ein Herzass. Also waren nur noch zwei weitere Asse im Spiel. Der Bankhalter sah ihn fragend an. Munder blickte auf den Geldstapel vor ihm. Sechstausend Reichsmark! Nur noch zwei Asse! Und er hatte die einundzwanzig. Es müsste schon mit dem Teufel zugehen ... Mit heiserer Stimme sagte er: »Banco.«

Damit waren alle anderen aus dem Spiel. Nur noch er und die Bank. Und es ging um sechstausend Mark.

Der Bankhalter gab sich nun auch zwei Karten, legte die anderen aus der Hand und sah Munder auffordernd an. »Ihr Einsatz, bitte.«

Munder griff zu der Geldbörse mit der eisernen Reserve, die er an solchen Abenden immer dabeihatte, und zählte so lange Scheine auf den Tisch, bis sein Einsatz ebenso hoch wie der der Bank war. »Sechstausend«, stellte er fest.

Der Bankhalter deckte seine erste Spielkarte auf. Das Karoass. Munder brach der kalte Schweiß aus und sein Puls raste. Keine Zehn, bat er in Gedanken. Keine Zehn! Und natürlich kein Ass.

Langsam, sehr langsam griff der Bankhalter zur zweiten Karte. Er hob sie an und seine Augen weiteten sich erfreut: Kreuzass!

»Feuer!«

Munder konnte nicht fassen, was er sah. Seine Hände zitterten. Aber er bemühte sich, Haltung zu bewahren. »Glückwunsch«, sagte er und griff zum Champagnerglas. Er leerte es in einem Zug. »Sie entschuldigen mich jetzt bitte.« Mit schweren Schritten verließ er den Spieltisch. Simone folgte ihm.

Munder hatte den Schock noch nicht verdaut, da gesellte sich Madame zu ihm und Simone in das Separee, in das sie sich zurückgezogen hatten.

»Sie haben verloren, Herr Munder? Schon wieder?«

»Tja, Pech im Spiel, Glück in der Liebe.« Er knetete die Oberschenkel von Simone, die es sich auf seinem Schoß gemütlich gemacht hatte.

»Leider muss ich darauf bestehen, dass Sie Ihre Rechnungen der letzten Wochen begleichen.« Madames Stimme war kalt und hart.

Munder scheuchte das Mädchen von seinem Schoß. »Was fällt Ihnen ein? Ich bin einer Ihrer besten Kunden.«

»Sie waren einer der besten Kunden, wenn Sie nicht bezahlen.«

»Ich könnte Sie und Ihren ganzen verdammten Salon …«

»Drohen Sie mir nicht. Ein stellvertretender Kreisleiter der NSDAP zählt nicht viel in einem Haus, in dem regelmäßig Gauleiter und hohe SS-Offiziere verkehren. Der Herr, der Ihnen eben Ihr Geld abgenommen hat, ist zum Beispiel SS-Oberführer. Bezahlen Sie und Sie können sich weiter mit Simone oder einem der anderen Mädchen amüsieren. Selbstverständlich sind Sie dann auch zukünftig jederzeit willkommen.« Madame runzelte die Stirn. »Bezahlen Sie nicht, lasse ich meine Beziehungen spielen. Und glauben Sie mir, Herr stellvertretender Kreisleiter, die sind exzellent. Das, Herr Munder, ist eine Drohung. Ihre Entscheidung bitte.«

Munder war sich im Klaren, dass Madame Kitty es ernst meinte. Der Ausdruck ihrer Augen ließ keine andere Deutung zu.

»Wie viel schulde ich Ihnen?«, erwiderte er daher und versuchte, Selbstbewusstsein auszustrahlen.

»Eintausend unter Freunden.«

Munder schluckte. »Das … Ich verfüge momentan nicht über einen solchen Betrag.«

»Das ist schlecht«, erwiderte Kitty.

Munder dachte fieberhaft nach. Wo konnte er noch Geld abzweigen?

»Aber vielleicht kann ich Ihnen doch ein Stück entgegenkommen«, sagte Madame langsam. »Verfügen Sie über irgendwelche Wertsachen? Einen diskreten Käufer könnte ich sicherlich besorgen.«

Wertsachen? Ja genau. Lahmer hatte ihn informiert, das noch in dieser Woche die erste Lieferung eingehen würde. Da müsste doch etwas dabei sein, das sich zu Geld machen ließe. Es war zwar gegen die Absprachen, aber niemand brauchte davon etwas zu erfahren. Das könnte gehen. »Ja, das ist ein Weg. Aber ich brauche etwas Zeit.«

»Wie lange?«

»Bis Ende der Woche.«

Als Madame später die Tür hinter Munder schloss, spielte ein feines Lächeln um ihre Mundwinkel. Sie fand den Hageren vor der Tür zum Spielzimmer, wo er auf sie wartete.

»Gute Arbcit«, sagte Madame und streckte die rechte Hand aus. »Wenn ihr etwas könnt, ist es Falschspielerei! Gib mir den Einsatz zurück. Den Rest habt ihr euch wirklich verdient.«

Der Hagere grinste.

169

31

Montag, 12. April 1943

Die Luftalarme erfolgten immer öfter. Doch auch weiterhin kam Herne glimpflich davon. Es hatte zwar Sachschäden gegeben, aber keine Opfer unter der Zivilbevölkerung.

In der letzten Woche hatte Golsten den Fall der verschwundenen Polin und den des toten Säuglings nicht so bearbeiten können, wie er das eigentlich vorgehabt hatte. Andere dienstliche Aufgaben hatten ihn davon abgehalten. Wie auch die Kollegen hatte er Namenslisten von Jugendlichen erstellen müssen, die dem Nationalsozialismus und seinen Organisationen ablehnend gegenüberstanden. Golsten ahnte, dass die Listen für die Genannten schlimme Folgen haben würden. Aber er fragte und sagte nichts. Wie alle.

Nun wollte er jedoch endlich in beiden Fällen weiterkommen, obwohl ihn seit dem Samstag ein heftiger Schnupfen, Heiserkeit und leichtes Fieber plagten.

Golsten hatte beschlossen, in Sachen der verschwundenen Polin die Baufirmen ausfindig zu machen, die bei Munders die Umbaumaßnahmen durchgeführt hatten. Er stieß auf drei Unternehmen, die im mittleren Ruhrgebiet ansässig waren und deren Namen mit Pro... oder Brau... begannen. Eine Firma *Prossek* in Recklinghausen, ein kleines Unternehmen namens *Brauser* in Wanne-Eickel sowie die Firma *Braumer-Bau* in Bochum.

Er begann mit *Brauser* in Wanne und hatte Glück. Eine Frauenstimme meldete sich am Telefon und gab nach anfänglichem Zögern bereitwillig Auskunft. Ja, die Firma habe im letzten Oktober für eine Familie Munder in Herne gearbeitet. Ein Umbau im Keller. Nein, sie selbst sei nie in dem Haus gewesen. Die Arbeiten habe ihr Mann beaufsichtigt, aber der sei kurz darauf eingezogen worden und seitdem an der Ostfront. Arbeiter? Nein, nein, dafür werfe ihr Geschäft nicht genug ab. Einige Fremdarbeiter, von Zeit zu Zeit, das ja. Ja, auch bei diesem Auftrag. Nein, alle Polen seien schon wieder abgezogen worden. Wohin? Das könne sie leider nicht sagen. Da müsse der Kommissar sich schon selbst bemühen. Aber einen von ihnen habe sie in den letzten Tagen zufällig in Wanne-Eickel gesehen. Er sei aus der dortigen Polenkneipe gekommen. Ja, der sei bei den Arbeiten im Hause Munder dabei gewesen. An allen Tagen. Sein Name? Kaczyk oder so ähnlich. Vorname? Da müsse sie nachschauen. Wenn der Kommissar einen Moment ...

Golsten wusste, welche Kneipe die Frau meinte. Es gab in Herne nur eine Gaststätte, die eine Ausnahmegenehmigung der Polizeibehörden hatte, Polen zu bewirten. Für die meisten Deutschen waren diese Polenkneipen tabu.

»Hören Sie?« Frau Brauser war wieder am Apparat. »Es handelt sich um einen gewissen Josef Kaczyk. Er war nur kurz bei uns. Aber er hat immer gut gearbeitet. Wir hatten keinen Grund zur Klage.«

»Können Sie mir sagen, wie alt der Mann ist?«

»Kaczyk ist Jahrgang 1918.«

»Und wann genau war er bei Ihnen?«

»Vom 1. September bis 1. November 1942.«

Der Hauptkommissar verabschiedete sich. Kaum hatte er den Hörer zurück auf die Gabel gelegt, schrillte das Gerät.

»Ja, bitte?«

»Du solltest möglichst schnell zur Rechtsmedizin in Bochum kommen. Ich warte hier auf dich.« Am Apparat war sein Kollege Schönberger.

»Warum?«

»Freitagnachmittag wurde im Rhein-Herne-Kanal eine weibliche Leiche gefunden. Da ich am Wochenende Bereitschaft hatte, ist die Angelegenheit auf meinem Schreibtisch gelandet.«

»Und?«

»Ich habe mir die Tote gerade angesehen. Sie ähnelt deiner verschwundenen Polin. Soweit man das nach der langen Liegedauer im Wasser sagen kann. Aber sie ist Polin, das steht fest.«

Golsten dachte nicht lange nach. »Ich komme.«

Golstens Schritte hallten im Keller der Bochumer Rechtsmedizin. Ihn fröstelte. Er kannte die Örtlichkeit von vielen Besuchen, aber ihn schauderte es immer noch, wenn er durch die langen, weiß gekachelten Flure mit den grellen Deckenlichtern lief.

Golsten öffnete die Tür am Kopfende des Ganges und betrat den Obduktionssaal. Auch hier war alles zweckmäßig: raumhoch die Fliesen, weiß die Schränke an den Wänden, die die Instrumente der Rechtsmediziner ent-

172

hielten. Drei Metallpritschen standen im Raum, auf einer von ihnen lag eine weibliche Leiche auf dem Rücken. Ihr Brustkorb war nur notdürftig vernäht, die Haut der Toten war grau, einige Stellen fleckig grün und seltsam gefaltet. Es roch intensiv nach Alkohol, Formaldehyd und Verwesung. Je näher Golsten der Toten kam, desto unerträglicher wurde der Geruch. Ja, die Frau sah dem Foto der verschwundenen Polin tatsächlich ähnlich.

Der Rechtsmediziner steckte sich eine Zigarette an und meinte: »Die Tote ist am Freitagnachmittag eingeliefert worden. Die Frau ist eindeutig an der Schussverletzung gestorben.«

»Was für eine Schussverletzung?«

»Ach ja, das können Sie ja nicht sehen.« Der Mediziner trat an den Tisch, griff in die Haare der Toten, hob den Kopf vorsichtig an und drehte ihn. Nun bemerkte auch Golsten das fast kreisrunde Loch im Hinterkopf. »Das Projektil steckte noch im Kopf. Es hat das Schädeldach durchschlagen und ist im Kleinhirn stecken geblieben. Sie war sofort tot.«

Schönberger, der sich im Hintergrund des Raumes aufgehalten hatte, trat vor. »Das Projektil ist vom Kaliber 7.65, vermutlich abgefeuert aus einer …«

Doch der Mediziner ließ sich seinen Auftritt nicht nehmen. »Das können Sie doch sicher nachher noch besprechen. Also, wie Sie sehen können, beginnt sich die Haut bereits abzulösen.« Er griff zu der linken Hand der Leiche und streifte einen Teil der Haut wie einen Handschuh ab. Golsten schluckte heftig. »Daran erkennen wir, dass der Körper mindestens sieben Tage, vermutlich aber eher zwei Wochen oder länger im Wasser gelegen hat. Dafür spricht auch der Algenbefall. Fäulnis dagegen ist noch nicht aufgetreten. Einen solchen Befund haben wir erst nach einer Liegezeit im Wasser von mehr als drei Wochen. Deshalb bin ich mir sicher: Die Frau starb zwischen dem 20. und 27. März dieses Jahres. Noch Fragen?«

Golsten schüttelte den Kopf. Er kämpfte mit der Übelkeit und wünschte sich nur noch, diesen Keller verlassen zu dürfen.

»Dann, meine Herren, viel Spaß weiterhin.« Der Arzt zog an seiner Zigarette und verfolgte belustigt, wie Golsten mit bleichem Gesicht eilig Richtung Ausgang strebte.

Zehn Minuten frische Luft und Golsten ging es wieder etwas besser.

Er winkte Schönberger zu sich, der die Geste richtig verstand und erneut zu einem Bericht ansetzte: »Also, das Geschoss hat Kaliber 7.65, abgefeuert vermutlich aus einer Sauer 38H. Die Leiche wurde in einen Leinensack gestopft und dieser mit einem Strick an etwas Schwerem befestigt. Vielleicht wurde ein Stein benutzt. Oder ein Stahlstück. Dann wurde der Sack in den Kanal geworfen. Ob nun die Leine nicht richtig befestigt worden war oder gerissen ist, wissen wir nicht. Auf jeden Fall hat sich der Sack von dem Gewicht gelöst und ist an die Oberfläche getrieben, wo er von einem Berufsschiffer am Freitag entdeckt wurde.«

»Irgendwelche Ausweispapiere?«

»Nein. Nichts.«

»Wieso weißt du dann, dass die Tote Polin ist?«

»Ihre Kleidung. Sie trug das entsprechende Abzeichen.«

Golsten überlegte. Einen Zweifel, dass es sich bei der Toten um Marta Slowacki handelte, hatte er nicht. Ihm fiel etwas ein. »Du sagtest, ihr habt das Polenabzeichen auf ihrer Kleidung gefunden. Trug sie auch Schuhe?«

»Ja, natürlich.«

»Braun, ohne Absatz und mit einer auffälligen aufgenähten Blume?«

»Genau. Woher weißt du das?«

»Der Schuster.«

»Wie bitte?«

»Ich habe den Schuster befragt, bei dem die Slowacki zuletzt Besorgungen gemacht hat. Er hat mir die Schuhe beschrieben.«

»Dann ist die Tote deine Verschwundene?«

»So sieht es aus.«

»Warum schießt jemand einer polnischen Fremdarbeiterin in den Hinterkopf?«, fragte Schönberger.

»Das würde ich auch gerne wissen«, erwiderte Golsten.

32

Donnerstag, 15. April 1943

Auf den Lieferscheinen stand wie vereinbart als Absender eine in Lemberg ansässige Manufaktur für Haushaltswaren. Die drei großen Holzkisten waren am Nachmittag am Güterbahnhof in Wanne-Eickel eingetroffen. Ein freundliches Gespräch mit dem Leiter der Güterstation und ein Hundertmarkschein hatten dafür gesorgt, dass das Bahnhofspersonal Trasse von der Ankunft der Ware sofort unterrichtet hatte. Der Unternehmer schickte sogleich einen Kraftwagen nach Wanne, um alles in sein Herner Kaufhaus transportieren zu lassen.

Gegen sieben Uhr abends war es dann so weit. Trasse betrat den Kellerraum, in dem er die Kisten hatte abstellen lassen. Zwei Mitarbeiter begleiteten ihn. Er wusste genug von deren Vorleben und sexuellen Neigungen, um beide in einem KZ verschwinden lassen zu können. Stillschweigengegen Stillschweigen. So lautete der ungeschriebene Vertrag.

Trasse ließ die Männer die erste Kiste in den Lichtkegel der von der Decke hängenden Glühlampe schaffen. Hastig räumte er die Töpfe und Pfannen, die obenauf zwischen Holzwolle lagen, beiseite. Endlich stießen seine suchenden Finger auf eine Zwischendecke aus Holz.

»Her mit dem Eisen«, fuhr Trasse einen der beiden anderen Männer an. Er nahm das Eisen entgegen, hielt

176

inne und sagte: »Geht nach oben. Ich rufe, wenn ich euch brauche.«

Er wartete, bis er allein war, und brach die Zwischendecke heraus.

In dieser ersten Kiste befanden sich ausschließlich siebenarmige Leuchter aus purem Gold. Trasse wusste, dass solche Leuchter, Menora genannt, zu den wichtigsten Symbolen des Judentums zählten, aber das war ihm egal. Das Einzige, was ihn an diesen Gegenständen interessierte, war ihr materieller Wert.

Sorgsam hob er die Leuchter aus der Kiste, befreite sie von dem Verpackungsmaterial und stellte jeden einzeln auf eine Waage. Am Ende errechnete er das Gesamtgewicht. Es betrug über drei Kilo. Drei Kilo reines Gold! Ein Vermögen.

Auf dem Boden der Kiste entdeckte er ein Stück Papier, das das Gelieferte auflistete. Das Ergebnis der Addition der Goldgewichte war mit dem Trasses fast identisch.

Unter der Zahl stand: *Dies ist das Original. Je ein Duplikat verbleibt bei uns. Vertrauen ist gut, Kontrolle ist besser.*

Trasse grinste und berechnete den Anteil in Kilo, der seinen Lemberger Geschäftspartnern, seinem Schwiegersohn und natürlich ihm selbst zustand. Je fünfzehn Prozent für Müller und Lahmer, je fünfunddreißig für Munder und ihn. Dann musste er zehn Prozent von seinem Anteil abziehen. Das waren die zusätzlichen Prozente, die er den beiden Offizieren in Lemberg zugesagt hatte. Blieben fünfundzwanzig Prozent für ihn.

Die zweite Kiste enthielt Goldschmuck. Ringe, Armreifen, Kettchen, alles aus massivem Gold, vieles davon besonders kunstvoll gearbeitet. Die Liste, die sich auch in dieser Kiste befand, verzeichnete alles völlig korrekt. Es ergab sich ein Gesamtgewicht von über zwei Kilo.

Er öffnete den dritten Behälter. Wie er vermutet hatte, befand sich darin die Lieferung, die nur für ihn bestimmt war. Er ertastete einen kleinen Beutel aus Leder. Er zog ihn hervor und schüttete den Inhalt vorsichtig auf seine Innenhandfläche. Es glitzerte und funkelte. Diamanten! Eine Handvoll Diamanten! Ihr Wert dürfte den des Inhalts der beiden anderen Kisten um ein Vielfaches übersteigen. In dem Beutelchen steckte eine weitere Liste. Unter den Zahlen stand: *Wir haben nachgedacht. Fünfzig Prozent Anteil an dieser Speziallieferung erscheint uns angemessen. Fünfzig Prozent verbleiben bei Ihnen. Immer noch ein gutes Geschäft, denken wir. Sollten Sie nicht einverstanden sein, war das die erste und letzte Lieferung. Sicher können wir uns einigen.* Trasse schnaubte, aber Müller und Lahmer hatten natürlich recht. Trotz des größeren Anteils der beiden blieb ihm durch die Sonderlieferung immer noch genug. Er faltete die Listen sorgfältig zusammen und steckte sie in seine Jackentasche.

Dann machte er sich daran, den Munder zustehenden Anteil in eine Kiste zu legen. Diese versah er wieder mit der Zwischendecke und den Haushaltsgegenständen, vernagelte sie schließlich. Auch die anderen Kisten wurden in den ursprünglichen Zustand versetzt.

Anschließend trat er an ein Regal, in welchem alte Akten vor sich hin staubten, betätigte einen getarnten Riegel und schob das Regal, welches auf verdeckten Rollen gelagert war, zur Seite. Dahinter verbarg sich eine schwere Stahltür, die in einen kleineren, fensterlosen Raum führte. Trasse machte Licht und stellte sich vor den wuchtigen Stahltresor von fast zwei Metern Höhe. Er öffnete den Safe und verstaute Leuchter, Schmuck und Diamanten in seinem Inneren. Nachdem er alles wieder an seinen Platz gerückt hatte, rief er die wartenden Männer herein. Er zeigte auf eine der Kisten. »Diese Lieferung geht zu meinem Schwiegersohn. Er weiß, dass ihr kommt. Bringt sie ihm noch heute.« Trasse griff zu seiner Brieftasche und zog zwei Zwanziger heraus. »Für eure Mühen.«

Einer der Männer zeigte auf die anderen beiden Kisten. »Und was ist damit?«, fragte er.

»Das lasst meine Sorge sein. Ich werde mich persönlich darum kümmern.«

Die Männer nickten und griffen zu.

33

Freitag, 16. April 1943

Zwar gab es einen schriftlichen Bericht über Munders Besuch in Kittys Salon. Aber Saborski wollte von der Salonbesitzerin persönlich hören, wie der Abend verlaufen war.

179

»Madame«, rief Saborski mit falschem Lächeln, als Hannelore Schneider sein Büro betrat. »Vielen Dank, dass Sie meiner Einladung gefolgt sind.«

Kitty spielte die Farce mit. Süffisant erwiderte sie: »Herr Sturmbannführer. Es ist mir eine Freude.« Sie streckte ihm ihre rechte Hand zum Handkuss hin.

»Bitte nehmen Sie doch Platz, Gnädigste.« Saborski ignorierte die ihm dargebotene Rechte und zeigte stattdessen auf einen der Sessel. »Einen Kaffee vielleicht?«

Kitty setzte sich und lehnte dankend ab.

»Wie Sie wünschen.« Saborskis Tonfall änderte sich schlagartig, wurde geschäftsmäßig. »Dann erzählen Sie doch bitte, wie der Abend mit Munder verlaufen ist.«

Hannelore Schneider nickte und begann mit ihrem Bericht. Sie bemühte sich, auch nicht das kleinste Detail auszulassen. Wie sie Saborski einschätzte, würde dieser ihre Worte mit dem Berichtsprotokoll abgleichen. Und auch nur die geringste Differenz könnte sein Missfallen erregen. Das wollte sie tunlichst vermeiden. »Dann hat er sich verabschiedet und ist gegangen«, schloss sie.

»Und Ihr Eindruck? Wird er auf das Angebot eingehen?«

»Er wird nicht, er ist.«

Saborskis Gesichtsausdruck wechselte von gleichmütig zu interessiert. »Tatsächlich? Wann?«

»Heute Morgen. Haben denn die Leute, die meinen Salon überwachen, Sie noch nicht informiert?«

Saborski meinte, leisen Spott in ihrer Stimme wahrzunehmen. »Nein. Erzählen Sie.«

180

»Munder kam gegen neun in der Früh. Ich war noch beim Frühstück. Munder offerierte mir, dass er auf der Stelle seine Schulden begleichen könne, wenn ich ihm den versprochenen Kontakt zu einem Kaufinteressenten herstellen würde.«

»Was haben Sie geantwortet?«

»Dass ich ihm am Nachmittag Details nennen könne.«

»Wie wirkte Munder auf Sie?«

»Gelöst und entspannt. Er hatte seine Selbstsicherheit wiedergefunden.«

Saborski dachte einen Moment nach. »Verabreden Sie ein Treffen noch heute Abend in Ihrem Salon. Um acht Uhr.«

»Und wenn ihm der Termin nicht zusagt?«

»Das ist Ihr Problem, Madame«, erwiderte Saborski kalt. »Sagen Sie ihm zum Beispiel, der Kaufinteressent könne nur heute. Morgen sei er nicht mehr interessiert. Etwas in der Art.«

»Und wer ist der Kaufinteressent?«

»Den Namen brauchen Sie nicht zu kennen. Um kurz nach acht wird jemand in Ihrem Salon erscheinen und sagen, dass er wegen Munder kommt. Sehen Sie zu, dass eines der Separees frei ist und mein Mann keinem Ihrer Mädchen über den Weg läuft. Und vergessen Sie, wie er aussieht.« Saborski stand auf. »Wenn Sie meinen Instruktionen folgen und unsere Kooperation auch zukünftig zufriedenstellend verläuft, dürfen Sie Ihrem Geschäft weiterhin nachgehen. Ansonsten ...«

Bei ihrem Abschied verzichtete Madame Kitty darauf, Saborski die Hand zum Kuss zu reichen. Sie wäre ohnehin nicht beachtet worden.

Kurz darauf rief Saborski von Schmeding zu sich.

»Kennt Munder Sie?«, fragte Saborski den Offizier, nachdem dieser Platz genommen hatte.

»Selbstverständlich nicht, Herr Sturmbannführer. Als ich ihn überwachte, habe ich darauf geachtet, dass er mich nicht zu Gesicht bekommen hat.«

»Gut. Heute Abend ist es so weit. Munder hat die von ihm angekündigte Lieferung erhalten. Er hat diese Puffbesitzerin aufgesucht und die Begleichung seiner Schulden angekündigt. Sie werden als Käufer auftreten. Natürlich in Zivil.«

»Geht in Ordnung.« Von Schmeding machte eine Pause. Dann fuhr er fort. »Gestern Abend wurde an Munders Privatadresse eine Holzkiste geliefert. Sie wurde mit einem Kraftwagen gebracht, auf dessen Plane für das Kaufhaus von Munders Schwiegervater geworben wurde. Zwei Männer, ich vermute, Mitarbeiter von Herrn Trasse, brachten die Kiste in das Haus, blieben für einige Minuten darin und fuhren dann wieder davon.«

»Interessant.«

»Natürlich kann es ein Zufall sein. Aber andererseits ist der zeitliche Zusammenhang von dieser Lieferung und Munders Bereitschaft, seine Schulden zu bezahlen, auffällig.«

»In der Tat.« Wenn die Kiste tatsächlich Hehlerware enthielt, stellte sich die Frage, ob Trasse von den Geschäften seines Schwiegersohns wusste. Oder ob er gar daran beteiligt war. Saborski verzog die Mundwinkel zu einem Lächeln. Die Geschichte wurde immer besser. Aber einen Schritt nach dem anderen. Zunächst galt es, Beweise für eine mögliche Unterschlagung Munders zu finden. »Sprechen Sie Munder direkt darauf an, dass es sich nach Ihrer Ansicht um heiße Ware handelt. Das ist ein Grund, den Preis zu drücken. Ich möchte wissen, wie er reagiert.«

»Jawohl, Sturmbannführer.«

»Einen ausführlichen, schriftlichen Bericht habe ich spätestens am Montagmorgen auf meinem Schreibtisch.«

»Jawohl, Sturmbannführer.«

Saborski griff zu einem vorbereiteten Schriftstück. »Munder hat bei Kitty eintausend Reichsmark Schulden. Diesen Betrag wird er wohl mindestens erzielen wollen.« Er unterzeichnete den Beleg und reichte ihn von Schmeding. »Lassen Sie sich an der Kasse zweitausend auszahlen. Das Geld liegt für Sie bereit. Und liefern Sie mir Munder.«

Von Schmeding stand auf und schlug die Hacken zusammen. »Heil Hitler, Sturmbannführer.«

»Heil Hitler«, knurrte auch Saborski.

34

Freitag, 16. April 1943

Um drei Minuten nach zwanzig Uhr stand von Schmeding vor der Tür zu Kittys Salon. »Ich bin mit Herrn Munder verabredet«, sagte er in einem Tonfall, der sich wie ein militärischer Befehl anhörte.

»Bitte treten Sie ein.«

Kitty musterte den Käufer verstohlen. Ein Kriminalpolizist? Nein. Sie hatte in ihrem Leben schon mit so vielen Kriminalern zu tun gehabt, dieser Mann war mit Sicherheit keiner. Gestapo? Schon eher. Oder SD. Der Sicherheitsdienst der SS. Die Art, wie er sich bewegte. Selbstbewusst, keine Spur von Unsicherheit.

Keine gute Wahl, Sturmbannführer Saborski, dachte sie. Wenn Munder auch nur einen Funken Menschenkenntnis hat, wird er sofort erkennen, dass er es mit keinem Hehler, sondern mit einem Offizier zu tun hat. Aber war das ihr Problem? Ihr Auftrag bestand darin, diesen SS-Mann mit Munder zusammenzubringen. Nicht mehr. Obwohl ...

Der Offizier störte ihre Gedanken. »Ist Munder schon anwesend?«

»Ja. Bitte folgen Sie mir.« Sie führte von Schmeding durch den Salon zu einem der Separees. Wie abgesprochen, ließ sich keines ihrer Mädchen blicken.

Kitty klopfte und öffnete, nachdem Munder laut und verständlich »Herein« gerufen hatte. »Ihr Geschäftspartner ist da«, verkündete sie leise.

184

»Soll reinkommen«, dröhnte es mit schwerer Zunge zurück. »Und bringen Sie ein Glas für den Herrn. Und natürlich noch eine Flasche Champagner.«

»Das zweite Glas steht bereits auf dem Tablett.« Madame lächelte. Munder würde doch nichts bemerken. Zum einen hatte er augenscheinlich schon reichlich dem Alkohol zugesprochen, zum anderen war seine Wahrnehmung anscheinend nicht sehr gut. Nein, so wie es aussah, würde Munder dem Offizier auf den Leim gehen. Und sie hätte bei Saborski einen Gefallen gut. Einen großen Gefallen sogar, wenn sie diese Geschichte richtig einschätzte. Sie schob die Tür vollständig auf. »Bitte. Hier herein.«

Munder erhob sich, um den Mann, den er für den Kaufinteressenten hielt, zu begrüßen. Von Schmeding registrierte, dass sich Munder dabei an der Tischkante festhalten musste, um nicht ins Schwanken zu geraten.

»Schön, dass Sie so kurzfristig kommen konnten, Herr ...?«

»Lassen wir doch einfach die Namen weg«, antwortete von Schmeding. »Das erspart uns beiden eine Lüge.«

Munder lachte auf. »Da haben Sie recht, mein Lieber. Bitte setzen Sie sich.« Er griff Richtung Sektkühler. »Champagner?«

»Warum nicht.«

Munder schenkte ein und prostete seinem Gast zu. »Auf gute Geschäftsbeziehungen.«

»Wünsche ich mir auch.«

Sie tranken schweigend.

»Das erste Mal hier?«, plauderte Munder.

185

»Nein«, log von Schmeding.

»Gesehen habe ich Sie hier aber noch nie.«

»Ich war etwas länger verreist.«

Munder sah von Schmeding überrascht an, überlegte einen Moment und prustete dann los: »Länger verreist, wirklich gut. War es schlimm?«

Schmeding begriff, dass Munder annahm, er hätte mit seinen Worten einen Aufenthalt im Gefängnis umschrieben. Deshalb antwortete er: »Nein. Trotzdem war es natürlich kein Ausflug in die Sommerfrische.«

Munder hob den linken Arm und drohte scherzhaft mit dem Zeigefinger. »Das soll es auch nicht sein. Verbrecher und Verbrechen dürfen in unserem nationalsozialistischen Staat keinen Platz finden. Sie müssen ausgemerzt werden. Gnadenlos.«

Von Schmeding spürte nur Verachtung für den angetrunkenen Parteibonzen, der in einem Edelbordell über Verbrechen schwadronierte und vermutlich gerade im Begriff war, selbst eines zu begehen.

»Lassen Sie uns zum Geschäft kommen. Was haben Sie anzubieten?«

Munder stellte sein Glas beiseite und griff zu seiner Aktentasche. »Das dürfte Ihnen gefallen.« Er holte eine Schachtel hervor, öffnete sie und breitete ein schwarzes Tüchlein aus Samt auf dem kleinen Tisch aus. Darauf deponierte er zwei Ringe und einen Armreif mit grazilen Ziselierungen und Edelsteinsplittern. »Bitte.«

Von Schmeding griff in seine Tasche, zog eine Lupe heraus und beugte sich vor. »Darf ich?«

»Selbstverständlich.«

186

Der SS-Mann nahm erst den einen, dann den anderen Ring in die Hand, begutachtete die Stücke von allen Seiten und nickte wohlwollend mit dem Kopf. »Zweihundert das Stück.« Nun war der Armreif an der Reihe. Für ihn nahm sich von Schmeding mehr Zeit. Er drehte und wendete das Schmuckstück, hielt es unter die Lampe, sodass sich der Lichtschein im polierten Edelmetall und den Steinen spiegelte, fuhr mit den Fingerspitzen über die kunstvolle Gravierung. »Dreihundert«, meinte er schließlich.

»Was?«, fuhr Munder auf. »Zweihundert für die Ringe und nur dreihundert für den Reif? Der ist gut und gerne eintausend wert.«

»Ja. Aber er ist heiß. Und heiße Ware kann ich nicht gut verkaufen.«

Munder sprang auf. »Was unterstellen Sie mir!«, rief er mit gespielter Empörung.

»Setzen Sie sich wieder«, entgegnete von Schmeding scharf. »Halten Sie mich für einen Anfänger? Der Armreif ist Diebesgut. So wie vermutlich die Ringe auch. Die Ringe sind nicht außergewöhnlich, der Armreif dagegen …«

Munder ließ sich in den Sessel zurückfallen. »Wie kommen Sie darauf, dass der Armreif gestohlen ist?«, fragte er schon kleinlauter.

Von Schmeding spielte seine Trumpfkarte aus. Er hielt den Armreif in Richtung Munder. »Sehen Sie diese Gravierung?«

»Natürlich.«

»Das sind mehrfach ineinander verflochtene Linien.«

187

»Und?«

»Die Edelsteinsplitter sind Rubine. Keine sehr großen, aber immerhin. Genau ein solcher Armreif findet sich auf einer Liste gestohlener Schmuckstücke, die mir zugespielt wurde. Das ist ein Unikat!«

Munder atmete tief durch. Diese Idioten in Lemberg hatten sich nicht an die Absprache gehalten, nur unauffällige Wertsachen zu schicken. Und anscheinend war der Verlust im Lager schon bemerkt worden. Verdammter Mist! Solche Fehler durften einfach nicht passieren. Sonst war ihr lukratives Geschäft zu Ende, bevor es richtig angefangen hatte. Munder versuchte einen letzten Einwand. »Wo und von wem wurde der Diebstahl gemeldet?«

»Spielt das eine Rolle? Das Teil wurde geklaut und wir beide wissen das. Ich mache Ihnen ein Angebot. Fünfhundert für den Reif.«

Munder schluckte. »Achthundert.«

Jetzt hatte von Schmeding ihn. »Ich kann gestohlene Ware nicht verkaufen, wenn sie so auffällig ist wie dieses Stück.«

Munder seufzte. »Siebenhundert.«

Der SS-Offizier schüttelte den Kopf. Ihm begann, der Handel Spaß zu machen. »Das Stück lässt sich nicht umarbeiten. Wenn ich erwischt werde, bleibt es nicht beim Knast. Dann droht KZ.«

»Sechshundertfünfzig. Mein letztes Wort.«

Von Schmeding reichte seinem Gegenüber die Hand. »Einverstanden.«

35

Samstag, 17. April 1943

Kriminalrat Wilfried Saborski zog seine SS-Uniform an. Kleider machten schließlich Leute. Dann öffnete er die Tür zu dem Vorzimmer seines Büros: »Ist der Fahrer schon da?«

Margot Schäfer beeilte sich zu versichern, dass der Fahrer, der Saborski in das Büro des NSDAP-Gauleiters Paul Giesler bringen sollte, im Hof wartete.

Saborski schaute auf seine Uhr. »Sehr gut. Ich möchte mich unter keinen Umständen verspäten.«

Von Schmeding hatte Saborski noch gestern Abend fernmündlich über den Verlauf des Gesprächs mit Munder unterrichtet. Und als Saborski am frühen Morgen in sein Büro gekommen war, hatte der Bericht bereits in dreifacher Ausfertigung auf dem Schreibtisch des Sturmbannführers gelegen. Die Papiere waren als Verschlusssache deklariert, genau wie die Abhörprotokolle aus Kittys Salon. Saborski hatte die Aufzeichnungen um eigene Bemerkungen ergänzt, die seine Sekretärin eilig zu Papier gebracht hatte. Anschließend hatte er um einen dringenden Termin bei dem Gauleiter nachgesucht und diesen auch bekommen.

Saborski packte die Unterlagen in seine Aktentasche und verließ sein Büro. »Wie sehe ich aus?«, fragte er Margot Schäfer, als er ihr gegenüberstand.

»Ausgezeichnet, Herr Sturmbannführer. Schnittig.«

189

Saborski wusste, dass sie log. Er hatte die schwarze Uniform das letzte Mal beim Silvesterempfang getragen. Sie spannte am Bauch. Entweder speckte er ab oder die Uniformjacke musste zum Änderungsschneider.

Es war nicht weit bis zum Sitz der Gauleitung. Saborski stieg aus dem Wagen, sagte dem Fahrer, dass er den Rückweg zu Fuß machen werde, und begab sich in das Haus, in dem Giesler residierte.

Kurz darauf führte ihn eine Sekretärin in das Sitzungszimmer der Gauleitung, bot ihm Kaffee an und meinte, dass er sich bitte noch gedulden möge. Aus den wenigen Minuten wurde fast eine Stunde. Saborski schäumte innerlich. Aber er hatte keine Wahl.

Die Bilder an den Wänden des Sitzungszimmers zeigten die üblichen nationalsozialistischen Helden: Soldaten mit entschlossenen Gesichtern, stramme Landfrauen mit rosa Bäckchen und blonde Hitlerjungen.

Endlich öffnete sich die mit Leder gepolsterte Tür des Sitzungszimmers und der Gaustabsleiter Erich Hedder betrat den Raum.

»Heil Hitler, Sturmbannführer. Leider muss ich den Ministerpräsidenten entschuldigen. Er musste dringend nach München. Unaufschiebbar. Er bat mich, diesen Termin für ihn wahrzunehmen. Sicher haben Sie dafür Verständnis.«

Keine Frage, eine Feststellung. Natürlich machte Saborski gute Miene zum bösen Spiel. Was blieb ihm übrig? Für einen kurzen Moment spürte er Panik in sich aufsteigen. Hatte er Munders Einfluss unterschätzt? War die Abwesenheit Gieslers eine politische Entscheidung? War er möglicherweise zu weit gegangen? Ging es am Ende nicht um Munder, sondern um seinen Kopf? Andererseits: Giesler war neben seiner Tätigkeit im Gau Westfalen-Süd auch geschäftsführender Gauleiter in München und Oberbayern und in dieser Eigenschaft auch Ministerpräsident von Bayern, Reichstagsmitglied sowie SA-Obergruppenführer. Viele Ämter für einen einzelnen Mann. Da konnte es schon mal zu Terminüberschneidungen kommen. Saborski entschloss sich, an seinem ursprünglichen Plan festzuhalten.

»Der Ministerpräsident hat mich durch sein Sekretariat darüber in Kenntnis gesetzt, dass Sie mit ihm über den stellvertretenden Kreisleiter unserer Partei in Herne und Castrop-Rauxel sprechen wollen?«

»Ja. Ich weiß, dass sich Walter Munder als Hehler betätigt, möglicherweise sogar selbst Diebstähle in Auftrag gegeben hat.«

Hedder zog eine Augenbraue hoch. »Tatsächlich? Sicher können Sie diese Behauptungen auch beweisen, Sturmbannführer.«

»Selbstverständlich.« Der Kriminalrat zog die Unterlagen aus seiner Aktentasche und überreichte sie dem Gaustabsleiter. »Alles in zweifacher Ausfertigung.«

Hedder warf einen Blick in die Akte, schloss sie aber gleich wieder und meinte: »Lesen kann ich die Papiere später. Tragen Sie mir bitte den Inhalt mündlich vor.«

Saborski folgte der Aufforderung. Er berichtete vom ersten Besuch Munders in seinem Büro, von seinem Verdacht, Munders Vorleben und der Falle, die er ihm gestellt hatte.

Hedder hörte den Ausführungen Saborskis mit wachsendem Interesse zu. »Das ergibt sich auch alles so aus diesen Unterlagen?«, fragte er dann, nachdem Saborski geendet hatte.

»Jedes Wort.«

Hedder stand auf und nahm die Akten an sich. »Bitte warten Sie einen Augenblick.«

Er verließ den Raum.

Der Augenblick dauerte erneut über eine Stunde. Dann kehrte Hedder zurück. »Ich habe die Angelegenheit mit dem Ministerpräsidenten besprochen. Und der hat sich in Berlin rückversichert. Es wird keine Anklage gegen Munder geben.«

Saborski glaubte, sich verhört zu haben. »Ich verstehe nicht ganz …«

»Keine Verhaftung, keine Anklage.«

»Aber …«

Hedder beugte sich vor und senkte unnötigerweise die Stimme. »Passen Sie auf. Sie sind nicht der Erste, der uns Material gegen diesen Munder bringt. Zugegebenermaßen sind Ihre Beweise belastender als alles andere, was uns bisher vorlag. Aber es ist derzeit nicht im Interesse der Parteispitze, einen Kreisleiter der NSDAP vor Gericht zu stellen. Diese Angelegenheit muss anders gelöst werden. Sie verstehen, Sturmbannführer?«

Saborski verstand nicht. Wollte nicht verstehen.

»Dann muss ich deutlicher werden. Munder hat in unserer Partei nichts mehr zu suchen. Er hat seine Kompetenzen in einer Art und Weise missbraucht, die eines Nationalsozialisten unwürdig ist. Aber wir wollen kein

Aufsehen. Nicht das Geringste darf an die Öffentlichkeit. Munder könnte doch beispielsweise verunglücken. Ein bedauernswerter tödlicher Unfall. Lassen Sie sich etwas einfallen.«

Damit hatte Saborski nicht gerechnet. Er schluckte. »Soll ich das als Befehl auffassen?«

»Wie hat es sich denn Ihrer Meinung nach angehört?«

»Bekomme ich den Befehl schriftlich?«

Hedder lachte auf. »Das meinen Sie doch wohl nicht im Ernst. Was ist? Haben Sie etwa Schiss, Sturmbannführer? Das hätten Sie sich eher überlegen sollen. Sie haben den Stein ins Rollen gebracht. Jetzt geben Sie ihm auch die korrekte Richtung. Haben Sie einen vertrauenswürdigen Mitarbeiter?«

»Ja.«

»Gut. Aber auch er darf den Auftrag nicht schriftlich erhalten. Wo wir bei dem Thema wären: Wie viele Durchschläge dieser Akte existieren?«

»Zwei ... Nein, drei.«

Hedder streckte die Hand aus. »Her damit.«

Gehorsam übergab ihm Saborski sein persönliches Exemplar.

»Also, wie gesagt. Kein Aufsehen. Ein Unfall. Der Gauleiter wünscht, dass diese Angelegenheit in spätestens zwei Wochen erledigt ist. Wenn nicht ...«

Saborski verstand die Drohung, ohne dass sie ausgesprochen wurde. Es ging auch um seinen Hals.

Hedder erhob sich. »Sie finden den Ausgang allein? Heil Hitler, Sturmbannführer.«

36

Montag, 19. April 1943

Golsten war eine Woche außer Gefecht gesetzt gewesen. Dem Besuch in der Rechtsmedizin war eine fiebrige Erkältung gefolgt, die ihn ans Bett gefesselt hatte. Heute war er, entgegen den Mahnungen seiner Frau, ins Büro gegangen. Er fühlte sich zwar tatsächlich noch ein wenig schwach, hatte aber begonnen, sich zu Hause zu langweilen.

Auf seinem Schreibtisch fand sich ein kurzer, handschriftlicher Vermerk Saborskis. *Habe Bericht gelesen, dass Polin tot aufgefunden wurde. Suche nach dem Täter hat momentan keine Priorität. Kümmern Sie sich um den toten Säugling.*

So etwas in dieser Art hatte Golsten erwartet. Solange Marta Slowacki als verschwunden gegolten hatte, suchte die Kripo nach ihr. Schließlich hatte sie massiv gegen die Polenerlasse verstoßen. Als Tote hingegen war sie nicht wichtig. Wen scherte es schon, dass eine junge Polin ermordet worden war?

Kopfschüttelnd legte der Hauptkommissar Saborskis Zettel zu den Akten. Mord war Mord und in Golstens Augen war es völlig unerheblich, welche Nationalität das Opfer hatte. Immerhin hatte Saborski ihm weitere Ermittlungen in der Mordsache Slowacki nicht ausdrücklich untersagt.

Golsten erwog, Josef Kaczyk einfach vorzuladen. Er wussteaus den Akten der SS, dass der Pole jetzt bei der

194

größten Baufirma in Wanne-Eickel arbeitete. Dann aber entschied er sich gegen eine Vorladung. Eine Vernehmung musste bei dem Mann Ängste auslösen und eine offizielle Vorladung ins Präsidium dürfte dessen Aussagebereitschaft nicht gerade erhöhen. Deshalb erschien es sinnvoller, Kaczyk bei einem Glas Bier zu befragen.

So stand der Hauptkommissar – auch auf das Risiko hin, den Polen heute nicht anzutreffen – am späten Nachmittag vor der Kneipe in Holsterhausen. Schönberger hatte ihm erzählt, dass der Laden seit Anfang 1940 von einem aus Schlesien stammenden Kriegsversehrten geführt wurde.

Der Geruch nach schalem Bier und billigen Zigaretten schlug ihm entgegen, als der Hauptkommissar die Tür öffnete und den Schankraum betrat. Hinter der Theke stand ein fülliger Mann undefinierbaren Alters mit schütterem Haar und rotem Gesicht. Er sah nur kurz auf, als Golsten näher kam, und widmete sich weiter dem Spülen der Gläser. Über ihm hing das obligatorische Führerbild an der Wand. Die fleckigen Tapeten sahen aus, als ob sie seit zwanzig Jahren nicht mehr erneuert worden wären. An einigen Stellen warfen sie Beulen und drohten, sich zu lösen.

An der Theke saß niemand. An einem der Ecktische allerdings hockten zwei Männer, deren Jacke das lilafarbene P zierte.

Golsten trat zum Wirt. »In Ihrer Gaststätte verkehrt ein Pole namens Josef Kaczyk. Kennen Sie den Mann?«

195

Der Kneipeninhaber widmete sich mit Hingabe weiter seinen Gläsern. »Und wer will das wissen?«, knurrte er nur.

»Ich.« Golsten beugte sich über die Theke und zeigte dem Mann seinen Dienstausweis.

Der reagierte wie erwartet und ließ das Glas, das er in der Hand hielt, zurück in das Wasserbecken fallen. »Wie war doch gleich der Name?«, erkundigte er sich devot.

»Josef Kaczyk.«

»Ja.«

»Was ja?«

»Ich kenne ihn.«

Golsten blickte zu den beiden Polen, die so taten, als ob sie nicht mitbekommen hätten, dass ein Fahnder des RSHA Erkundigungen in dieser Gaststätte einholte.

Einer der beiden wies eine gewisse Ähnlichkeit mit dem Foto des Gesuchten auf, welches Golsten aus den Meldeakten kannte. »Ist Kaczyk hier?«, fragte er deshalb den Wirt.

Der schaute auf seine Gäste, so als ob er die Männer erst jetzt wahrnehmen würde. »Nein. Aber einen von denen da habe ich mehrmals zusammen mit Kaczyk gesehen.«

»Welchen?«

»Den mit den dunkleren Haaren.«

Golsten nickte und trat an den Tisch der Polen. »Ich suche Josef Kaczyk.«

»Nicht da«, sagte der Dunkle.

»Kommt er heute noch?«

»Kann sein, kann auch nicht sein.«

»Geht das etwas genauer?«

Der Angesprochene zuckte mit den Schultern. »Nicht wissen.«

Der Hauptkommissar winkte den Wirt zum Tisch. »Bringen Sie uns drei Bier.«

Die Polen sahen überrascht auf. Als wenig später die vollen Gläser auf dem Tisch standen, griff Golsten zu einem, hob es hoch und prostete den beiden zu, die zögernd seinem Beispiel folgten.

Schweigend tranken die Männer. Dann sagte der mit den dunklen Haaren: »Vielleicht kommt Josef noch. Später.«

»Wann?«

»Nicht wissen. Später.«

Golsten seufzte. Mehr würde er wohl nicht erfahren. Er nahm sein Glas, ging zur Theke, setzte sich auf einen der Barhocker und beschloss, eine halbe Stunde in der Kaschemme auszuharren.

Aber er musste nicht so lange warten. Minuten später wurde die Tür geöffnet und ein schlanker, hochgewachsener Mann mit einem dichten Schnauzbart betrat die Kneipe. Golsten war sich sicher. Das war Kaczyk.

Der Neuankömmling schaute kurz zu Golsten, grüßte verhalten und steuerte den Tisch an, an dem die anderen Polen saßen. Sogleich überfielen diese ihren Landsmann mit einem Schwall polnischer Worte.

Der setzte sich gar nicht erst, ging ohne Zögern zur Theke zurück. »Ich bin Josef Kaczyk. Sie suchen mich?«, fragte er mit hartem Akzent.

»Ich möchte mich mit Ihnen unterhalten, ja.«

»Gestapo?«, fragte der Mann dann.

»Nein. Kriminalpolizei.«

»Was wollen Sie von mir?«

»Möchten Sie ein Bier?«, fragte Golsten statt einer Antwort. Als Kaczyk nicht reagierte, meinte Golsten in Richtung des Wirts: »Ich nehme auch noch eins.«

Der nickte bestätigend und kurz darauf stand das Gewünschte auf der Theke. Golsten schob eines der Gläser zu Kaczyk. »Sie haben vor einiger Zeit für die Firma Brauser gearbeitet?«

»Ja. Zwei Monate. Vom 1. September bis …«

Golsten winkte ab. »Ich weiß. Damals haben Sie in Herne in der Schäferstraße bei einer Familie Munder Umbauarbeiten durchgeführt. Richtig?«

Kaczyk nickte.

»Dort war eine junge polnische Frau beschäftigt. Erinnern Sie sich an sie?«

»Ja. Marta.«

»Genau. Marta Slowacki. Sie ist verschwunden.« Golsten hielt es für klüger, nicht zu erwähnen, dass sie die Leiche der jungen Frau gefunden hatten.

»Marta? Weggelaufen? Nein.« Der Pole schüttelte heftig den Kopf.

»Wieso sind Sie sich da so sicher?«

»Zu viel Angst.«

»Vor wem?«

Josef Kaczyk lächelte gequält. »Vor Strafe. Vor Gestapo. Vor Herrschaft.« Er drehte den Kopf und warf dem Wirt einen misstrauischen Blick zu.

Golsten sah in die gleiche Richtung. Der Kerl hinter der Theke hatte das Interesse an seinen Gläsern verloren und bemühte sich, kein Wort ihrer Unterhaltung zu versäumen.

Der Hauptkommissar stand auf und griff Kaczyk am Arm. »Kommen Sie. Wir setzen uns an einen Tisch.«

Der Pole folgte ihm widerwillig.

Dort setzte Golsten das Gespräch fort: »Mit Herrschaft meinen Sie Munders?«

»Ja.«

»Können Sie das etwas genauer erklären?«

»Nein. Nichts erklären. Nicht Kriminalpolizei.«

Golsten verstand. »Herr Kaczyk, Sie haben nichts zu befürchten. Wenn ich etwas gegen Sie hätte unternehmen wollen, wären Sie zu einer offiziellen Vernehmung ins Präsidium abgeholt worden. Aber ich möchte mich nur mit Ihnen unterhalten. Ganz inoffiziell, verstehen Sie?«

Der Pole glaubte ihm augenscheinlich kein Wort und schwieg. Als er zum Glas griff, zitterte seine Hand. Der Mann hatte Angst.

Golsten seufzte. So kam er nicht weiter. »Also gut. Lassen wir das. Was haben Sie in Munders Haus gemacht?«

»Keller umgebaut.«

»Und was genau?«

»Eine Mauer gezogen. Mitten durch Raum. Großes Zimmer in zwei kleine geteilt.«

»Wie lange haben Sie bei den Munders gearbeitet?«

»Drei Tage.«

»Und bei der Gelegenheit haben Sie Marta Slowacki kennengelernt?«

»Nein. Sie aus Kulm. Ich auch. Wir haben uns in diesem Haus wieder getroffen.«

»Bei Munders?«

»Ja.«

»Und Sie hat Ihnen gegenüber mit keinem Wort erwähnt, dass Sie sich bei Munders nicht wohlfühlte?«

»Wohlfühlen?« Kaczyk lächelte bitter. »Was ist das? Wir hier nur arbeiten.«

»Hatte Martha Kontakt zu weiteren Polen? Vielleicht zu Familienangehörigen?«

»Nein. Aber selbst wenn …«

»Was – selbst wenn?«

»Sie hat Schande gebracht über Familie.«

»Was meinen Sie damit?«

Kaczyk biss sich auf die Lippen. Dann aber rang er sich doch zu einer Antwort durch. »Sie bekam doch Kindchen.« Die Augen des Polen wurden feucht.

Golsten riss den Mund auf. Hatte er doch recht gehabt mit seiner Vermutung! Die Gewichtszunahme, von der die Nieper gesprochen hatte. Und das plötzliche Abnehmen, welches dem Schuster aufgefallen war. Dann stimmte möglicherweise auch seine Hypothese über den toten Säugling im Gysenberger Wald: War das Marta Slowackis Kind?

37

Montag, 19. April / Dienstag, 20. April 1943

Schon seit einer Stunde suchte Erwin in der beginnenden Dämmerung nach dem Versteck der Holzkiste. Nachdem sie das tote Kleinkind entdeckt hatten, war ihnen das Hauptquartier nicht mehr sicher erschienen. Niemand durfte von der Waffe in der Kiste erfahren. Er war sich völlig sicher, dass sie das Behältnis in diesem Teil des Gysenberger Waldes verbuddelt hatten. Aber das milde Klima der letzten zwei Wochen hatte die Gehölze ausschlagen lassen. Jetzt wuchs überall frisches Grün, wo vor vierzehn Tagen nur kleine Knospen gewesen waren. Und alles sah ganz anders aus.

Erwin blieb stehen und versuchte, sich den Weg von ihrem aufgegebenen Hauptquartier zum neuen Versteck der Kiste zu vergegenwärtigen. Manni und er hatten zunächst die südliche Richtung eingeschlagen, dann, als sie die Hiltroper Landwehr schon im Blickfeld hatten, waren sie nach Osten marschiert. Etwa dreihundert Meter von dem heiermannschen Hof entfernt hatten sie die Kiste dann vergraben. Nicht tief, gerade so, dass kein heftiger Regenguss die Blatter und die Erde, die sie als zusätzliche Tarnung darüber geschichtet hatten, einfach wegspülen konnte.

Verdammt, irgendwo musste die Stelle doch sein! War es der Holunderbusch dort gewesen, unter dem sie das Loch ausgehoben hatten?

201

Ein Gedanke durchzuckte ihn. Konnte es sein, dass jemand anders ihren Schatz gefunden hatte? Die Polizei? Oder die Gestapo? Oder ein zufälliger Spaziergänger? Anfang April!? Ein Bauer vielleicht? Was sollte der im Wald wollen! Außerdem: Fast alles von dem, was sie in der Höhle aufgehoben hatten, war nur für sie selbst von Wert. Mit Ausnahme der Walther.

Ohne große Hoffnung fegte er mit den bloßen Händen die Blätter unter dem Holunderbusch beiseite und schob seine Finger in das feuchte Erdreich. War der Boden nicht doch ungewöhnlich locker? Hastig grub er weiter. Und dann, endlich, stießen seine Finger auf Holz. Er hatte die Kiste gefunden.

Prüfend sah er sich um, konnte aber niemanden entdecken. Mit einem Ruck zog er das Behältnis aus dem Loch, schloss mit klammen Händen das Vorhängeschloss auf und hob den Deckel an. Alles lag an seinem Platz. Auch die Walther, eingewickelt in Ölpapier. Er packte die Waffe aus. Kein Rost, an keiner Stelle. Erwin schob den Schlitten vor und zurück. Sie war immer noch geladen und funktionsfähig. Vorsichtig legte er die Walther beiseite, verstaute das Ölpapier wieder in der Kiste, verschloss sie und schob schließlich Erde und Blätter darüber.

Erwin stand auf, reinigte seine Hände notdürftig mit etwas Laub und steckte zufrieden die Walther hinten in den Hosenbund. Heute war Vollmond. Und es versprach, eine klare Nacht zu werden. Genau die Bedingungen, auf die er gewartet hatte. Er würde seinen Plan endlich in die Tat umsetzen.

202

Erwin trabte los. Die Uhr der evangelischen Kirche schlug bereits sieben, als er schwer atmend die Teutoburgia-Siedlung erreichte. Das Fahrrad eines Bekannten stand wie verabredet angelehnt am Schuppen. Erwin hatte dem anderen erzählt, dass er eine Freundin in Eickel habe, die er besuchen wolle. Und es könne bis morgen früh dauern, bis er das Fahrrad zurückerhalten würde. Als Gegenleistung, quasi als Miete, hatte Erwin dem Fahrradbesitzer eine Lebensmittelmarke für dreißig Gramm Fett überlassen müssen. Eine Tagesration! Er hatte die Marke aus der Dose entwendet, in der seine Mutter sie aufbewahrte. Erwin schämte sich dafür. Aber er brauchte das Fahrrad. Zu Fuß wäre er einfach nicht schnell genug.

Erwin radelte in die Stadtmitte und stellte das Fahrrad hinter dem Bretterzaun ab, der das Gelände der abgebrannten jüdischen Synagoge an der Hermann-Löns-Straße umzäunte.

Die letzten Meter bis zur Schäferstraße ging er zu Fuß. Zufrieden registrierte er, dass Munders Wanderer nicht vor der Tür seines Hauses stand. Gut. Irgendwann musste der stellvertretende Kreisleiter ja nach Hause kommen. Auch wenn Munder vermutlich nicht direkt in die Ermordung Mannis involviert war, war er in Erwins Augen schuldig. So wie alle verdammten Nazis! Außerdem würde er mit dieser Tat vermutlich vollenden, was der Rote und seine Freunde nicht mehr hatten angehen können. Und so seinem Hass auf das System für alle sichtbar Ausdruck verleihen.

Und ein Zeichen setzen.

Und zeigen, dass Widerstand möglich war.

Und schließlich: Manni rächen.

Erwin schlenderte um die nächste Straßenecke, blickte sich um, sprang über eine niedrige Hecke und schlich, eng an die Hauswand gedrückt, zurück. Er lugte um die Hausecke und lief los, um seinen früheren Beobachtungsposten unter dem großen Rhododendronbusch schräg gegenüber von Munders Villa zu beziehen.

Er zog die Walther hervor, entsicherte die Waffe und legte sie auf den Boden vor sich. Dann nahm er den Schneidersitz ein, schlug seinen Jackenkragen hoch und wartete. Glücklicherweise wurde es in den Nächten nicht mehr sehr kalt.

Er musste eingenickt sein, denn das Motorengeräusch eines nahenden Kraftwagens ließ ihn hochschrecken. Munder? Schlagartig war er hellwach und starrte in die Finsternis. Das Motorengeräusch wurde lauter und ein Wagen näherte sich. Im Mondlicht erkannte Erwin das Fahrzeug ohne Probleme. Es war Munders Wanderer.

Der Wagen hielt und der Nazibonze stieg aus. Munder war sichtlich betrunken. Mit der linken Hand hielt er sich am Fahrzeug fest und versuchte, das Auto zu verriegeln. Immer wieder verfehlte er das Türschloss. Leise Flüche waren zu hören. Schließlich winkte Munder entnervt ab und wankte in Richtung Haustür.

Ein zweites Fahrzeug näherte sich, stoppte ein Stück entfernt. Erwin lauschte. Schlug da eine Autotür? Nun war es wieder ruhig. Er musste sich beeilen.

Erwin hob die Walter. Seine rechte Hand zitterte, als er auf Munder anlegte. Er nahm die andere Hand zu Hilfe, um besser zielen zu können. Munder stand mittlerweile vor seiner Haustür und suchte in seinen Taschen nach dem Hausschlüssel. Er war nun etwa zwanzig Meter von Erwin entfernt. Jetzt hatte er ihn im Visier. Erwin krümmte den Zeigefinger, spürte den Widerstand am Druckpunkt, atmete tief durch. Dann zog er den Finger durch.

Der Rückstoß warf Erwin nach hinten. Seine Ohren dröhnten. Schnell rappelte er sich wieder auf und sah zur Villa. Munder lag am Boden. Erwin fühlte tiefe Genugtuung. Er hatte den Parteibonzen getroffen.

Doch dann beobachtete er zu seinem Schrecken, wie sich Munder bewegte und versuchte, kriechend hinter den Treppenstufen, die zu seinem Haus führten, Deckung zu finden. Gleichzeitig rief er lautstark nach Hilfe.

Das hörte sich nicht so an, als ob er ernsthaft verletzt wäre. Erwins Gedanken rasten. Was sollte er tun? Hinübergehen und ein zweites Mal auf ihn anlegen? Was aber wäre, wenn der Schuss und das Geschrei Munders dessen Frau oder die Nachbarn geweckt hätten und er bei der Tat überrascht würde? Jeden Moment konnten Anwohner auf die Straße treten. Was nun?

Das Geräusch sich schnell nähernder Schritte löste Erwin aus seiner Erstarrung. Er musste hier weg. Sofort!

Er kroch unter dem Rhododendron hervor, steckte die Walther in den Hosenbund und horchte erneut. Zu seinem Erschrecken nahm er wahr, dass die unbekannte Person, die da angelaufen kam, sich aus Richtung Synagoge näherte. Der Weg zu dem Fahrrad war damit versperrt. Und so auch sein geplanter Fluchtweg. Ohne länger nachzudenken, rannte Erwin los. In die andere Richtung. Weg. Nur weg.

Im Laufen drehte er sich um. Es folgte ihm niemand. Nach zweihundert Metern blieb er stehen, bereit, seine Flucht jederzeit fortzusetzen. Aber alles blieb ruhig. Sein Herz schlug ihm bis zum Hals. Sollte er sich getäuscht haben? Hatten ihm seine Nerven einen Streich gespielt? In dem Moment fiel ein weiterer Schuss.

38

Dienstag, 20. April 1943

Am nächsten Morgen machte die Nachricht, dass Hernes zweithöchster Parteibonze ermordet worden war, wie ein Lauffeuer die Runde. Golsten erfuhr davon, kaum dass er das Polizeipräsidium betreten hatte.

Wie sonst auch kannte natürlich Heinz Schönberger die Details: »Zwei Schüsse wurden auf Munder abgefeuert«, berichtete er Golsten. »Der erste hat ihn nur am Oberarm gestreift. Ein Kratzer, mehr nicht. Aber dann hat sich der Attentäter Munder genähert und ihm in den Kopf geschossen. Aufgesetzter Schuss, ohne Zweifel. Die Schmauchspuren rund um das Einschussloch sprechen eine eindeutige Sprache. Munder scheint noch ver-

206

sucht zu haben, sich zu wehren. Es sind Kampfspuren gefunden worden.«

Golsten versuchte, diese neue Entwicklung in einen Zusammenhang zu der toten Polin und ihrem Kind zu bringen. Erfolglos. »Wer leitet die Ermittlungen?«, wollte er wissen.

»Bochum.«

»Und wer da?«

»Der Herr Sturmbannführer persönlich. Er will dich im Übrigen sprechen. Du sollst ihn dringend anrufen.«

Golsten eilte in sein Büro. Während er darauf wartete, dass Margot Schäfer das Gespräch durchstellte, fiel sein Blick auf einen Bericht, der auf seinem Schreibtisch lag. Er stammte von der Bochumer Rechtsmedizin. Hastig blätterte ihn Golsten durch. Der obduzierende Arzt, mit dem Golsten gestern über seine Vermutung gesprochen hatte, dass es sich bei den beiden Toten um Mutter und Tochter handeln könnte, hatte beide Leichen erneut in Augenschein genommen. Und er hatte ein Indiz gefunden. Neben der identischen Blutgruppe wiesen beide Körper unterhalb des rechten Knies einen Leberfleck auf. Der Arzt betonte, dies sei kein abschließender Beweis. Es stehe nicht fest, ob solche Flecken tatsächlich vererbbar seien.

»Golsten?«, bellte es aus dem Telefonhörer.

»Herr Saborski, Sie wollten mich sprechen?«

»Haben Sie schon von der Sache mit Munder gehört?«

»Ja. Eben.«

»Scheußliches Verbrechen. Ich meine, mich zu erinnern, in einem Ihrer Berichte etwas von Jugendlichen gelesen zu haben, die tagelang vor dem Haus der Munders herumgelungert haben sollen. Sind Sie der Sache nachgegangen?«

»Nein. Dazu waren die Hinweise der Zeugin zu vage.«

»Konnte die Zeugin diese Jugendlichen beschreiben?«

Der Hauptkommissar rief sich das Gespräch mit Munders Nachbarin in Erinnerung und ihm wurde bewusst, dass er einen Fehler gemacht hatte. Er hätte Hannelore Nieper genauer über die Jugendlichen ausfragen müssen. Golsten wurde es heiß. »Ich habe sie nicht explizit danach gefragt. Sie war sich allerdings sicher, dass das keine Nachbarskinder waren.«

Für einen langen Moment hörte Golsten nur den Atem Saborskis. Dann sagte dieser leise: »Sollte sich herausstellen, dass durch Ihr Fehlverhalten dieses schändliche Attentat möglich wurde, dann gnade Ihnen Gott. Kümmern Sie sich um den toten Säugling. Und zwar ausschließlich.«

»Jawohl, Sturmbannführer.«

Es knackte. Saborski hatte aufgelegt.

Golsten wischte sich den Schweiß von der Stirn. Vermutlich hätte die Nieper keine brauchbare Beschreibung der Jugendlichen abgeben können. Und selbst wenn, hätte Munder wegen herumlungernder Kinder Personenschutz erhalten? Wohl kaum. Aber Saborski hatte natürlich recht. Er hatte sich falsch verhalten. Er hätte eine Frage stellen und die Antwort in seinem Bericht vermerken müssen. Eine einzige kleine Frage. Und er wäre aus dem Schneider gewesen. So aber steckte er mittendrin im Schlamassel.

Golsten beschloss, seinen Bericht über das Gespräch mit Kaczyk und dem Rechtsmediziner etwas liegen zu lassen. Es konnte nicht schaden, wenn Saborski nicht so schnell erfahren würde, dass möglicherweise ein Zusammenhang zwischen dem Mord an der Polin und dem an dem Säugling bestand. So konnte sich Golsten an Saborskis Anweisung halten und trotzdem im Umfeld des toten Parteibonzen weitere Erkundigungen einholen.

Jemand klopfte. Der Bote brachte die Post. Gedankenverloren blätterte Golsten die bereits geöffneten Briefe durch. Die üblichen anonymen Anschuldigungen und Denunziationen, Protokolle von Sitzungen, Anweisungen. Und sein Schreiben an den Unteroffizier Schmidt. Quer über die Adresse war ein dicker Stempel gesetzt worden. *Feldpostnummer unbekannt,* stand da. *Retour.*

Golsten griff zu seinen Notizen und verglich die dort notierten Zahlen mit denen der Adresse. Tatsächlich: Er hatte zwei Zahlen vertauscht. Alles andere jedoch war richtig. Waren diese Bürokraten der Wehrmacht noch nicht einmal in der Lage, eine eindeutig falsche Feldpostnummer durch einen einfachen Blick in das Feldpostverzeichnis zu korrigieren? Zwei Wochen hatte es gedauert, bis der Brief wieder bei ihm auf dem Schreibtisch gelandet war. Zwei ganze Wochen! Das Fahrzeug, das das Haus der Schmidts in der Nacht passiert hatte, in der das Kind vermutlich verscharrt worden war, war der einzige brauchbare Hinweis, den Golsten in Sachen Säuglingsmord hatte. Dürftig genug.

Wütend über sich selbst knüllte er das unzustellbare Schreiben zusammen und warf es auf den Boden. Verdammt! Noch so ein vermeidbarer Fehler.

39

Mittwoch, 21. April 1943

Saborski hatte von Schmeding in den Bochumer Stadtpark gebeten. Er glaubte zwar nicht, dass irgendjemand die Gespräche abhörte, die er in seinem Büro führte, er wollte aber kein Risiko eingehen. Sollte wider Erwarten durchsickern, dass er es gewesen war, der Munders Ermordung befohlen hatte, würde er mehr als nur Schwierigkeiten bekommen. Hedder, da war sich Saborski sicher, würde sich nicht vor ihn stellen, im Gegenteil. So aber wussten nur drei Menschen von der Tat. Und dabei sollte es bleiben.

»Gute Arbeit, von Schmeding«, stellte Saborski anerkennend fest, nachdem er den Obersturmführer begrüßt hatte.

»Danke. Aber mir ist der Zufall zu Hilfe gekommen.«

»Sie meinen den Schuss des anderen?«

»Genau.«

»Wie auch immer. Die Chance war da und geistesgegenwärtig haben Sie sie genutzt. Nicht jeder hätte so gehandelt.«

»Danke.«

»Hoffentlich hat Sie niemand gesehen. Sicher haben Sie in der Zeitung gelesen, dass wir Zeugen des Vorfalls suchen. Diese Idee stammt nicht von mir, sondern von der Herner Parteispitze höchstpersönlich. Ich konnte mich diesem Wunsch zu meinem Bedauern nicht entziehen.«

»Verstehe.«

Sie näherten sich dem Teich, auf dem nur wenige Enten schwammen. Saborski erinnerte sich an den Bericht eines seiner Beamten, nachdem viele Bochumer trotz Verbots den Tieren nachstellten, um ihre Speisekarte mit Frischfleisch zu bereichern. Komisch, dass ihm das ausgerechnet jetzt einfiel.

»Erzählen Sie, was genau passiert ist.«

»Munder lag auf dem Boden und versuchte, sich aufzurichten. Er schrie und war so mit sich beschäftigt, dass er mich nicht kommen sah. Erst als ich an seine Seite getreten war und die Waffe hob, bemerkte er mich. Munder roch nach Alkohol, aber er reagierte erstaunlich schnell.« Von Schmeding lächelte. »Ich habe ihn unterschätzt. Er trat so heftig nach mir, dass es ihm fast gelungen wäre, mich zu Fall zu bringen. Wer weiß, wie die Angelegenheit dann ausgegangen wäre. Nun ja. Ich konnte noch ausweichen und ihm einen heftigen Tritt gegen den Kopf versetzen. Dann war es schnell vorbei.«

»Was wissen Sie von dem ersten Schützen?«

»Ich habe nur Schritte vernommen, die sich eilig entfernten. Sonst nichts.«

»Die Ermittlungen werden von mir selbst geleitet. So habe ich alles besser unter Kontrolle. Munder wurde

211

gleich gestern obduziert. Dabei wurde natürlich das Projektil gefunden. Sie haben hoffentlich nicht Ihre Dienstwaffe benutzt?«

»Wo denken Sie hin!«

»Wo ist die Waffe jetzt?«

»Verschwunden. In den Tiefen des Kanals vor der Herner Schleuse.«

»Haben Sie an das Projektil gedacht?«

Der Obersturmführer nickte, griff in seine Tasche, zog eine Papiertüte hervor und hielt sie Saborski hin. »Hier. Bevor die Waffe im Kanal versunken ist, habe ich noch einen Schuss ins Erdreich abgefeuert. Wurde denn das andere Geschoss schon sichergestellt?«

»Nein. Aber das ist nur eine Frage der Zeit.« Saborski griff zur Tüte. »Ich werde die Projektile austauschen, sobald das der Fall ist. Es wäre schließlich unschön, wenn das Projektil in Munders Kopf nicht mit dem übereinstimmen würde, welches der Attentäter abgefeuert hat.«

»Natürlich.«

»Gibt es sonst noch etwas?«

»Ja. Ich hatte Ihnen doch berichtet, dass wir beobachtet haben, wie zwei Männer eine Kiste in Munders Haus schleppten.«

»Und?«

»Es handelte sich in der Tat um Mitarbeiter Trasses. Wir haben uns einen der beiden etwas genauer angesehen. Eindeutig ein Homosexueller. Ich habe persönlich mit ihm gesprochen. Es hat nicht lange gedauert und er hat mir alles verraten, was er über diese Kiste wusste.«

»Sie haben ihn mit seinen sexuellen Neigungen unter Druck gesetzt?«, vermutete Saborski.

»Ein wenig.«

»Was hat er gesagt?«

»Er und einer seiner Kollegen haben diese und zwei weitere Kisten vor knapp einer Woche am Bahnhof in Wanne-Eickel abgeholt und zu Trasses Kaufhaus gebracht. Dort hat sie Trasse persönlich geöffnet, die Männer aber vorher des Raums verwiesen. Später wurden sie von ihm beauftragt, eine der Kisten zu Munder zu bringen. Sie wurde im Keller abgestellt. Dann haben die beiden die Villa wieder verlassen.«

»Das ist nicht sehr erhellend, oder?« Saborski war enttäuscht.

»Vielleicht doch. Es war nicht schwer, am Güterbahnhof die Frachtpapiere ausfindig zu machen und einzusehen. Deklariert waren die Kisten als Lieferung von Haushaltsgegenständen.«

»Nicht verwunderlich bei einem Kaufhaus, das genau damit handelt«, warf Saborski ein.

»Die Lieferung stammt aus Lemberg!«

»Das ist in Galizien, nicht? Und da werden in diesen Zeiten noch Haushaltswaren produziert? Das ist in der Tat ungewöhnlich.«

»Nicht wahr? Die weiteren Erkundigungen haben ergeben, dass es in Lemberg und Umgebung keine Fabrik mehr gibt, die so etwas herstellt. Die Absenderangabe war gefälscht.«

»Sie gehen davon aus, dass sich in diesen Kisten die Hehlerware befunden hat, zu der Munders Schmuckstücke gehören?«

»Ja.«

»Merkwürdig ist allerdings, dass Trasse, sollte er wirklich mit seinem Schwiegersohn unter einer Decke stecken, nicht intelligenter vorgeht.«

»Nun ja, er konnte nicht wissen, dass wir Munder beschatten. Ohne unsere Überwachung hätten wir nie von den Kisten erfahren.«

»Da haben Sie allerdings recht. Unterstellen wir also, dass Trasse mitmischt. Woher stammt die Ware?«

»Es soll in Lemberg ein großes Zentrallager geben, in dem beschlagnahmte Wertsachen aufbewahrt werden. Aber das sind nur Gerüchte. Offiziell existiert ein solches Lager nicht. Wir müssten schon genauer bei Trasse nachsehen, wenn wir …«

»Schlagen Sie sich das aus dem Kopf. Trasse hat exzellente Beziehungen. Ich bekomme aufgrund solch vager Hinweise niemals eine Hausdurchsuchung genehmigt.« Und ich will sie erst gar nicht beantragen, dachte Saborski.

»Was ist mit einer Durchsuchung von Munders Villa?«

»Mit welcher Begründung?« Saborski grinste gequält. »Der Mann ist einem Attentat zum Opfer gefallen. Deshalb wollen Sie sein Haus durchsuchen? Nein, mein Lieber, ebenfalls ausgeschlossen.« Er dachte einen Moment nach. »Aber die Suche nach Beweisstücken wie dem Projektil rechtfertigt sicher einen Blick in die Kellerräume. Schließlich könnte es ja sein, dass das Geschoss …«

214

»Die Kellerwand durchdrungen hat? Ist das denn glaubwürdig?«

»Natürlich nicht. Aber durch ein offenes Fenster … Zwar ziemlich weit hergeholt, aber ich sehe, was sich machen lässt.« Saborski starrte wieder auf den Teich. »Noch etwas, Herr von Schmeding.«

»Ja, Sturmbannführer?«

»Ich habe heute Ihre Beförderung beantragt. Ich gehe davon aus, dass es keine Schwierigkeiten geben wird. Herzlichen Glückwunsch, Herr Hauptsturmführer.«

40

Donnerstag, 22. April 1943

Der Einsatz gegen die Edelweißpiraten begann am frühen Morgen. Um kurz vor fünf Uhr hielten zwei Personenwagen der Herner Polizei vor dem Haus im Süden der Teutoburgia-Siedlung. Neben Peter Golsten entstiegen den Fahrzeugen ein Kriminalassistent namens Kurt Langer sowie vier uniformierte Wachtmeister.

In einer gründlich geplanten Aktion sollten an diesem Tag zeitgleich über vierhundert Wohnungen oppositioneller Jugendlicher im Rheinland und im Ruhrgebiet durchsucht und die Jugendlichen zunächst in Schutzhaft genommen werden. Golsten hatte bei Saborski interveniert und versucht, sich einen anderen Einsatzort zuweisen zu lassen, dabei aber auf Granit gebissen. So musste er nun einen Jungen festnehmen, mit dessen

215

Vater er vor Kriegsausbruch in einer Kneipe am Rand der Siedlung Skat gespielt und das eine oder andere Bier getrunken hatte. Aber, so sagte er sich, schließlich befolgte er nur Befehle. Was blieb ihm anderes übrig?

»Aufmachen! Polizei!« Einer der Wachtmeister trommelte mit beiden Fäusten gegen die Haustür der Bertelts, trat dann mit dem rechten Fuß dagegen. »Sofort aufmachen!«

Es dauerte eine Weile, bis sich im Hausinneren etwas regte. Dann aber waren Schritte zu hören. Ein Schlüssel drehte sich im Schloss und langsam wurde die Tür geöffnet. Ungeduldig drängte der Wachtmeister Ilse Bertelt, die im Nachthemd und Morgenmantel im Flur stand, beiseite und stürmte in das Haus. Die anderen Polizisten folgten. Golsten betrat als Letzter die Wohnung.

»Guten Morgen, Frau Bertelt«, sagte er zu seiner Nachbarin und zeigte ihr den Haft- und Durchsuchungsbefehl. »Ich habe den Auftrag, Erwin mit auf das Präsidium zu nehmen. Außerdem müssen wir uns in Ihrem Haus umsehen.«

Nackte Angst war in Ilse Bertelts Augen zu lesen. »Aber Erwin … Der Junge hat doch nichts getan. Er ist doch noch ein Kind. Sie können ihn mir doch nicht wegnehmen. Er hat doch nichts …«

Die Uniformierten stürmten die Treppe hoch, einer riss die Tür zum ersten Zimmer auf. Zwei seiner Kollegen stürmten den Raum. Schreie waren zu hören. »Los, anziehen. Schnell! Schnell!«

Schwere Stiefel polterten in das nächste Zimmer. Befehle wurden gebellt, Türen geknallt. Wenig später wurden Erwin und sein Großvater die Treppe heruntergetrieben.

»In die Küche«, brüllte ein Polizist. »Dalli! Dalli!«

»Sie sollten sich auch besser etwas anziehen«, meinte Golsten zu Ilse Bertelt, die immer noch fassungslos im Flur stand.

Als sie sich nicht sofort bewegte, brüllte einer der Uniformierten sie an: »Hast du nicht gehört, was der Hauptsturmführer befohlen hat?« Drohend hob er seinen Schlagstock.

Erwin stürmte auf den Polizisten zu, um seine Mutter zu schützen. Doch er wurde durch einen Polizeiknüppel, der in seinem Gesicht landete, gestoppt. »Stehen bleiben!«

Mit einem Stöhnen sackte Erwin auf die Knie.

»Mein Junge«, rief Ilse Bertelt verzweifelt und machte nun ihrerseits Anstalten, sich loszureißen.

»Keine Bewegung!« Der Wachtmeister holte erneut zum Schlag aus.

Mit scharfer Stimme befahl Golsten: »Lassen Sie das! Solange ich hier das Kommando führe, wird keine Frau geschlagen. Lassen Sie die Frau zu ihrem Jungen.«

Widerwillig befolgte der Mann Golstens Befehl.

Ilse Bertelt beugte sich, Tränen in den Augen, zu ihrem Sohn herab und umarmte ihn. »Mach keine Dummheiten«, flüsterte sie ihm ins Ohr. »Versprichst du mir das?« Sie tupfte mit einem Taschentuch das Blut von seinen Lippen. »Keine Dummheiten!«

Erwin nickte.

»Frau Bertelt«, sagte Golsten. »Ziehen Sie sich jetzt bitte etwas an.«

Gehorsam stand die Frau auf. Als einer der Polizisten ihr die Treppe hinauf ins Schlafzimmer folgen wollte, hielt Golsten ihn zurück. »Das wird nicht nötig sein.«

Kurt Langer legte Erwin Handschellen an und zwang ihn auf einen der Küchenstühle. Auch Erwins Großvater musste sich setzen, wurde aber nicht gefesselt.

»Beginnen Sie mit der Durchsuchung im Wohnraum«, ordnete Golsten an. »Sie«, er zeigte auf einen der Uniformierten, der sich die ganze Zeit im Hintergrund gehalten hatte, »bleiben bei den beiden hier in der Küche. Sie verhalten sich korrekt. Das ist ein Befehl.«

Der Angesprochene schlug die Hacken zusammen.

»Gut.« Dann sprach Golsten Erwin und seinen Großvater an. »Bitte bleiben Sie ruhig sitzen. Für den Fall eines Fluchtversuchs muss der Beamte dort von seiner Schusswaffe Gebrauch machen. Also, lassen Sie es nicht so weit kommen.« Mit diesen Worten folgte er Langer in den Wohnraum.

Der Kriminalassistent suchte gerade eine Steckdose für den Volksempfänger, der auf der Anrichte stand, fand sie und nahm das Gerät in Betrieb. Es war genau fünf Uhr. Mit einem lauten Knacken erwachte das Radiogerät zum Leben. Die Senderliste wurde erleuchtet und die tiefen Paukentöne Ta-Ta-Ta-Taaa, das Kopfmotiv aus Beethovens fünfter Sinfonie, erklang.

»Sieh mal einer an«, grinste Langer. »Die BBC. Da haben diese Leutchen anscheinend vergessen, die Frequenz wieder auf einen deutschen Sender einzustellen. Was für ein Pech.«

»Germany calling«, plärrte es aus dem Lautsprecher. »BBC London.«

Langer drehte den Apparat ab. »Dann wollen wir doch einmal sehen, was wir sonst noch finden.«

Sorgfältig und systematisch durchsuchten die Beamten das Wohnzimmer, öffneten jede Schranktür und Schublade, nahmen Bilder aus den Rahmen, schaute unter den Teppich, klopften die Wände nach verborgenen Hohlräumen ab. Ohne jedes Ergebnis.

»Nichts«, konstatierte Langer nach einer guten halben Stunde, sichtlich enttäuscht. »Der Raum ist sauber.«

Golsten, der die Aktion im Türrahmen stehend wortlos erfolgt hatte, gab die Anweisung, die Familie von der Küche in die Wohnstube zu bringen. Als Ilse Bertelt an ihm vorbeiging, blieb sie für einen Moment vor ihm stehen und sah ihm direkt in die Augen. Verzweiflung las er in ihrem Blick, aber auch Wut und Abscheu. Golsten wandte sich ab.

Die Durchsuchung der Küche, des Schlafzimmers der Eltern und auch des Raums, in dem sich Erwins Großvater eingerichtet hatte, blieb ebenfalls ergebnislos. Zuletzt nahmen sich die Polizisten das Zimmer Erwins vor.

Der Junge bewohnte eine kleine Kammer direkt unter dem Dach neben dem Trockenboden. Sie war nur spärlich möbliert und erinnerte Golsten an die Zimmer, mit denen er sich während seiner Studienzeit in Berlin und der ersten Jahre bei der Kriminalpolizei begnügen musste. Ein Bett, ein klappriger Stuhl, ein kleiner

219

Tisch, ein Sessel, dessen Polsterbezug kaum noch als solcher zu bezeichnen war, ein Schrank – das war es.

Die Dielen knarrten, als Golsten und Langer den Raum betraten. Auch hier war nichts zu finden, was darauf hindeutete, dass Erwin als Edelweißpirat gegen das Regime arbeitete.

»Fassen Sie bitte mit an?«, fragte Langer und zeigte auf das Bett.

»Die Matratze haben wir doch schon angehoben«, wunderte sich Golsten.

»Nicht die Matratze. Ich möchte das Bett wegschieben.«

Gemeinsam schoben sie die Schlafstatt in die Mitte des Raumes. Langer trat zu den Dielen, die bisher vom Bett verdeckt worden waren, und nahm jede einzelne sorgfältig unter die Lupe.

Plötzlich stutzte er, klopfte mit den Knöcheln seiner rechten Hand mehrmals auf den Boden und griff in seine Tasche. Er klappte ein Messer auf und schob die Klinge in den Spalt, kratzte etwas, drückte und Golsten sah, wie sich ein Brett so weit hob, dass Langer es mit den Fingern greifen konnte. Mit einem Ruck zog er es vollständig vom Boden hoch und darunter kam ein Hohlraum zum Vorschein, gut zwei Handlängen breit und sechs lang.

Neugierig beugte sich Golsten über die Schultern seines Kollegen, um besser sehen zu können. »Was ist da drin?«, fragte er.

»Das werden wir gleich wissen«, antwortete Langer und griff in den Hohlraum.

Als Erstes hielt er einen kleinen Stapel maschinenbeschriebener Blätter in der Hand, etwa zwanzig Stück. »Sieh mal an.« Er reichte Golsten die Papiere.

So braun wie Scheiße ist Herne. Wacht endlich auf, stand auf einem der Zettel. Und auf einem anderen: *Macht endlich Schluss mit der braunen Horde! Wir kommen um in diesem Elend. Diese Welt ist nicht mehr unsere Welt. Wir müssen kämpfen für eine andere Welt, wir kommen um in diesem Elend.* In diesem Stil ging es weiter.

Golsten seufzte. Die Schlinge um Erwins Hals zog sich zu.

Nun präsentierte Langer eine kleine Schachtel, die mehrere gestickte Edelweißabbildungen enthielt. »Da haben wir ja die Erkennungszeichen«, freute sich Langer und forschte weiter im Hohlraum. »Aber das Beste kommt erst noch«, triumphierte er kurz darauf und zog seine Hand erneut aus der Öffnung. »Wenn mich nicht alles täuscht«, lachte er und schlug einen Lappen auseinander, »haben wir hier eine Waffe.« Er streckte, immer noch auf dem Bauch liegend, Golsten eine Walther P38 entgegen. »Wer sagt's denn! Das reicht, um die ganze Kommunistenfamilie aufs Schafott zu bringen. Was meinen Sie, Hauptsturmführer?«

Golsten zog es vor, nicht zu antworten. Aus der Sache mit dem Feindsender hätte sich die Familie mit etwas Glück vielleicht noch hinauslavieren können. Aber die Flugblätter, die Abzeichen und vor allem die Waffe? Das Schicksal der Bertelts schien besiegelt.

»Kommen Sie«, sagte Golsten mit belegter Stimme. »Unsere Aufgabe hier ist beendet.«

»Sie erwähnen doch in Ihrem Bericht, dass ich es war, der das Versteck gefunden hat?«, forderte Langer. »Das bringt mich der nächsten Beförderung näher.«

»Natürlich. Dieser Erfolg geht allein auf Ihr Konto.« Mit schweren Schritten stieg Golsten die Treppe hinunter, gefolgt von Langer.

Immer noch mit der Walther in der Hand öffnete der Hauptsturmführer die Tür zum Wohnzimmer. Ängstlich sahen ihm drei Augenpaare entgegen.

Golsten atmete durch. »Wir haben diese Waffe in Erwins Zimmer gefunden. Dazu Flugblätter, die die deutsche Volksgemeinschaft schwächen sollen, und Abzeichen der Gruppierung, die sich Edelweißpiraten nennt. Sie sind alle festgenommen.« Und den Uniformierten befahl Golsten: »Abführen.«

Als einer der Polizisten Erwin an Golsten vorbeiführte, zischte der Junge voller Wut: »Ich würde es wieder tun.«

Golsten gab seinem Kollegen ein Zeichen zu warten. »Was würdest du wieder tun?«

»Dat Schwein Munder ...«

»Erwin!« Ilse Bertelt, die hinter ihrem Sohn stand, rief den Namen voller Verzweiflung. »Was hast du mir versprochen? Kein einziges Wort mehr. Nicht ein Wort!«

»Was hast du mit Munder zu tun?«, drängte Golsten. »Mach den Mund auf!«

»Sie können mich«, antwortete Erwin nur. »Und zwar kreuzweise.« Er schwieg. Nur seine Augen blitzten hasserfüllt.

222

Für einen kurzen Moment war Golsten versucht, dem Jungen ins Gesicht zu schlagen, um seinen Widerstand zu brechen. Dann aber entschied er sich anders. Das Schlagen würden noch andere erledigen. Ohne jeden Zweifel. »Bringt sie weg«, sagte er müde und drehte sich um.

»Sichern Sie die Gegenstände da«, ordnete Golsten an und wies auf die Beweismittel, die Langer auf dem Tisch deponiert hatte.

Einer der Polizisten zog einen Baumwollbeutel aus der Tasche und versuchte, die Walther wieder in den Flicken zu wickeln, der neben der Waffe lag. Umständlich hob der Mann den Lauf der Walther mit den Fingerspitzen an, um keine Fingerabdrücke zu hinterlassen, und versuchte, den Lappen um Griff und Abzugshebel zu schlagen. Plötzlich löste sich ein Schuss. Krachend bohrte sich das Geschoss neben Golstens Kopf in die hölzerne Türzarge. Holzteilchen spritzen in das Gesicht des Hauptkommissars, der zusammenzuckte, sich dann aber sofort nach dem Beamten umschaute, der mit hochrotem Gesicht nur wenige Meter von ihm entfernt stand.

»Sind Sie wahnsinnig, Kerl?«, fuhr Golsten den Unglücksraben an. »Wollen Sie mich umbringen?«

Der Polizist wurde noch kleiner, als er ohnehin schon war. »Das war keine Absicht, Hauptsturmführer. Die Waffe ...«

»Keine Absicht? Das wäre ja noch schöner«, blaffte Golsten.

»Die Waffe. Sie war nicht gesichert.«

223

»Was lernen Sie heute eigentlich auf der Polizeischule?«, brüllte Golsten immer noch. »Jede Waffe ist zu sichern, bevor sie weitergegeben wird.«

»Jawohl, Hauptsturmführer. Aber Sie selbst …«

»Halten Sie den Mund. Sonst finden Sie sich schneller an der Ostfront wieder, als Ihnen lieb ist.«

»Jawohl.«

»Und jetzt sichern Sie die Waffe. Und dann die Beweise.« Golsten drehte sich um. Natürlich wusste er sehr genau, dass es Langer und er selbst gewesen waren, die es versäumt hatten, die Walther zu sichern.

»Scheißtag«, murmelte er, als er das Haus verließ.

»Was sagten Sie, Herr Hauptkommissar?«, fragte Langer, der neben dem Wagen auf ihn gewartet hatte.

»Nichts«, erwiderte Golsten. »Fahren Sie mich ins Präsidium.«

Eine halbe Stunde später saß Golsten wieder hinter seinem Schreibtisch und arbeitete an seinem Bericht. Das Telefon schrillte. Am Apparat war der Wachtmeister, der die Pforte beaufsichtigte. Vor ihm stehe ein Zeuge, der dringend eine Aussage machen wolle. Dem sei in der Nacht, als Munder ermordet wurde, etwas aufgefallen. Leider sei außer Golsten niemand der Kommissare greifbar und da habe er gedacht …

»Na gut. Schicken Sie den Mann hoch«, entgegnete Golsten knapp. Zwar war er nicht zuständig, aber wenn er einen möglicherweise wichtigen Zeugen einfach gehen lassen würde, ohne dessen Aussage aufzunehmen, wäre das Saborski sicherlich auch nicht recht.

224

Der Zeuge hieß Hubert Echte, war jenseits der sechzig, erschien aber ausgesprochen rüstig.

»Ich möchte eine Aussage machen«, begann Echte, nachdem Golsten dessen Personalien aufgenommen hatte.

»Ja, ich weiß«, erwiderte Golsten ruhig und griff zum Notizblock. »Erzählen Sie, was Ihnen in der Nacht zum Dienstag aufgefallen ist.«

»Ich wohne in der Goethestraße, quasi an der Ecke zur Schäferstraße. In der Nacht habe ich eine Zigarette geraucht und saß deshalb auf meiner Bank im Vorgarten.«

Natürlich kannte Golsten Charlotte Munders Aussage. Sie hatte angegeben, sie habe in der Nacht etwas wahrgenommen, was sich wie Schüsse angehört habe, dem aber keine weitere Bedeutung geschenkt. Allerdings habe sie auf die Uhr gesehen und sich gewundert, dass es schon weit nach Mitternacht gewesen war und ihr Gatte immer noch nicht von seinen dienstlichen Verpflichtungen heimgekehrt sei. Dann sei sie aber wieder fest eingeschlafen und erst später mit der schrecklichen Nachricht geweckt worden.

»Das Attentat fand in den frühen Morgenstunden statt«, stellte Golsten fest.

»Ja. Gegen halb vier.«

»Und um die Zeit haben Sie vor dem Haus geraucht?«

Echte beugte sich vor und senkte die Stimme, obwohl keine weiteren Personen anwesend waren. »Wissen Sie, ich hab's an der Prostata. Da muss ich nachts häufiger raus. Und dabei rauche ich immer eine Zigarette. Meine

Frau will nicht, dass ich im Haus qualme. Deshalb gehe ich immer vor die Tür auf meine Bank.«

»Und was ist Ihnen denn nun genau aufgefallen?«

»Zunächst näherte sich Munders Wagen. Den kenne ich. Wir sind ja schließlich fast Nachbarn. Der fuhr in Richtung der Villa. Ein, zwei Minuten später kam ein anderes Fahrzeug die Straße entlang und hielt fast bei mir vor der Tür, allerdings in der Schäferstraße. Dann knallte es plötzlich. Ich hab mir schon gedacht, dass das ein Schuss war. Ich bin sofort aufgesprungen, Richtung Straße gelaufen, konnte aber nichts erkennen. Wissen Sie, das Haus der Munders kann ich von meinem Vorgarten aus nicht einsehen. Der Fahrer des Wagens, ich meine den, der bei mir um die Ecke stand, sprang aus seinem Wagen und lief die Straße hinunter.«

»Wann stieg der Mann aus? Bevor oder nachdem der Schuss gefallen war?«

»Also, wenn Sie so fragen ...«

»Sie wissen es nicht mehr.«

»Nicht genau.«

»Was war dann?«

»Dann hörte ich Schreie. Und dann knallte es wieder. Der Mann kam eilig zurück, stieg in das Auto und fuhr weg.«

»Können Sie den Mann beschreiben?«

»Na ja, groß gewachsen, schlank.«

»Weiter!«

»Herr Kommissar, es war doch dunkel.«

226

»Würden Sie den Fahrer wiedererkennen?«, insistierte Golsten.

»Hm. Vielleicht. Oder ... Möglich ... Nein. Oder ja. Nun, ich weiß nicht.«

Ein toller Zeuge.

»Und das Fahrzeug?«

»So ein eckiger, schwarzer Wagen war das. So einen, den man häufiger sieht.«

Golsten seufzte schwer: den man häufiger sieht. »Warum haben Sie nicht sofort die Polizei gerufen?«

Echte rutschte verlegen auf seinem Stuhl hin und her. »Wir haben doch kein Telefon. Und knallen tut es öfter. Ich habe zwar daran gedacht, aber dann ... Schließlich will man keine Scherereien. Es geht mich ja auch eigentlich nichts an, was da so nachts auf den Straßen passiert. Aber dann habe ich die Zeitung gelesen. Na ja, und deshalb bin ich jetzt hier.«

Ja, dachte Golsten. Jetzt bist du hier. Drei Tage zu spät, aber immerhin. »Der Fahrer des Wagens hat Sie aber nicht bemerkt?«

»Nie im Leben. Ich habe hinter dem Busch gestanden. Außerdem war es ja dunkel. Wieso fragen Sie?« Echtes Stirn legte sich in Falten, der Mund öffnete sich leicht. »Sie meinen doch nicht ...«

Doch, genau das meinte Golsten. Wenn es sich bei dem unbekannten Fahrer des Wagens tatsächlich um den Attentäter gehandelt und dieser auch Echte wahrgenommen hatte, wäre es denkbar, dass er den Zeugen zum Schweigen bringen wollte. Das wäre eine Möglichkeit, an den Täter heranzukommen. Andererseits: War-

227

um hatte der Mörder dann nicht sofort angehalten und die Angelegenheit erledigt? Oder direkt in den Tagen danach? Nein, keine valide Option.

Golsten hob eine Hand. »Nicht wichtig. Können Sie mir sonst noch etwas erzählen?«

»Nein, das war eigentlich alles.«

Golsten erhob sich. »Vielen Dank, Herr Echte.«

»Das ist doch selbstverständlich. Man tut ja schließlich nur seine Pflicht.«

»Ja«, erwiderte Golsten gedehnt. »So ist es.«

»Muss ich nicht noch etwas unterschreiben«, erkundigte sich Echte interessiert. »Ein Protokoll oder so etwas?«

Diese Frage hatte sich Golsten auch gestellt und beantwortet. Er würde lediglich einen kurzen Bericht verfassen, aber kein offizielles Protokoll. Der Aufwand erschien ihm gemessen am Erkenntnisgewinn durch diese Aussage zu groß. Zwei Schüsse waren auf Munder abgegeben worden. Das wussten sie schon vorher. Und die Arbeit nur wegen eines eckigen, schwarzen Wagens?

»Nein, nicht in Ihrem Fall.«

»Dann ... Ja ... Heil Hitler.«

»Auf Wiedersehen, Herr Echte.«

Echte war schon fast an der Tür angelangt, als er einen Zettel aus der Tasche zog. »Fast hätte ich das vergessen. Ich habe mir die Autonummer des Wagens notiert, nachdem er an mir vorbeigefahren ist. Könnte das wichtig sein?«

Golsten sprang auf. »Sie haben eine Autonummer?«, rief er entgeistert. »Warum sagen Sie das nicht gleich?«

»Ich hatte es vergessen. Und Sie haben mich nicht danach gefragt.«

»Mensch, Herr Echte. Her damit.«

Als Golsten einen Blick auf den Papierschnipsel warf, den Echte ihm reichte, erstarrte er. Er kannte diese Ziffernfolge. »Sie irren sich nicht? Es war, wie Sie eben selbst gesagt haben, doch dunkel.«

»Das schon. Aber der Wagen ist direkt an meinem Haus vorbeigefahren. Und der Mond schien hell …«

Echte ging nun endgültig und Golsten fixierte den Zettel mit der Nummer. *IX* für die Provinz Westfalen stand da, gefolgt von fünf Ziffern. Er kannte die letzten drei Ziffern der Autonummer. Sie waren ausschließlich dem inoffiziellen Fahrzeugpark des Bochumer Reichssicherheitshauptamts vorbehalten, im Gegensatz zu den offiziellen Wagen, deren Kennzeichen grundsätzlich mit der Buchstabenfolge *Pol* begannen.

Der unbekannte Fahrer, der in der Nacht zur Stelle war, als Munder erschossen wurde, war also ein Polizist.

Golsten griff zum Telefonhörer. Mit dem Leiter des Polizeifuhrparks in Bochum war er seit fast zwanzig Jahren befreundet. Sie tauschten einige Belanglosigkeiten aus, dann kam Golsten zur Sache: »Friedhelm, ich bitte dich um einen Gefallen.«

»Ich höre.«

»Zunächst Folgendes: Die Sache muss unter uns bleiben. Ich muss mich darauf verlassen können. Wenn du das nicht zusagen kannst, werde ich sofort auflegen.«

»Wenn ich nicht gerade meine Schwiegermutter ermorden soll, geht das klar. Obwohl …« Er lachte.

»In der Nacht zum Dienstag, also dem 20. April, war eines deiner Fahrzeuge unterwegs. Kannst du mir sagen, wer den Wagen benutzt hat?«

»Das ist alles? Kein Problem. Hast du das Kennzeichen?«

Golsten nannte es.

»Einen Moment. Es dauert nicht lange.« Zwei Minuten später war sein Freund wieder am Apparat. »Es handelt sich um einen persönlichen Dienstwagen, der ständig einer Person zugeordnet ist.«

»Und wem?«

»Obersturmführer Wilhelm von Schmeding.«

Golsten zermarterte sein Gedächtnis. »Kenne ich nicht.«

»Eine Art persönlicher Adjutant von Saborski. Ein Mann für alle Fälle, wenn du verstehst, was ich meine.«

Golstens Gedanken schlugen Purzelbäume. »Vielen Dank. Du hast mir wirklich sehr geholfen.«

»Keine Ursache. Warum brauchst du diese Information?«

»Nein, das kann ich leider nicht sagen.«

»Schade. Grüße Lisbeth von mir.«

»Mach ich.«

Golsten war wie benommen. Was hatte ein SS-Obersturmführer, der noch dazu Saborskis Kettenhund war, in der Nacht von Munders Tod vor dessen Haus zu suchen? Er rekapitulierte die Aussage Echtes. Der Zeuge wusste nicht, ob der Polizist noch in seinem Wagen gesessen hatte, als der erste Schuss gefallen war. Wenn ja, waren definitiv zwei Personen am Tatort gewesen. Der

230

Attentäter und Saborskis Adjutant. Warum aber hatte Letzterer nicht versucht, den Attentäter zu stellen? Golstens Mund wurde trocken. Was, wenn es nicht nur einen, sondern zwei Schützen gegeben hatte? Oder gar nur der Polizist vor Munders Haus gestanden hatte? An diesem Punkt stockten seine Überlegungen. Kalter Schweiß trat ihm auf die Stirn. Unter diesen Umständen erschien es ihm tatsächlich klüger, zunächst keinen Bericht über Echtes Vernehmung zu schreiben.

41

Donnerstag, 22. April 1943

Es klingelte. Hermann Treppmann schlurfte zur Haustür.

Theo Mönch wartete davor. »Hermann, kann ich dich einen Moment sprechen?«, fragte er.

»Klar. Worum geht es?«

»Bist du allein?«

»Ja. Komm rein.«

Mönch folgte Treppmann ins Innere des Hauses. »Uns kann wirklich niemand hören?«

»Nun mach es nicht so spannend. Was ist los?«

Mönch holte tief Luft. »Dein Schwiegersohn hat heute Morgen den kleinen Bertelt verhaftet.«

Treppmann schaute entgeistert. »Den Enkel von Sigi Bertelt?«

»Genau den. Aber nicht nur den Jungen, sondern seine Mutter gleich mit. Und auch Sigi.«

Treppmann stöhnte. »Ich brauche einen Schnaps. Du auch?«

»Es ist zwar eigentlich noch nicht meine Zeit, aber was soll's.«

Die Männer gingen ins Wohnzimmer, wo Hermann Treppmann zwei Gläser füllte und eins davon Theo Mönch reichte. Schweigend schluckten sie das hochprozentige Getränk.

»Weswegen hat Peter die ganze Familie eingebuchtet?«

»Genaues wissen wir nicht.«

»Wir?«

»Einige Genossen von früher. Kommunisten und Sozis. Auch andere Jugendliche sollen verhaftet worden sein. Es scheint sich um eine groß angelegte Aktion gehandelt zu haben. Für Erwin Bertelt kann die Sache aber ganz übel aussehen. Er hat einem früheren KPD-Mann, mit dem ich gut befreundet bin, erzählt, dass er das Attentat auf diesen Nazibonzen verübt hat.«

»Munder? Ich habe davon in der Zeitung gelesen. Theo, der Junge will sich doch nur wichtig machen.«

»Das haben wir auch erst gedacht.«

»Wenn er wirklich der Attentäter war, wäre es doch schlauer gewesen, die Klappe zu halten.«

»Natürlich. Aber er hat in der Vergangenheit schon häufiger kleinere Aufträge für die Kommunisten erledigt. Mein Bekannter meint, Erwin wollte um jeden Preis Mitglied der KPD werden. Er hat wohl angenommen, das Attentat sei seine Eintrittskarte in die Partei.«

Treppmann schüttelte den Kopf. »Deshalb schießt man doch nicht auf Menschen. Auch nicht auf einen Goldfasan.«

»Darüber, Hermann, lässt sich trefflich streiten. Wir jedenfalls glauben die Geschichte. Denn er hatte noch einen anderen Grund für sein Handeln. Sicher hast du von Manni Loobs gehört, der auf der Flucht von der Gestapo erschossen wurde?«

»Ja.«

»Manni war Erwins Freund. Er wollte ihn vermutlich rächen.«

Treppmann schlug zornig mit der flachen Hand auf den Tisch. »Dummer Junge!« Er griff zur Flasche und goss nach. »Aber warum erzählst du mir das alles?«

»Ich möchte mit Rosen sprechen.«

»Was hat der damit zu tun?«

»Mein Freund, von dem ich eben sprach, ist seit Kriegsbeginn nicht mehr in der KPD aktiv.«

»Ist vermutlich auch gesünder«, brummte Treppmann.

»Er hat keinerlei Kontakte mehr zu den Illegalen. Aber Rosen hat sie.«

»So überragend können seine Kontakte nicht sein«, bemerkte Treppmann. »Sonst säße er nicht in meinem Stall.«

»Er hat sie, sagt mein Freund. Und für ewig kann Rosen ja nicht bei dir bleiben. Wir möchten ihn bitten, die Information über Erwins Verhaftung weiterzugeben.«

»Wozu soll das gut sein?«

233

»Wenn der Junge nicht gleich am Galgen endet, stecken die Nazis ihn in ein KZ. Dort aber gibt es kommunistische Widerstandszellen. Vielleicht können die dem Jungen helfen zu überleben.«

Treppmann schüttelte verwundert den Kopf. »Ihr glaubt doch nicht im Ernst, dass das funktioniert?«

»Ein Versuch ist es wert. Du musst wissen, der Junge hat behauptet, dass Munder noch gelebt hat, als er weggelaufen ist. Dann fiel ein zweiter Schuss. Vielleicht rettet das Erwin vor dem Schafott.«

»Wer hat Munder denn dann getötet?«

»Keine Ahnung.«

»Zwei Attentäter in einer Nacht? Nicht sehr wahrscheinlich, oder? Welches Motiv sollte denn der große Unbekannte gehabt haben?«

»Munder war ein Bonze. Da kann ich dir, ohne groß nachdenken zu müssen, jede Menge Motive liefern.«

»Auch richtig.« Treppmann war aber noch nicht überzeugt. »Aber ich glaube nicht, dass der Junge damit durchkommen wird.«

»Kann ich trotzdem mit Rosen reden?«

»Meinetwegen.«

Die Männer betraten den Stall. Treppmann rief die verabredete Parole und kurz darauf fielen sich Rosen und Mönch in die Arme.

»Ich bin nicht mehr dazu gekommen, dir zu danken, Theo.«

»Hermann hat mir deinen Dank ausgerichtet. Das ist doch selbstverständlich.«

Rosen klopfte seinem Freund auf die Schulter. »Mensch, Theo.«

»Heinz, ich habe dir etwas zu erzählen.«

»Na denn. Schieß los.«

Theo Mönch berichtete Rosen das, was er zuvor schon Treppmann erzählt hatte. Er schloss mit den Worten: »Kannst du dem Jungen helfen?«

Heinz Rosen schüttelte den Kopf. »Was ihr vorhabt, ist – entschuldige die drastische Ausdrucksweise, Theo – total naiv. Der Junge landet mit Sicherheit vor dem Volksgerichtshof. Selbst wenn er dem Galgen entgeht und ins KZ gesteckt wird, gibt es keine Möglichkeit, ihm zu helfen. Zum einen verfügen wir nicht über ein so gut funktionierendes Informationssystem, wie du scheinbar annimmst. Erst recht nicht in die Lager. Zum anderen aber, und das ist weitaus gravierender, habe ich absolut keine Verbindung mehr zu anderen Illegalen. Die, die meine Kontaktleute waren, sind entweder selbst auf der Flucht, verhaftet oder tot. Unsere Zelle wurde von der Gestapo völlig zerschlagen. So leid es mir tut, ich kann euch nicht helfen.«

Mönch war sichtbar enttäuscht.

»Aber möglicherweise gibt es ja einen anderen Weg.« Rosen dachte nach. »Eine kleine, sehr kleine Chance. Erwin muss seine Tat als einen dummen Streich ausgeben. Er hat nicht gewusst, was er tat. Etwas in der Gegend rumgeballert, das war alles. Dummerweise stand Munder im Weg. Und wenn es gelingt zu beweisen, dass es tatsächlich noch einen zweiten Schützen gegeben

235

und dieser den tödlichen Schuss abgegeben hat, entgeht er so vielleicht dem Todesurteil.«

»Die Gestapo wird ein solches Märchen niemals glauben«, warf Treppmann ein.

Rosen nickte. »Wenn Erwin es erzählt, bestimmt nicht. Was ist aber, wenn ein Polizist solche Ermittlungsergebnisse präsentiert?«

Treppmann verstand sofort. »Sie denken an meinen Schwiegersohn?«

»Ja.«

»Gut. Ich werde mit ihm reden.«

»Das sollten Sie nicht tun.«

»Und warum nicht?«

»Er wird Ihnen nicht glauben.«

»Wieso nicht?«

»Wie wollen Sie von Erwins Aussagen erfahren haben?«

»Durch Theo natürlich.«

»Was ist, wenn Sie sich in Ihrem Schwiegersohn irren und er doch mit den Nazis sympathisiert? Dann gefährden Sie Theo und seine Freunde.«

»Das stimmt«, räumte Hermann Treppmann ein. »Dann hat es mir eben Erwin selbst erzählt.«

»Klar. Ein Sechzehnjähriger schüttet ausgerechnet Ihnen sein Herz aus. Auch das ist keine glaubwürdige Erklärung. Nein, es gibt nur einen Weg. Ich muss mit Ihrem Schwiegersohn reden.«

»Sie?« Treppmann war fassungslos.

»Ja. Er weiß nicht, wie lange ich mich schon in Ihrem Stall verstecke. Ich könnte selbst noch mit Erwin gesprochen haben. Gestern. Oder vorgestern. Als Illegaler bin ich glaubwürdiger als Sie.« Rosen grinste schief. »Außerdem werde ich ohnehin gesucht. Und es wird so langsam Zeit, dass ich Sie wieder verlasse. Drei Wochen an einem Ort sind genug. Ich brauche Tapetenwechsel.«

»Sie riskieren Ihr Leben«, stellte Treppmann fest.

»Haben Sie das nicht auch getan?«

»Aber du kennst den Jungen gar nicht«, protestierte Theo Mönch mit schwacher Stimme.

Rosen lächelte und deutete auf Treppmann. »Und was ist mit ihm? Kannte er mich etwa?«

42

Donnerstag, 22. April 1943

Ich habe es doch geahnt.« Heinz Schönberger stürmte in Golstens Büro und knallte ihm einen Aktendeckel auf den Schreibtisch. »Die Walther P38, die wir bei dem Bertelt gefunden haben.«

»Was ist damit?«

Schönberger griff zur Akte und zog eine stark vergrößerte Fotografie der Pistole hervor. »Sieh mal, hier oben auf dem Schlitten.«

»Der Prägestempel des Wehrmachtsabnahmeamts. Ja und?«

»Anhand der Nummer konnten wir ermitteln, wem die Walther ausgehändigt worden ist. Es handelt sich um die Dienstwaffe eines Feldwebels. Anfang März 1942 hatte der Soldat Fronturlaub. Als er hier in Herne ankam, fand er seine Frau im Bett mit einem anderen. Daraufhin hat er sich volllaufen lassen und ist erst viel später wieder auf einer Parkbank im Stadtgarten aufgewacht. Ohne seine Pistole. Natürlich hat er den Verlust gleich gemeldet. Er meinte, sich zu erinnern, von einem Jugendlichen beklaut worden zu sein. Das hat ihm allerdings niemand abgenommen. Seine Vorgesetzten haben unterstellt, dass er die Waffe, betrunken, wie er war, irgendwo verloren oder gar verkauft hatte, und ihn disziplinarisch bestraft. Er wurde zum Unteroffizier degradiert und ist im Herbst letzten Jahres in Stalingrad gefallen.«

»Ja, und?«

»In Herne geklaut. Klingelt es da bei dir?«

»Nein. Sollte es?«

»Ich glaube, dass mit dieser Waffe auf Munder geschossen wurde.«

Natürlich war auch Golsten dieser Gedanke gleich gekommen. Die Bemerkung, die Erwin bei seiner Verhaftung gemacht hatte, war ihm nicht aus dem Kopf gegangen. Und er würde diese Bemerkung auch in seinem Bericht erwähnen.

»Vielleicht stimmt deine These. Aber das bedeutet doch nicht, dass Erwin Bertelt auch der Schütze war. Vielleicht hat er die Walther nur für einen Dritten aufbewahrt.«

»Das glaube ich nicht. Du hast mir doch von den Jugendlichen erzählt, die laut Aussage einer Nachbarin tagelang vor dem Haus Munders herumgelungert haben.«

»Ja.«

»Ich war vorhin bei dieser Frau Nieper und habe ihr ein Foto von Erwin Bertelt gezeigt. Sie ist sich hundertprozentig sicher, dass der Junge zu der Gruppe Jugendlicher gehört.«

»Seit wann mischt du dich in meine Fälle ein?«

»Das Attentat auf Munder ist nicht dein Fall.«

»Stimmt. Und nun glaubst du, dass die Jungs die Lage ausgekundschaftet haben.«

»Genau.«

»Das war aber mehr als drei Wochen vor dem Attentat auf Munder. Warum hat Bertelt so lange gewartet und nicht schon früher geschossen? Wenn er es denn überhaupt getan hat.«

Schönberger kratzte sich am Kopf. »Gute Frage.«

Golsten kam ein Gedanke. »Hat die Gestapo den Jungen immer noch in der Mangel?«

»Ja. Er sitzt im Keller.«

»Und?«

»Bis jetzt hat er noch nichts gesagt.«

»Tust du mir einen Gefallen?«

»Sicher.«

Dass Saborski ihn von dem Fall Munder abgezogen hatte, hing mit diesem Obersturmführer zusammen, der zumindest Zeuge des Attentats auf Munder gewesen sein musste. Davon war Golsten inzwischen überzeugt. Vielleicht hatte sogar Saborski selbst etwas mit dem Tod des stellvertretenden Kreisleiters zu tun.

»Ich möchte mit dem Jungen reden, bevor ihn die Gestapo totgeschlagen hat. Du hast doch exzellente Kontakte zum Amt IV. Kannst du ein gutes Wort für mich einlegen? Der offizielle Dienstweg dauert zu lange. Bis ich da einen Bescheid bekommen habe, ist der Junge wer weiß wo oder tot.«

»Ich denke, das ist nicht dein Fall?«, grinste Schönberger.

»Ich will ihn nicht zum Attentat befragen. Mich interessiert eigentlich nur der tote Säugling. Ich glaube, es existiert eine Verbindung zwischen den Fällen.«

»Welche?«, fragte Schönberger interessiert.

Golsten hielt es für klüger, seinen Kollegen nicht an seinen Vermutungen teilhaben zu lassen. Vielleicht waren dessen Beziehungen zu Saborski doch enger, als Golsten bisher bekannt war. Deshalb wich er aus. »Ist nur so ein Gefühl. Also, bekommst du das hin, ohne es an die große Glocke zu hängen?«

»Klar. Dann habe ich aber etwas bei dir gut.«

»Danke.«

Zwei Stunden später saß Golsten Erwin gegenüber. Der Junge hatte das durchlitten, was die Gestapo verharmlosend ›Verhör‹ nannte.

Schönberger hatte dafür gesorgt, dass der Junge in eines der polizeilichen Vernehmungszimmer des Präsidiums gebracht worden war.

Erwin konnte kaum sprechen. Seine Augen waren völlig zugeschwollen und farbig unterlaufen, die Lippen aufgeplatzt. Getrocknetes Blut klebte in den Mundwinkeln. Zwei Schneidezähne fehlten. Und die kleinen Finger standen in einem grotesken Winkel von den Händen ab. Ebenfalls dick geschwollen, hatten sie eine dunkelblaue, fast schwarze Farbe angenommen.

Der Hauptkommissar holte tief Luft. »Ich will dir nichts vormachen. Wenn du Glück hast, landest du in einem Konzentrationslager. Wenn nicht ...« Ihm versagte die Stimme. Hatte er gerade tatsächlich versucht, einem Siebzehnjährigen zu erklären, dass sein Leben in kurzer Zeit vorbei war? Er schluckte. »Also, was ich sagen will ...«

»Ich weiß schon«, flüsterte Erwin. Tränen liefen aus den zerschlagenen Augen.

»Ich will damit sagen, dass ich für dich nichts mehr tun kann. Du weißt, dass deine Mutter und dein Großvater in Sippenhaft genommen worden sind?«

Der Junge nickte.

»Ihnen kann ich vielleicht helfen. Aber dazu musst du mit mir zusammenarbeiten.« Golsten war erstaunt, wie leicht ihm die Lüge über die Lippen ging. Er wusste, dass er nicht die geringste Chance hatte, Erwins Verwandte vor dem KZ zu bewahren. Er hatte auch gar nicht vor, sich für diese Leute einzusetzen. Eine gestohlene Wehrmachtspistole im Haus zu verstecken! Dann noch die Flugblätter. Kommunistische Sympathisanten! Mit jeder Intervention zugunsten Erwins Verwandter würde er sich selbst verdächtig machen und nicht nur sich, sondern auch seine Familie gefährden. »Du erinnerst dich doch noch? Ich habe deine Mutter bei eurer Verhaftung in Schutz genommen. Und das werde ich wieder versuchen. Also, hilfst du mir?«

»Ich bin kein Verräter«, stieß Erwin hervor.

»Das weiß ich doch. Das Attentat auf den stellvertretenden Kreisleiter interessiert mich nicht. Das ist nicht mein Fall, sondern Sache der Gestapo. Nein, ich weiß, dass du zu den Jungs gehört hast, die tagelang Munders Haus beobachtet haben. Während dieser Zeit ist dort eine polnische Fremdarbeiterin verschwunden. Ich möchte nur von dir wissen, ob du das Mädchen gesehen oder ihm vielleicht sogar bei der Flucht geholfen hast.«

Erwin dachte nach. Dann bettelte er: »Sie werden sich bestimmt um Mama und Opa kümmern?«

»Ich verspreche es dir«, log Golsten erneut.

»Schwören Sie.«

Und Golsten schwor.

»Gut. Wie sah dat Mädchen aus?«

Golsten griff in seine Jackentasche, zog das Foto Marta Slowackis hervor und legte es vor dem Gefangenen auf den Holztisch.

Der schob sich das Bild so zurecht, dass er es greifen konnte. Mit einem leisen Stöhnen hob er es vor seine Augen, schaute es einen Moment an und ließ es dann kraftlos zurück auf den Tisch fallen. »Ja, dat Mädchen hab ich gesehen.«

Golsten war wie elektrisiert. »Wo und wann?«

»Dat war am letzten Tag unserer Überwachungsaktion. Am 24. März. Ich weiß dat deshalb so genau, weil einer meiner Freunde an diesem Tag Geburtstag hatte. Dat war am Abend. Kurz vor zehn. Die Frau wurde von 'nem Wagen abgeholt.«

»Erzähl mir das genauer.«

»Ich sach doch: Ein Wagen fuhr vor dat Haus. Zwei Männer sind ausgestiegen und zur Haustür von dem Nazibonzen gegangen. Sie haben geschellt. Jemand hat aufgemacht und die beiden sind kurz darauf mit der Frau auf dem Foto wieder zum Auto zurück. Da war abba noch einer im Wagen, denn jemand hat eine Wagentür von innen geöffnet. Dann sind se wech.«

»Wie konntest du die Frau erkennen? Es war Nacht und alles verdunkelt.«

»Einer von den Männern hat sich anner Haustür 'ne Zigarette angesteckt. In dem Lichtschein hab ich auch dat Gesicht der Frau gesehen.«

»Kanntest du die Männer?«

Erwin schüttelte nur den Kopf. »Aber die Frau. Die hat sich zwei Nächte vorher mit 'nem Kerl getroffen.«

»Kanntest du den?«

»Nee.«

Auch der Schuster hatte von einem Treffen Marta Slowackis mit einem Mann berichtet. Handelte es sich womöglich um dieselbe Person?

»Na gut. Kommen wir auf den Wagen zurück. Was war das für ein Fahrzeug?«

»Ein Horch PL4.«

»Konntest du das Nummernschild erkennen?«

»Nein. Dat war zu dunkel.«

»Aber mit dem Fahrzeugmodell bist du dir sicher?«

Erwin hob müde den Kopf. »Wat glauben Sie denn? So 'ne Karre sieht man nich alle Tage. Und dann noch als Pullman. Davon gibbet nich viele.«

243

Erwin Bertelt hatte recht. Die Besitzer eines solchen Modells in Herne und Umgebung dürften sich schnell ermitteln lassen.

»Herr Golsten?«

Am 24. März war die junge Polin also noch im Haus der Munders gewesen. Charlotte Munder aber hatte ausgesagt und auch zu Protokoll gegeben, die Slowacki sei bereits am 23. März verschwunden. Warum hatte sie gelogen?

»Herr Golsten?« Erwin Bertelt riss den Hauptkommissar aus seinen Gedanken. »Es war nur ein Schuss. Hören Sie! Nur einer.«

»Was?«

»Schon gut. Sie helfen Mama und Opa?«

Golsten stand auf und klopfte an die Zimmertür. Der Schlüssel wurde im Schloss gedreht und die Tür öffnete sich. »Abführen«, befahl er den Wachtmeistern.

Brutal griffen die Uniformierten zu und zogen Erwins Arme auf den Rücken. Der Junge schrie vor Schmerzen auf.

Als die Schließer Erwin an Golsten vorbei Richtung Flur schleiften, warf er dem Hauptkommissar einen bittenden Blick zu. Golsten wandte sich ab. Doch zu spät. Der Junge hatte die Lüge in den Augen des Hauptkommissars erkannt.

»Sie Mistkerl!«, rief er, als er durch die Tür gezerrt wurde.

»Schnauze!«, brüllte einer der Wachtmeister und schlug mit dem Knüppel zu.

»Sie sind ein Schwein!«, kreischte Erwin voller Wut und Enttäuschung und fing sich einen weiteren Hieb ein.

Schwer atmend schloss Golsten die Tür zum Vernehmungszimmer. Er wusste, dass er den Jungen nicht wiedersehen würde.

43

Hermann Treppmann überfiel seinen Schwiegersohn, kaum dass dieser das gemeinsame Haus betreten hatte.

»Peter, ich muss mit dir reden.«

Golsten zog seine Jacke aus. »Das muss ja wichtig sein, wenn du mich schon im Flur abpasst. Worum geht es?«

Treppmann holte tief Luft und erzählte Rosens Geschichte. Golsten hörte, die Jacke immer noch in der Hand, erst mit Verwunderung, dann mit immer größerem Entsetzen zu. Irgendwann glitt ihm, ohne dass er es bemerkte, das Kleidungsstück aus der Hand. Als Treppmann geendet hatte, stand Golsten mit offenem Mund da, auf dem Boden vor sich die Jacke. Entgeistert ließ er seinen Blick von seinem Schwiegervater zu seiner Frau wandern, die zwischenzeitlich aus der Küche getreten war und an der Türzarge lehnte.

»Und du? Wusstest du etwa …«

245

Lisbeth nickte stumm.

Golsten beugte sich nach unten und hob das Kleidungsstück vom Boden auf. Er drehte sich um, machte einige Schritte in Richtung seiner Frau, blieb stehen, wandte sich wieder seinem Schwiegervater zu, warf die Jacke zu Boden, öffnete den Mund wie zu einem Schrei, besann sich dann aber und sagte wütend: »Seid ihr beide eigentlich völlig verrückt geworden?! Wollt ihr uns alle an den Galgen bringen?« Er schüttelte den Kopf. »Wie lange geht das schon?«

»Seit zwei Tagen«, log Treppmann.

Golstens Gesichtszüge verrieten, wie sehr es in ihm arbeitete. Schließlich fasste er einen Entschluss. »Er ist jetzt im Stall?«

Treppmann nickte.

»Also gut. Ich werde meine Kollegen verständigen. Wir werden Folgendes sagen: Dieser Rosen ist bei uns ohne unser Wissen in den Stall eingebrochen, wir haben ihn zufällig entdeckt und sofort die Polizei verständigt.«

»Peter«, bat Lisbeth. »Bitte.«

»Was bitte?«, blaffte der Hauptkommissar seine Frau an. »Ich versuche, unseren Kopf zu retten, ihr, ihr ... Ihr Idioten! Wie kann man nur so dämlich sein! Dein Vater, dieser Idealist. Doch du? Wie konntest du dich nur an diesem Schwachsinn beteiligen?«

»Ich habe befürchtet, dass du so reagierst«, erwiderte Treppmann statt seiner Tochter, deren Augen sich mit Tränen füllten. »Befürchtet, aber etwas anderes gehofft. Du machst mir Angst, Peter.«

»Ach nein! Ich mache dir Angst? Was meinst du, wie es mir mit euch geht? Wer hat denn eigentlich Grund, Angst zu haben? Was?« Golstens Tonfall wurde immer schriller.

»Du willst Rosen also ans Messer liefern. Was aber ist, wenn er sich nicht an deine erfundene Geschichte hält und erzählt, wie es wirklich gewesen ist? Wie man hört, haben deine Kollegen von der Gestapo Mittel und Wege, Dinge aus einem Gefangenen herauszupressen, von dem der Betroffene nicht einmal ahnte, dass er sie wusste. Unter der Folter geben fast alle fast alles preis, heißt es. Und dann, mein Herr Schwiegersohn? Was dann?«

»Wem wird die Gestapo wohl glauben?«, schnauzte Golsten zurück. »Einem flüchtigen Kommunisten und Juden? Oder mir, einem – wie du es ja immer wieder so polemisch formulierst – Kollegen?«

»Sie werden Rosen glauben. Weil ich, solltest du ihn ausliefern, seine Aussage bestätigen werde.«

Golsten wich zurück und schüttelte den Kopf. »Du musst wirklich verrückt sein.«

Lisbeth fasste sich ein Herz. »Und ich werde Vater un-terstützen und ebenfalls die Wahrheit sagen«, sagte sie mit trauriger, aber fester Stimme. »Du darfst Heinz Ro-sen nicht der Gestapo übergeben«, flehte sie ihren Mann an.

Golsten zitterte. »Ihr habt uns eben zum Tode verur-teilt. Ist euch das eigentlich klar?«

»Nur, wenn du deine Drohung wahr machst.« Trepp-mann griff seinen Schwiegersohn mit beiden Händen

247

bei den Schultern. »Peter, Rosen wird noch heute Abend den Stall verlassen und verschwinden«, sagte er eindringlich. »Dann ist die Gefahr vorbei. Aber vorher will er noch mit dir reden.«

»Die Gefahr vorbei? Wenn er aufgegriffen wird ...« Er vollendete den Satz nicht. »Du hast doch gerade selbst davon gesprochen, dass die Gestapo bei ihren Verhörmethoden nicht die geringsten Skrupel hat.«

»Rosen wird nicht reden.«

Golsten lachte bitter. »Jetzt drehst du dich mit deiner Argumentation aber wirklich im Kreis. Erst drohst du mir, dass Rosen unter der Folter alles gestehen wird, und nun behauptest du das genaue Gegenteil.« Er schüttelte den Kopf.

»Wenn du darüber nachdenkst, wirst du zu dem Schluss kommen, dass es keine Alternative zu meinem Vorschlag gibt. Lieferst du ihn aus, werde ich nicht schweigen. Natürlich könnte Rosen auch bis zum Ende des Krieges und dem dann unvermeidlichen Sturz dieses Mörderregimes bei uns im Stall bleiben. Ah, ich sehe dir an, dass du das nicht möchtest.«

»Nein, das möchte ich in der Tat nicht«, keuchte Golsten.

»Also bleibt nur meine Lösung. Und die Hoffnung, dass Rosens Flucht glückt.«

»Das ist ...« Golsten machte eine abwehrende Handbewegung, drehte sich um, schob seinen Schwiegervater beiseite und stapfte an seiner Frau vorbei ins Wohnzimmer.

Lisbeth Golsten hob die Jacke auf. »Du hast gewonnen«, flüsterte sie ihrem Vater zu. »Er wird ihn nicht verraten.« Sie folgte ihrem Mann.

Eine Stunde später hockte Golsten auf dem Holzblock. Ihm gegenüber saß Heinz Rosen. Hermann Treppmann stand schweigend neben den beiden.

»Sie wollten mich sprechen«, begann Golsten die Unterredung mit eisiger Stimme.

»Ja.«

»Was wollen Sie?«

»Ich werde Sie heute noch verlassen. Sie können auf Ihre Familie stolz sein.«

Golsten sog hörbar die Luft ein. Er stand kurz davor, erneut die Beherrschung zu verlieren. »Reden Sie schon.«

»Es geht um Erwin Bertelt. Sie wissen, wen ich meine?«

»Natürlich. Was ist mit ihm?«

»Er hat Munder nicht erschossen.«

»Sagt ein jüdisches U-Boot. Woher haben Sie diese Erkenntnis?«

»Lassen Sie es mich so formulieren: Freunde haben mir das erzählt.«

»Ach?«, spottete Golsten.

»Ja.« Rosen ließ sich nicht aus der Ruhe bringen. Er ahnte, unter welcher Anspannung Treppmanns Schwiegersohn stand. »Es ist richtig, dass sich Erwin an dem fraglichen Abend vor Munders Haus aufhielt. Aber er wollte dem Nazibonzen nur einen Schreck einjagen.«

249

»Und deshalb hat er auf ihn gefeuert?«

»Ein Mal, ja. Er hat einen Schuss abgegeben und bewusst daneben gezielt.«

Golsten fielen plötzlich Erwins Worte ein, an die er keinen weiteren ernsthaften Gedanken verschwendet hatte. Es war nur ein Schuss, hatte der Junge gesagt.

»Als Erwin weglief, hat Munder noch gelebt. Er hat um Hilfe gerufen, dann hat Erwin Schritte gehört. Und dann fiel der zweite Schuss. Der muss Munder getötet haben. Erwin jedenfalls ist kein Mörder!«

»Unterstellen wir, dass tatsächlich zwei Schützen vor Ort waren. Munder wurde zunächst am Oberarm getroffen. Wie verträgt sich das mit Bertelts Behauptung, er habe daneben geschossen?«

»Der Junge kann doch mit einer Pistole überhaupt nicht umgehen. Munder hat einfach Pech gehabt. Oder Erwin Glück. Wie Sie wollen.«

Golsten dachte über das Gehörte nach. Und über das, was er über das Auto herausgefunden hatte. Sollte tatsächlich von Schmeding ...

Rosen unterbrach seine Überlegungen. »Sie können doch sicher feststellen, ob die Kugeln, die auf Munder abgefeuert wurden, aus ein und derselben Waffe stammen, oder?«

Golsten antwortete nicht. Natürlich, eine ballistische Untersuchung der Projektile. Das Geschoss aus Munders Kopf war während der Obduktion sichergestellt worden. Soweit er wusste, suchten seine Kollegen noch nach dem zweiten Geschoss. Das würde die Frage nach der Waffe zweifelsfrei beantworten.

Wenn Erwin die Wahrheit sagte, hatte Saborski ihn, Golsten, tatsächlich deshalb vom Fall Munder ferngehalten, um den Mord an einem NS-Funktionär durch seinen Adjutanten zu vertuschen.

»Und noch eines. Um Munder ist es nach meiner Meinung nicht schade. Der Mann ging über Leichen und hat sich, wo er nur konnte, an seinen Opfern bereichert. Aber darüber hinaus hat Munder wirklich alle betrogen. Sogar seine eigene Frau.«

»Wie meinen Sie das?«

»Munder war maßlos. Auch bei meiner Freundin hat er es versucht. Sie ist Jüdin. Muss ich deutlicher werden?«

Golsten verstand, was Rosen meinte. Und auf einmal konnte er sich vorstellen, wer Marta Slowacki und ihr Kind ermordet hatte. Und warum. Doch wie sollte er diese Vermutung beweisen?

In dieser Nacht plagte Golsten ein Albtraum, der ihn lange Jahre daran erinnerte hatte, wie er im Großen Krieg vor Verdun – um sein eigenes Leben zu retten – einen deutschen Soldaten in das Giftgas gestoßen hatte, dem sicheren Tod entgegen.

Nur war der Traum heute plastischer als früher. Das Gesicht des namenlosen Soldaten blieb nicht konturlos und verschwommen wie sonst. Das Gesicht trug abwechselnd die Züge Erwin Bertelts und Heinz Rosens. Und noch etwas war anders: Das Gesicht rief nicht wie früher *Mutter,* sondern laut und vernehmlich *Mörder!*

251

44

Freitag, 23. April 1943

Wilfried Saborski verspürte kein schlechtes Gewissen, im Gegenteil. Munders Tod beschäftigte ihn nicht, Saborskis Schlaf war ausgezeichnet. Er hatte Befehle befolgt, mehr nicht. Wer wollte ihm einen Vorwurf machen?

Etwas Kopfzerbrechen bereitete ihm allerdings die Frage, wie es ihm gelingen sollte, das Projektil aus der Waffe des Attentäters mit dem aus der Walther zu vertauschen, die von Schmeding benutzt hatte. Aber noch war das zweite Projektil nicht gefunden worden.

Margot Schäfer klopfte und steckte ihren Kopf durch den Türspalt.

»Herr Sturmbannführer, Kriminalinspektor Schönberger möchte Sie dringend sprechen.«

Schönberger. Der Kerl kam wie gerufen. Saborski hatte ihn beauftragt, sich persönlich an der Suche nach dem Projektil zu beteiligen und ihn über alles, was sich im Mordfall Munder an Neuem ergab, unverzüglich zu unterrichten. Und Schönberger, bestrebt, endlich die ersehnte Beförderung zu erhalten, war ein williger Zuarbeiter.

»Soll reinkommen.«

Einen Moment später stand Heinz Schönberger vor Saborskis Schreibtisch.

»Was gibt es?«

252

»Sie hatten darum gebeten, davon in Kenntnis gesetzt zu werden, wenn ...«

»Schon gut. Fassen Sie sich kurz«, unterbrach Saborski den Mann ungeduldig. »Also?«

Schönberger griff in die Tasche und zog ein Baumwollsäckchen hervor. »Das Projektil. Wir haben es gefunden.«

Saborski streckte die Hand aus. »Zeigen Sie her.«

Gehorsam händigte Schönberger das Beweisstück aus.

»Wo war es?«

»Es steckte etwa fünfzehn Zentimeter tief im Boden. Wir konnten es zunächst nicht entdecken, weil der Rasen zu sprießen begonnen hatte. Erst nachdem wir die Fläche gemäht und erneut gründlich in Augenschein genommen hatten, wurde das Einschussloch entdeckt. Anhand des Einschlagwinkels und des wahrscheinlichen Standorts des Opfers, als es vom Schuss gestreift wurde, haben wir den Standort des Schützen ermittelt. Der Täter befand sich schräg gegenüber unter einem Busch. Dort haben wir auch Schuhspuren gefunden. Allerdings stammen die Eindrücke von mehreren Personen. Wir haben alle gesichert.«

»Wer ist auf die Idee mit dem Rasen gekommen?«, erkundigte sich Saborski und nahm das Geschoss genauer in Augenschein. Glücklicherweise war es nicht deformiert. Ein Austausch wäre sonst schwierig gewesen, da das Projektil aus von Schmedings Waffe ebenfalls keine Verformungen aufwies.

»Das war ich«, antwortete Schönberger stolz.

»Gute Arbeit. Geschosshülsen?«

»Nein. Möglicherweise sind die in einen nahen Gully gerollt. Wir haben den Abfluss zwar geöffnet, er ist aber zu klein, als dass jemand dort hinunterklettern könnte. Ich befürchte, die Hülsen sind verloren.«

»Kein Problem. Das Geschoss ist wichtiger.«

Saborski griff unter seine Schreibtischplatte. Dort war ein Druckknopf angebracht, der eine leise Klingel in seinem Vorzimmer bediente. Wenn Saborski den Knopf drückte, würde Augenblicke später seine Sekretärin einen angeblich wichtigen Anruf ankündigen.

Es dauerte genau dreißig Sekunden. »Der Herr Polizeipräsident möchte Sie dringend sprechen«, meldete Margot Schäfer.

Saborski lächelte entschuldigend. »Wenn das so ist … Schönberger, lassen Sie mich bitte einen Moment allein?«

»Selbstverständlich, Herr Sturmbannführer.«

Kaum hatten der Inspektor und seine Sekretärin das Büro verlassen und die Tür hinter sich geschlossen, stand Saborski auf, öffnete eine Schranktür und den darin versteckten Safe. Er entnahm ein Beutelchen ähnlich dem, welches auf seinem Schreibtisch lag. Saborski tauschte die Projektile aus. Das von Schönberger gefundene Geschoss steckte er in die Hosentasche. Er würde es später auf Nimmerwiedersehen verschwinden lassen. Nachdem Saborski Safe und Schrank wieder geschlossen hatte, nahm er hinter seinem Schreibtisch Platz und drückte erneut den verborgenen Knopf. Das

Zeichen für Margot Schäfer, Schönberger zurück in das Büro zu schicken.

»Haben Sie Zeugen ausfindig machen können?«

»Nein. Keiner will etwas gesehen haben.«

Saborski atmete innerlich auf. Das war eine beruhigende Nachricht. »Gut.« Er reichte Schönberger den Baumwollbeutel. »Bringen Sie das Projektil zur kriminaltechnischen Untersuchung. Sagen Sie denen, es eilt.«

»Wird sofort erledigt.«

»Und lassen Sie die Schuhspuren auswerten.«

»Schon geschehen, Herr Sturmbannführer.«

»Und?«

»Wir haben keine solchen Abdrücke in unserem Archiv.«

»Schade.« Saborski stand auf und umrundete seinen Schreibtisch. Jovial klopfte er Schönberger auf die Schulter. »Sie werden Ihren Weg machen, davon bin ich überzeugt. Der nationalsozialistische Staat braucht solche Männer wie Sie, Schönberger.«

Der Kriminalinspektor strahlte ihn dankbar an. »Heil Hitler, Herr Sturmbannführer.«

45

Freitag, 23. April 1943

Peter Golsten hatte sich heftig mit seiner Frau gestritten und nur wenig geschlafen. Entgegen dem normalerweise Üblichen stand am Morgen kein Frühstück für ihn auf dem Tisch, sondern Lisbeth war im Bett liegen geblieben. Natürlich verstand Golsten die Beweggründe, die seine Frau und seinen Schwiegervater dazu bewogen hatten, Rosen zu verstecken. Aber akzeptieren konnte er das, was die beiden getan hatten, nicht. Sie hatten mit ihrem Tun ihrer aller Leben gefährdet. Das mussten sie doch einsehen.

Obwohl sich Golsten im Recht fühlte, war er nach dem Frühstück in den Garten gegangen, hatte drei Osterglocken gepflückt und sie Lisbeth in einer Vase auf den Küchentisch gestellt. Dazu schrieb er eine kurze Notiz, in der er sie fragte, ob sie den Streit nicht beenden wollten. Gerade jetzt müssten sie doch zusammenhalten. Zu einer Entschuldigung konnte er sich allerdings nicht durchringen.

Da er sein Frühstück selbst hatte zubereiten müssen, verspätete er sich etwas. Als er sich seinem Büro näherte, wartete auf dem Flur vor seiner Tür bereits eine ganz in Schwarz gekleidete Frau, die ihm bekannt vorkam.

»Möchten Sie zu mir?«, erkundigte er sich und zermartertesein Gehirn, wo er diese Person schon einmal gesehen hatte.

Die Frau stand von dem Stuhl auf und reichte ihm die Hand. »Schmidt. Sie erinnern sich nicht an mich?«

»Wenn ich ehrlich bin ...«

»Sie haben mich vor nicht ganz drei Wochen befragt. Nach dem Fahrzeug, das in den Gysenberger Wald gefahren ist.«

Jetzt wusste Golsten Bescheid. Die Frau des Unteroffiziers von der 19. Panzer-Division. »Entschuldigung. Ich habe Sie nicht gleich erkannt. Ihre Kleidung ...«

Ihre Augen füllten sich mit Tränen. »Hugo ist vor einer Woche gefallen.«

»Oh. Mein Beileid.«

»Danke.« Sie griff zum Taschentuch und schnäuzte sich kräftig. Sie nestelte an den Knöpfen ihrer Jacke und zog einen Brief aus der Tasche. »Ich habe Ihre Frage an Hugo weitergeleitet. Gestern kam sein Antwortbrief.« Sie begann erneut zu weinen. »Drei Tage nach der Todesnachricht.«

Golsten fühlte sich unbehaglich. Schließlich presste er heraus: »Möchten Sie, dass wir uns in meinem Büro weiter unterhalten?«

Die Witwe wischte sich mit dem Handrücken über die Augen. »Nein, vielen Dank. Nicht nötig. Ich bin eigentlich nur gekommen, um Sie zu fragen, ob Ihnen Hugo vielleicht auch geschrieben hat, und wenn ja, ob ich den Brief lesen dürfte. Ich möchte ihm noch einmal so nah wie möglich sein. Halten Sie das für töricht?«

»Nein«, beeilte sich Golsten zu versichern. »Überhaupt nicht. Aber er hat mir nicht geantwortet. Wissen Sie, ich habe irrtümlich die falsche Feldpostnummer auf dem Umschlag notiert.«

»Aber ich habe doch ...«

»Es war mein Fehler, nicht Ihrer.«

»Hugo hat mir geschrieben, um welches Automodell es sich in der Nacht gehandelt hat.«

Peter Golsten horchte auf. »Und was war das für ein Modell?«, fragte er aufgeregt.

»Hugo ist sich, nein, war sich sicher.« Wieder schluchzte sie kurz auf. »Ein Horch in der Pullman-Ausführung.«

Golstens Aufregung wuchs. Laut der Aussage Erwin Bertelts hatte ein Fahrzeug genau dieses Typs in der Nacht zum 24. März die Polin abgeholt. Einmal ein Horch vor Munders Haus, zwei Tage früher ein solcher Wagen nachts im Gysenberger Wald. Das konnte kein Zufall sein.

Der Kriminalkommissar verzichtete darauf, sich den Brief Hugo Schmidts von seiner Witwe zeigen zu lassen, bedankte und verabschiedete sich und betrat sein Büro. Sofort griff er zum Hörer. Es dauerte einige Minuten, bis er den Dienststellenleiter der Zulassungsstelle am Telefon hatte. Zunächst zeigte sich der Mann störrisch. Da könne ja jeder kommen, maulte er, sich als Polizist ausgeben und telefonische Auskünfte verlangen. Ein solches Auskunftsersuchen müsse schriftlich gestellt werden, unterschrieben vom zuständigen Amtsleiter. Ansonsten sei da nichts zu machen.

Nachdem Golsten sich die Litanei des Mannes einige Minuten angehört hatte, verlor er die Nerven. »Mich interessieren Ihre Vorschriften nicht!«, brüllte er in den Hörer. »Ich benötige diese Auskunft. Und zwar sofort. Und sollten Sie diesem Wunsch nicht unverzüglich nachkommen, teile ich meinem Vorgesetzten mit, dass Sie vorsätzlich Ermittlungen in einem Staatsschutzverfahren behindern. Mann, wissen Sie überhaupt, welche Konsequenzen das für Sie haben kann?«

Sein Gesprächspartner war nicht so leicht einzuschüchtern. »Gut. Ich gebe Ihnen die Auskünfte. Auch fernmündlich. Aber erst, nachdem ich mich von Ihrer Identität überzeugt habe. RSHA, Außenstelle Herne, sagten Sie?«

»Ja.«

»Und Ihr Name ist Golsten?«

»Das ist richtig. Hauptkommissar Peter Golsten.«

»Ich rufe Sie zurück. Und zwar über die Vermittlung Ihrer Dienststelle.«

»Tun Sie das«, knurrte Golsten. »Aber tun Sie es schnell.«

Kurz darauf klingelte sein Apparat und der Leiter der Zulassungsstelle meldete sich erneut. Jetzt wirkte er deutlich kooperativer. »Was genau kann ich für Sie tun?«, fragte er konziliant.

Golsten erklärte es ihm.

»Das wird aber etwa eine Stunde dauern. Ich melde mich.«

Der Hauptkommissar legte auf und dachte nach. Hatte Munder tatsächlich die junge Polin geschwängert und dann Mutter und Kind getötet? Wenn Rosen den stellvertretenden Kreisleiter richtig eingeschätzt hatte, war er niemand gewesen, der sich an Rassengesetze hielt. Aber warum hatte er Mutter und Kind umgebracht? Um den Gesetzesverstoß zu vertuschen? Dann hätte er doch wohl kaum bis zur Geburt des Kindes gewartet? Es wäre viel sinnvoller gewesen, die Polin schon beim ersten Anzeichen der Schwangerschaft aus dem Weg zu räumen. Hinzu kam, dass der Mord ein unnötiges Risiko darstellte. Schwangerschaften bei Fremdarbeiterinnen waren streng verboten. Die Mütter mussten damit rechnen, dass ihnen ihr Kind weggenommen wurde und sie in einem KZ landeten. Munder hätte einfach behaupten können, er wisse nicht, von wem Marta Slowacki schwanger sei. Die Aussage der Polin brauchte er nicht zu fürchten. Schließlich war er stellvertretender Kreisleiter der NSDAP. Wer hätte der Slowacki geglaubt? Golsten war verunsichert. Nein, die Gedankenkette war nicht schlüssig. Es fehlte etwas. Nur was?

Seine Gedanken schweiften ab. Er war wieder beim gestrigen Abend, sah das Gesicht seiner Frau und das seines Schwiegervaters, als sie ihm verkündeten, dass Heinz Rosen den Stall verlassen hatte. Und er sah sich den beiden gegenüberstehen, die kurze Nachricht in der Hand, die als Einziges von Rosen zurückgeblieben war. *Ich danke Ihnen für alles,* hatte er in Sütterlin geschrieben. *Ihr Heinz Rosen.* Golstens Schwiegervater kommentierte den Zettel trocken, dass Rosen aus Protest gegen das Naziregime, das die Sütterlinschrift verboten hatte, ausschließlich in dieser schrieb. Golsten hatte darauf nichts erwidert.

Das Telefon brachte ihn zurück in die Gegenwart. Der Leiter der Zulassungsstelle meldete sich zurück. »Tut mir leid, Ihnen mitteilen zu müssen, dass in Herne kein Horch PL4 zugelassen ist oder in den letzten zwei Jahren war.« Die Stimme des Mannes hatte einen feixenden Unterton.

»Danke«, erwiderte Golsten knapp und knallte wütend den Hörer auf die Gabel. »Verdammt!«, rief er dann nicht zum ersten Mal.

46

Freitag, 23. April 1943

Der Bericht, den ihm Peter Golsten hatte zukommen lassen, brachte Wilfried Saborski für einen Moment aus der Fassung. Der mutmaßliche Attentäter Munders sei gestern Morgen bei der Aktion gegen die Edelweißpiraten festgenommen worden. Bei der dabei sichergestellten Walther P38 gehe er, Golsten, davon aus, dass der Attentäter sie benutzt habe. Da er selbst mit dem Fall Munder nichts zu tun und Saborski die Leitung der Untersuchung übernommen habe, fragte der Kriminalkommissar nun pflichtgemäß nach, ob er die Waffe an die KTU zur weiteren Untersuchung übergeben solle.

Saborski fühlte, wie seine Hände feucht wurden. Was sollte er jetzt tun? Die beiden Projektile aus der Waffe von Schmedings lagen garantiert schon bei den Ballistikexperten auf dem Untersuchungstisch. Sie waren identisch, da sie ja aus einer Waffe stammten, die jetzt auf dem Grund des Kanals ruhte. Was aber, wenn mit der beschlagnahmten Walther ein weiterer Vergleichsschuss abgegeben wurde? Dann würde das Täuschungsmanöver, das er und von Schmeding inszeniert hatten, schnell offensichtlich. Ein erneuter Austausch

261

der Projektile? Dazu würde er beides benötigen: die Geschosse und die Waffe dieses Erwin Bertelts. War das ein gangbarer Weg? Vielleicht. Natürlich war das Risiko groß. Wie sollte er begründen, dass er die Projektile schon wieder in Augenschein nehmen wollte? Außerdem fehlte ihm ja immer noch die Waffe.

Saborski sah nach, wann Golsten den Bericht verfasst hatte. Gestern. Golsten bewahrte die Walther vermutlich nicht in seinem Büro auf. Das wäre gegen die Vorschriften und dafür war der Kerl viel zu korrekt. Also lag die Waffe in der Herner Asservatenkammer. Schönberger dagegen hatte die Geschosse mit Sicherheit schon bei der kriminaltechnischen Untersuchung abgeliefert.

Saborski fluchte und ließ sich von seiner Sekretärin mit der KTU verbinden. Dort erfuhr er, dass die Projektile tatsächlich eingetroffen und sogar schon untersucht worden waren. Der Bericht sei bereits im Schreibbüro und würde ihm spätestens Montagmorgen zugestellt.

Der Kriminalrat legte auf und schlug wütend mit der flachen Hand auf den Tisch. Damit war an einen erneuten Austausch der Projektile nicht mehr zu denken. Also blieb nur ein Weg. Die bei Bertelt sichergestellte Waffe musste unauffällig verschwinden. Aber wie sollte er das anstellen?

Zunächst musste er sich vergewissern, wo sich die Walther befand. Saborski griff zum Hörer und wählte Golstens Nummer.

»Ich habe Ihren Bericht gelesen. Warum bekomme ich den erst heute?«, beschwerte er sich, nachdem sich Golsten gemeldet hatte.

»Entschuldigung, Herr Saborski. Aber vermutlich hat die hausinterne Post die Unterlagen nicht zügig weitergeleitet.«

Saborski meinte, leichte Schadenfreude im Tonfall seines Untergebenen herauszuhören, ging dem aber nicht nach.

»Hat dieser Bertelt das Attentat gestanden?«

»Alles, was der Junge bei seiner Verhaftung ausgesagt hat, findet sich im Bericht. Ich habe ihn nicht explizit zum Fall Munder vernommen, dafür bin ich ja nicht zuständig«, wich Golsten aus.

»Sonst gibt es keine Erkenntnisse?«

»Keine«, log Golsten.

»Was ist mit der Waffe. Ist sie schon bei der KTU?«

»Nein. Ich habe sie in die Asservatenkammer bringen lassen, da ich Ihrer Entscheidung, was damit passieren soll, nicht vorgreifen wollte.«

»Gut. Ich werde mich darum kümmern. Heil Hitler, Hauptsturmführer.«

Der Kriminalrat atmete tief durch. Golsten hatte wie erwartet gehandelt. Damit hatte er etwas Zeit gewonnen.

Saborski zündete eine Zigarre an, lehnte sich in seinem Schreibtischstuhl zurück und dachte nach. Wie entwendet man aus einer Asservatenkammer der Polizei eine Pistole? Und zwar so, dass man sich nicht verdächtig macht? Nach längerem Überlegen fiel ihm etwas ein. Ja, so könnte es gehen.

Er rief nach seiner Sekretärin und beauftragte sie, nach von Schmeding zu schicken und seinen Wagen bereitzustellen.

»Es eilt«, betonte er.

Saborski fuhr den Wagen selbst. Auf der Fahrt informierte er von Schmeding über den Sachstand und seinen Plan, die Waffe Erwin Bertelts verschwinden zu lassen. Von Schmeding war nicht anzumerken, ob die schlechte Nachricht, die Saborski ihm mitteilte, bei ihm Besorgnis auslöste. Er nickte nur mehrmals, stellte aber keine weiteren Fragen.

Als sie das Präsidium am Adolf-Hitler-Platz in Herne erreichten, forderte Saborski seinen Begleiter auf, seine Waffe aus dem Halfter zu entnehmen und im Fahrzeug zu verstecken.

Die beiden Polizisten stiegen aus dem Opel Olympia und gingen raschen Schrittes zum Empfang. Saborski wies sich aus und sie machten sich auf den Weg in das Untergeschoss, wo sich die Asservatenkammer befand.

Die Kammer und die ebenfalls im Untergeschoss befindliche Aktenablage verwaltete ein in Ehren ergrauter Beamter, der schon weit jenseits der sechzig sein musste und auf diesem Druckposten auf seine Pensionierung wartete. Als Saborski und von Schmeding in dem langen Flur, der zu den Lagerräumen führte, sichtbar wurden, sprang der Mann auf und nahm Haltung an.

»Wachtmeister Hoppert«, meldete er, als die Besucher vor seinem Tisch standen. »Was kann ich für Sie tun?«

Saborski meinte sich zu erinnern, dem Beamten vor zwei oder drei Jahren eine Auszeichnung für sein fünfzigjähriges Dienstjubiläum überreicht zu haben, und sprach ihn darauf an.

»Das wissen Sie noch, Herr Sturmbannführer«, strahlte Hoppert. »Das war 1940. Im Juli.«

»Und immer noch rüstig und im Dienst«, schmeichelte Saborski. »Ich wäre froh, wenn alle unsere Beamten eine solche Dienstauffassung hätten.«

»Jawohl.«

»Wachtmeister Hoppert«, kam Saborski auf sein Anliegen zu sprechen. »Vor etwa zwei Jahren sind in der Asservatenkammer Gipsabdrücke von Schuhspuren abgelegt worden. Ich benötige diese Abdrücke für einen Vergleich mit einem aktuellen Fall. Können Sie mir diese bitte heraussuchen?«

Hoppert verdrehte die Augen. »Da müsste ich im Asservatenverzeichnis nachsehen.«

»Dann tun Sie das doch bitte.«

Der Wachtmeister öffnete die Tür zu einem kleinen Büro, begann umständlich in einem Schrank zu suchen, bückte sich und förderte schließlich unter Ächzen und Stöhnen mehrere Aktenordner zutage, die er einen nach dem anderen auf einem Schreibtisch stapelte. »Hier irgendwo ... Meine Brille. Ich habe sie verlegt. Einen Moment. Wenn Sie vielleicht solange ...«

Saborski klopfte dem Mann jovial auf die Schulter. »Lassen Sie. Nehmen Sie ruhig wieder draußen Platz. Ich suche mir die Nummer selbst heraus.«

265

»Das ist eigentlich gegen die Vorschriften«, wagte Hoppert einen zaghaften Einwand.

»Keine Angst. Das mit den Vorschriften lassen Sie meine Sorge sein. Ich werde schon keine Aktenordner stehlen.«

Der Alte riskierte ein verhaltenes Lachen.

»Sehen Sie.«

Kaum hatte der Wachtmeister Saborskis Aufforderung Folge geleistet und das Büro verlassen, zeigte der Kriminalrat auf einen weiteren Ordner, dessen Rücken die Datumsangabe *April 1943* trug. Von Schmeding nickte wortlos und griff zu dem Verzeichnis, während Saborski den anderen durchblätterte.

»Alles klar«, flüsterte von Schmeding nach wenigen Sekunden und auch Saborski fand schnell, was er suchte. Beide Männer traten wieder auf den Flur.

»Ich habe die Verzeichnisnummer. Lassen Sie uns bitte eintreten.«

Der Wachtmeister erhob sich, schlurfte zu einer zweiflügeligen Stahltür und öffnete. Saborski und von Schmeding betraten den Raum, der dahinter lag. Der alte Polizist folgte ihnen.

»Wollen Sie etwa Ihren Posten verlassen?«, tadelte Saborski.

»Ja, aber ...«

»In Ihren Vorschriften steht mit Sicherheit nicht, dass Sie einen Vorgesetzten nicht allein in die Kammer lassen dürfen, oder?«

»Nein, das nicht.«

266

»Stattdessen steht garantiert dort, dass Sie die anderen Lagerräume im Auge zu behalten haben. Richtig?«

»Ja. Und ich muss in einem solchen Fall eine Ablöse anfordern, damit diese den Schreibtisch besetzen kann.«

»Wir haben nach fünf Uhr. Quasi schon Feierabend. Woher wollen Sie um diese Zeit eine Ablöse bekommen? Und selbst wenn, das dauert ewig, bis die hier ist.« Saborski hob seine Stimme gerade so weit, dass der Alte merkte, dass der Kriminalrat ungehalten zu werden drohte. »Ich mache Ihnen einen Vorschlag. Wir holen schnell das Asservat, zeigen es Ihnen, Sie tragen die Entnahme in das Verzeichnis ein und schon sind wir wieder weg. Und den Vorschriften ist Genüge getan. Einverstanden?«

»Ja ... Nein ... Aber ...«

»Ich wusste, dass ich mich auf Sie verlassen kann«, meinte Saborski und schob den Wachtmeister zurück in den Flur. »Und jetzt passen Sie auf die anderen Archive auf.«

»Zu Befehl.«

Saborski schob das Türblatt in den Rahmen. »Ich bleibe sicherheitshalber hier stehen.« Er nickte von Schmeding zu.

Dieser ging zügig die Schrankreihen entlang, fand an einem Regal schnell die Nummer, die er dem Asservatenverzeichnis von 1943 entnommen hatte, und steckte die Walther in sein leeres Pistolenhalfter.

»Jetzt noch die Gipsabdrücke«, stellte Saborski fest. »G 23a. Wahrscheinlich eine Schublade.«

Die befand sich nicht weit entfernt.

»Und nun machen Sie etwas Unordnung. Aber notieren Sie sich zumindest einige der Nummern.«

Von Schmeding griff wahllos zu verschiedenen Asservaten und tauschte deren Plätze, ließ hier etwas in den hinteren Regalreihen verschwinden, verstaute da etwas in einem Kasten, was dort nicht hineingehörte. Einige kleinere Beweisstücke steckte er ein. Dabei schrieb er sich sorgfältig die Nummern der jeweiligen Asservate auf.

»Das reicht«, ordnete Saborski an.

Sie verabschiedeten sich von dem Wachtmeister und verließen das Untergeschoss.

»So. Gehen Sie schon zum Wagen. Ich werde den Laden jetzt ein wenig aufmischen.«

Mit diesen Worten entließ Saborski von Schmeding und machte sich auf, dem Vorgesetzten des Wachtmeisters einen unangemeldeten Besuch abzustatten.

Der Beamte zog sich gerade seinen Mantel an, als der Kriminalrat sein Büro stürmte.

»Was ist das hier für eine unverantwortliche Sauerei?!«, brüllte Saborski. »Haben Sie Ihren Laden nicht im Griff, oder was?«

»Herr Saborski, ich …«

»Für Sie immer noch Sturmbannführer. Was ist da in Ihrer Asservatenkammer los?«

»Ich verstehe nicht …«

»Was haben Sie für einen vergreisten Idioten dort sitzen?«

»Aber …«

»Nichts aber! Lassen Sie mich ausreden, Mann. Ich war eben dort unten, um Gipsabdrücke von Schuhspuren zu sichten. Wir benötigen diese Abdrücke als Beweis. Und was finde ich in Ihrer Asservatenkammer? Falsch eingeordnete Beweisstücke, unzutreffende Verzeichnisse und ein Beamter, der völlig überfordert ist und ständig gegen die Vorschriften verstößt. Er hat meinen Mitarbeiter und mich ohne jede Aufsicht allein in die Kammer gelassen. Eine Schweinerei sondergleichen.« Saborski zeigte mit dem Finger auf den Beamten. »Dafür tragen Sie die Verantwortung.«

»Ich wusste nicht …«

»Sie wussten nicht? Ich werde Ihnen sagen, was Sie tun werden. Und zwar unverzüglich. Sie ziehen diese Niete da unten ab. Schicken Sie ihn in den Ruhestand. Aber nicht, ohne sein Verhalten vorher disziplinarisch überprüfen zu lassen. Und diese Überprüfung kann nur ein Ergebnis haben. Stimmen Sie mir zu?«

»Hoppert ist schon achtundsechzig«, riskierte der Leiter eine Bemerkung. »Bei einer Disziplinarstrafe sind seine ohnehin nicht sehr hohen Pensionsbezüge gefährdet. Er …«

»Meinen Sie, das interessiert mich? Wollen Sie den Kerl etwa decken? Ich sollte Sie statt seiner vor die Disziplinarkommission bringen.«

»Bitte, Herr Sturmbannführer.«

»Ich habe eben gefragt, ob Sie mir zustimmen?«

»Jawohl, Herr Sturmbannführer.«

»Gut. Und dann machen Sie eine Revision des Bestandes. Noch an diesem Wochenende. Ich will wissen, ob da unten wirklich nur Unordnung herrscht oder tatsächlich auch Beweisstücke unterschlagen wurden.«

»Unterschlagungen? Niemals! Ich lege für Hoppert meine Hand ins Feuer.«

»Dann passen Sie auf, dass Sie sich keine Brandblasen holen. Ihr Bericht liegt am Montagmorgen auf meinem Schreibtisch. Wenn auch nur ein Asservat fehlt, gnade Ihnen Gott.«

Saborski stürmte aus dem Büro, die Tür hinter sich zuschlagend. Um seine Mundwinkel spielte ein Lächeln.

47

Freitag, 23. April 1943

Die Zulassungsstellen in den umliegenden Städten waren glücklicherweise schneller als die in Herne bereit, Golsten bei seinen Nachforschungen zu unterstützen. Wanne-Eickel und Castrop-Rauxel meldeten Fehlanzeige, in Bochum waren drei derartige Luxuswagen zugelassen, deren Halternamen Golsten aber nichts sagten. Selbstverständlich notierte er sie trotzdem. Endlich kam auch der Anruf aus Recklinghausen. Ja, berichtete der dortige Beamte. Einen Horch in der Pullman-Ausführung gebe es in der Stadt. Besitzer sei der Kaufmann Wieland Trasse, der im Süden der Stadt seinen Wohnsitz habe.

Golsten schüttelte verwundert den Kopf. Wieland Trasse, Besitzer von je einem Kaufhaus in Herne und

270

Recklinghausen. Vor ein paar Jahren hatte der Name die Runde gemacht. Es ging damals, wenn sich Golsten recht erinnerte, um Auseinandersetzungen mit Trasses früherem Teilhaber. Unschöne Gerüchte und Verdächtigungen waren laut geworden. Sollte Trasse etwas mit dem Fall zu tun haben?

Golsten rief Schönberger an. »Sagt dir der Name Wieland Trasse etwas?«, fragte er.

»Meinst du den Kaufhausbesitzer?«

»Genau den.«

Schönberger dachte einen Moment nach. »Vor einigen Jahren gab es Streit mit seinem Kompagnon,« antwortete er dann.

»Ich weiß. Und darüber hinaus?«

»Warte. Der Mann hat vorzügliche Kontakte. Ein alter Kämpfer. Parteimitglied seit … Ach, was weiß ich. Kennt jedenfalls viele wichtige Leute. Wie man so hört, soll auch unser geschätzter Vorgesetzter mit ihm befreundet sein.«

»Saborski?«

»So ist es. Jetzt fällt mir noch etwas ein. Seltsam, dass ich nicht sofort darauf gekommen bin. Die junge Witwe Munder ist seine Tochter.«

»Charlotte Munder?«, echote Golsten verblüfft. »Danke. Du hast mir sehr geholfen.«

Golsten legte den Hörer auf die Gabel. Das hätte er selbst wissen müssen. Die Hochzeit der Kaufhaustochter mit dem aufstrebenden Parteifunktionär Munder war Stadtgespräch gewesen. Wie hatte er das nur vergessen können? Selbst Lisbeth und ihre Freundin Marianne hatten sich ausführlich darüber ausgetauscht. War Marianne nicht sogar eine Klassenkameradin Charlotte Munders gewesen?

Wieland Trasse. Der Schwiegervater des toten Parteibonzen fuhr einen Horch-Pullman. Und ein Wagen solchen Typs war gleich zweimal an Orten aufgetaucht, die mit Verbrechen zusammenhingen, die sich im Umfeld Munders ereignet hatten. Das konnte kein Zufall sein.

Kurz entschlossen griff Golsten zum Telefon und rief das Kaufhaus Trasse in Recklinghausen an. Dort meldete er sich mit Hauptwachtmeister Weinlich. Er habe einen Autounfall zu bearbeiten und müsse deshalb mit einem Wieland Trasse sprechen. Wie Golsten erwartet hatte, wurde er nicht direkt zu Trasses Apparat durchgestellt, sondern landete im Vorzimmer des Kaufhausbesitzers.

Er wiederholte sein erfundenes Anliegen und hoffte insgeheim, dass ihn die Vorzimmerdame nicht verbinden würde. Und er hatte Glück.

»Wann, sagten Sie, hat sich der Verkehrsunfall ereignet?« Die weibliche Stimme am anderen Ende der Leitung klang seltsam schrill.

»Am 24. März. Spätabends.« An diesem Tag hatte Erwin Bertelt gesehen, wie die Polin in den Horch gestiegen war.

»Das ist mehr als einen Monat her. Warum meldet sich die Polizei erst jetzt?«

»Die in den Unfall verwickelten Fahrer hatten sich eigentlich darauf verständigt, die Angelegenheit gütlich zu regeln. Aber einer, wir vermuten, Herr Trasse, hat sich bisher nicht gemeldet. Nun hat der andere Beteiligte doch Anzeige erstattet und wir müssen der Angelegenheit nachgehen.«

»Und Herr Trasse soll einen der Wagen gefahren haben?«

»So die Aussage des Unfallgegners. Die beiden Fahrer haben Ihre Adressen ausgetauscht.«

»Das muss ein Missverständnis sein. Herr Trasse fährt grundsätzlich nicht selbst. Er hat einen Chauffeur«, erklärte die Frau.

»Könnte dieser womöglich den Wagen benutzt haben?«

»Vielleicht. Ich werde ihn fragen und mich dann wieder mit Ihnen in Verbindung setzen. Ihr Name ist noch mal ...?«

»Sicher können Sie verstehen, dass wir unsere Ermittlungen selbst führen möchten. Deshalb: Der Chauffeur heißt wie?«

»Aber ...«

»Ich kann Herrn Trasse selbstverständlich auch vorladen lassen. Aber vielleicht liegt es ja im Interesse Ihres Chefs, wenn wir die Angelegenheit ohne ein solches Aufsehen regeln?«

»Ja. Sie haben recht«, meinte die Sekretärin nach kurzem Zögern. »Giobert Malick. Er wohnt in Recklinghausen. Seine Adresse liegt mir nicht vor. Ich müsste in der Personalverwaltung nachfragen, aber er hat Telefon, damit er jederzeit für den Chef erreichbar ist.«

»Das reicht mir. Seine Rufnummer bitte.«

Die Frau diktierte Golsten die Nummer, der sich bedankte und auflegte.

273

Gisbert Malick aus Recklinghausen. Es dürfte nicht viel Mühe bereiten, die Anschrift zu ermitteln.

Eine Stunde später erfuhr Golsten, dass dieser Malick für die Kriminalpolizei kein Unbekannter war. Gegen ihn war vor etwas mehr als einem Jahr wegen des Verdachtes auf Verstoß gegen Paragraf 175 des Strafgesetzbuches ermittelt worden. Er habe ›begehrliche Blicke auf einen anderen Mann geworfen‹. Malick war mehrmals verhört worden, aber es war nicht zu einer Anklage gekommen. Allerdings enthielt die Akte einen Vermerk, nachdem Malick weiter ›unter Beobachtung‹ stand. Golsten wusste, was das bedeutete. Ein nur kleiner Fehltritt noch und Malick landete ohne Gerichtsverfahren in einem KZ. Da in Recklinghausen nur ein Gisbert Malick gemeldet war, erschien Golsten die Möglichkeit einer Verwechslung ausgeschlossen. Dieser Malick war sein Mann.

Golsten sah auf seine Uhr. Es war kurz nach sechs. Zeit, Feierabend zu machen. Malick musste bis Montag warten, denn für morgen hatte sich Golsten freigenommen. Er wollte sich in aller Ruhe mit Lisbeth aussprechen.

48

Montag, 26. April 1943

Bereits um kurz vor sieben stand Golsten vor dem Haus im Recklinghäuser Stadtteil Hochlarmark. Es regnete in Strömen. Das Wasser tropfte von Golstens Hutkrempe auf seinen Regenmantel. Golsten beobachtete das Haus, in dem Malick wohnte, wartete; verloren in seinen Gedanken, gelang es ihm nicht, sich auf das Kommende zu konzentrieren.

Das Gespräch mit Lisbeth war nicht ganz so verlaufen, wie er es sich erhofft hatte. Zwar war es ihm gelungen, ihr in aller Ruhe und ohne Vorwürfe zu erläutern, warum er Rosen aus ihrem Haus hatte haben wollen und weshalb er immer noch der Meinung war, dass es im Interesse der Familie besser gewesen wäre, ihn der Gestapo zu übergeben. Allerdings wollte Lisbeth seinen Argumenten nicht folgen, im Gegenteil. Für sie war es ein Akt der Unmenschlichkeit, einen Menschen an seine Mörder auszuliefern, auch wenn dadurch ihre eigene Sicherheit weniger gefährdet wurde. Wenigstens hatten sie sich nicht mehr angeschrien. Angesichts ihrer heftigen Auseinandersetzungen an den Tagen zuvor war das schon als ein Erfolg zu werten.

Golsten kämpfte gegen die Unruhe an, die ihn befallen hatte, seitdem er Rosen des Hauses verwiesen hatte, und überquerte die Straße.

Wie in vielen älteren Häusern schloss auch im Wohnhaus von Malick die Haustür nicht richtig. Es kostete kaum Mühe, sie aus dem ausgeleierten Schloss zu drücken. Im Flur roch es muffig. Die Briefkästen waren verbeult, an manchen Stellen blätterte der Putz von den Wänden.

Malick hatte seine Bleibe in der dritten Etage. Golsten stieg die Treppe hinauf und drehte dann die mechani-

275

sche Türklingel neben dem emaillierten Namensschild, auf dem der Name *Malick* stand. Ein metallisches Schnarren war zu hören. Unmittelbar darauf vernahm Golsten Schritte hinter der Tür.

»Wer ist da?«, fragte eine Stimme.

»Golsten. Reichssicherheitshauptamt. Bitte öffnen Sie die Tür«, antwortete der Kriminalkommissar.

Für einen Moment blieb es ruhig. Dann drehte sich ein Schlüssel im Schloss. Die von einer Kette gesicherte Tür öffnete sich einen Spalt. Ein dunkles Augenpaar war zu sehen.

»Herr Malick?«

»Ja.«

»Ich möchte mit Ihnen reden.«

»Können Sie sich ausweisen?«

Golsten hielt seine Marke hoch. »Und nun machen Sie bitte auf.«

Die Tür wurde mit einem Knall zugeworfen. Für einen Moment befürchtete Golsten, dass Malick nicht öffnen, sondern sein Heil in der Flucht suchen wollte. Dann aber knackte es vernehmlich und die Tür schwang auf.

Malick war nicht viel älter als dreißig und von schlanker Statur. Seine muskulösen Oberarme ließen darauf schließen, dass er regelmäßig Sport betrieb. Seine dunklen Haare trug er extrem kurz. Bekleidet war er lediglich mit einem seidenen Hausmantel.

»Um was geht es?«, fragte er mit unsicherer Stimme.

»Wollen wir das nicht lieber in Ihrer Wohnung besprechen?«, erwiderte Golsten und machte einen Schritt nach vorn.

»Selbstverständlich«, stammelte Malick. »Es ist nur nicht aufgeräumt.«

Golsten trat ein und meinte, hinter einer verglasten Türöffnung einen Schatten wahrzunehmen.

Golsten blieb vor dieser Tür stehen. »Ich habe einige Fragen an Sie.«

»Gern. Wollen wir nicht …?« Malick zeigte auf eine der anderen Türen.

»Nein. Es dauert nicht lange. Sie können mir Ihre Antworten auch hier geben.«

Gisbert Malick warf einen gehetzten Blick auf die Glastür. »Bestimmt möchten Sie sich setzen.«

Golsten war sich sicher. Malick wollte ihn vom Flur und vor allem von dem Raum, vor dem er gerade stand, fernhalten. »Danke. Wie gesagt, ich werde Ihre Zeit nicht lange in Anspruch nehmen.«

Der Chauffeur resignierte. »Was wollen Sie wissen?«

»Es geht um Walter Munder.«

»Den Herner Kreisleiter?«

»Er war stellvertretender Kreisleiter, ja.«

»Was habe ich mit dem zu tun?«

»Ich dachte, das könnten Sie mir sagen.«

»Keine Ahnung, wovon Sie sprechen.«

Mit einem schnellen Schritt trat Golsten an die verglaste Tür, riss sie auf und sah sich einem fast nackten Jugendlichen von höchstens achtzehn Jahren gegenüber, der sich hinter einem Vorhang zu verstecken versuchte. »Sieh einer an«, grinste Golsten. »Wen haben wir denn da?«

Malick wurde rot bis über beide Ohren. »Mein Cousin. Er ist zu Besuch.«

»Dann ist ja alles in Ordnung«, erwiderte Golsten. »Ich nehme an, sein Vorname ist Quex?«

Malick fiel sichtlich in sich zusammen. Und auch der Junge wirkte resigniert.

»Wenn Sie mir alles sagen, vergesse ich Ihren Cousin«, besänftigte Golsten den Chauffeur. »Wenn jedoch nicht …«

»Aber ich habe Ihrem Kollegen doch schon alle Fragen beantwortet.«

Für einen kurzen Moment war Golsten irritiert. Wer konnte vor ihm bei Malick gewesen sein? Dann log er: »Ich weiß. Aber sicher sind Sie so freundlich und erzählen mir alles noch einmal?«

Malick schluckte, antwortete aber nicht.

Golsten drehte sich zum Ausgang. »Wie Sie wollen. Wie alt ist Ihr Cousin?«

»Warten Sie.« Malick kapitulierte. »Es geht um die Kiste, nicht?«

Golsten hatte nicht die geringste Ahnung, wovon Malick sprach. »Unter anderem.«

»Also, das war so.«

Zehn lange Minuten erzählte Malick und schloss: »Und dann hat Munder uns aus dem Haus geschickt und wir haben den Wagen zurück zum Kaufhaus gefahren.«

Kisten, die aus Lemberg geliefert wurden und laut Lieferschein Haushaltswaren enthielten? Eigentlich ein normaler Vorgang in einem Kaufhaus, das solche Waren

278

verkaufte. Warum aber dann Trasses Geheimniskrämerei? Golsten speicherte die Information, bezweifelte aber, dass das, was ihm Malick gerade erzählt hatte, etwas mit seinem Fall zu tun hatte. Golsten beschloss deshalb, ins Blaue zu feuern. »Sie haben mit Trasses Wagen am 24. März eine junge Polin aus Munders Haus abgeholt. Ist das richtig?«

Malick schwieg.

»Ist das richtig?«, insistierte Golsten erneut.

Als Malick immer noch nicht reagierte, wandte sich Golsten an den Jugendlichen, der inzwischen frierend im Flur hockte. »Ziehen Sie sich an.« Dann fuhr er Malick an: »Und Sie auch! Die restliche Befragung findet auf dem Präsidium statt.«

»Aber ... Ich ... Sie können doch nicht ...«, stammelte der Chauffeur.

Golsten lachte auf. »Was ich alles kann ... Anziehen!«, bellte er dann. »Beide!«

Der Junge sah seinen Freund flehend an. »Bitte!«, flüsterte er.

Malick schluckte. »Und Sie lassen uns dann in Ruhe?«

»Das hängt von Ihrer Aussagebereitschaft ab«, erwiderte Golsten kühl.

»Gisbert, bitte«, jammerte der Jüngling mit weinerlicher Stimme.

»Herr Trasse hat Michael und mich ...«

»Michael?«

»Michael Linner. Ein Kollege von mir. Er arbeitet im Kaufhauslager.«

»Weiter.«

»Am 24. März habe ich wie immer den Chef gefahren. Abends fuhren wir zu seinem Schwiegersohn.«

»Und?«

»Wir hatten den Auftrag, diese Polin abzuholen. Der Chef blieb im Wagen sitzen, Linner und ich sind zum Haus gegangen. Frau Munder hat geöffnet und die Polin gerufen. Wir haben sie zum Wagen eskortiert und sind wieder los.«

Charlotte Munder hatte in der Vermisstenanzeige angegeben, dass die Polin bereits am 23. März verschwunden sei.

»Die Polin ist freiwillig mitgekommen?«

»Mehr oder weniger. Ich hatte den Eindruck, sie stand unter Schock.«

»Wieso?«

»Sie wirkte irgendwie apathisch.«

»Wie ging es weiter?«

»Der Chef hat mich zum Kaufhaus fahren lassen. Dort hat er uns befohlen, auszusteigen, und ist dann mit der Polin allein weitergefahren.«

»Trasse ist selbst gefahren?«

»Wir haben uns auch gewundert.«

»Was ist dann passiert?«

»Keine Ahnung. Wir haben uns im Lager des Kaufhauses schlafen gelegt. Schließlich fuhr keine Straßenbahn mehr. Es gab keinen Weg, nach Hause zu kommen.«

Golsten dachte einen Moment nach. »Haben Sie in der Zeitung nicht gelesen, dass diese Polin vermisst wurde?«

Malick schwieg betreten.

»Sie haben es gelesen«, stellte Golsten fest. »Warum haben Sie nicht die Polizei verständigt?«

»Trasse ist mein Chef«, versuchte der Mann eine Erklärung. »Außerdem ...«

»Was außerdem?«

»Es war doch nur eine Polin.«

Golsten musste sich zusammenreißen, um den Mann nicht ins Gesicht zu schlagen. »Sie sagten eben, dass schon ein Kollege von mir Ihnen diese Fragen gestellt hat.«

»Nicht so. Er wollte alles über die Kisten wissen.«

»Wie sah er aus?«

»SS-Uniform. Obersturmführer. Schlank, arisch.«

Ein Obersturmführer. Vielleicht von Schmeding? »Hat er seinen Namen genannt?«

»Nein.«

Der Hauptkommissar wandte sich zum Gehen. »Schicken Sie Quex zurück zu seinen Eltern«, bemerkte er. »Dieses Gespräch bleibt unter uns. Kein Wort kommt über Ihre Lippen. Zu niemandem. Auch nicht zu einem Kollegen von mir.« Er zeigte auf den Jungen. »Sie möchten doch sicher, dass Ihr kleines Geheimnis eines bleibt, nicht wahr?«

49

Montag, 26. April 1943

Eine Woche nach seiner Ermordung wurde Walter Munder auf dem Wiescherfriedhof in Herne beigesetzt. Nazibonzen aus dem ganzen Ruhrgebiet waren angereist, selbst der Stabschef der SA gab sich die Ehre. Dutzende Standarten- und Fahnenträger aller Gliederungen der NSDAP standen neben und hinter dem Grab, SA und SS stellten die Ehrenwache. Eine Polizeikapelle intonierte Trauermärsche und der Kreisleiter der NSDAP in Herne, Karl Nieper, hielt die Gedenkrede, die gespickt war mit Begriffen wie Heimtücke, Feigheit, Führer und Deutschland.

Nachdem es eben noch wie aus Eimern geregnet hatte, schien nun die Sonne von einem strahlend blauen Himmel. Charlotte Munder stand am Grab und nahm, gestützt von ihrem Vater, die Beileidsbekundungen der Trauergäste entgegen.

Selbstverständlich waren auch die Spitzen des Bochumer Reichssicherheitshauptamts anwesend. Wilfried Saborski gehörte zu den Ersten, die der Witwe Munders die Hand schüttelten.

»Mein herzliches Beileid«, sagte er schmallippig. »Welch ein Verlust für Sie. Und für Herne. Ihr Gatte hatte eine große Zukunft vor sich. Aber ich versichere Ihnen: Der hinterhältige Mord an Ihrem Mann wird nicht ungesühnt bleiben.« Er senkte die Stimme. »Aus ermittlungstaktischen Gründen kann ich mich noch nicht so äußern, wie es mir eigentlich bei dieser Gelegenheit ein Herzensanliegen wäre. Aber es wird nicht mehr lange dauern, dann steht der feige Attentäter vor dem Volksgerichtshof.«

Charlotte Munder schien kaum zugehört zu haben. Sie nickte und reichte ihre Hand dem nächsten Trauergast.

Saborski entfernte sich von dem Grab. Der Einladung zum anschließenden Kaffeetrinken würde er keine Folge leisten. Sein Auftritt am Grab eben war genug Schauspiel gewesen. Zügig ging er den breiten Weg hinunter Richtung Ausgang.

»Herr Saborski!«, rief plötzlich jemand hinter ihm. »Einen Moment bitte.«

Saborski drehte sich um. Erich Hedder, der Gaustabsleiter, eilte auf ihn zu.

»Eine wirklich schöne Beerdigung, nicht wahr?«, grinste Hedder, als er auf gleicher Höhe mit Saborski war. »Und so bewegend.«

»Wie man es nimmt«, knurrte Saborski. Der Kerl hatte ihm gerade noch gefehlt.

Hedder griff ihn am Arm. »Begleiten Sie mich ein Stück. Ich habe etwas mit Ihnen zu besprechen. Lassen Sie uns dort entlang gehen.« Er wies auf einen kleinen Weg, der neben der Friedhofsmauer verlief.

»Um was geht es?«, fragte Saborski verunsichert.

»Ihr Attentäter. Dieser Edelweißpirat. Wie sicher sind die Beweise gegen den Jungen?«

»Hieb- und stichfest.«

»Wird er gestehen?«

283

»Das wohl eher nicht. Er leugnet, den zweiten Schuss abgegeben zu haben.«

Hedder lachte leise. »Wirklich tapfer. Besteht die Gefahr, dass er das vor dem Volksgerichtshof wiederholt?«

»Nicht auszuschließen. Aber es wird ihm nicht helfen. Das Gericht wird seine Aussage als reine Schutzbehauptung verwerfen.«

»Darum geht es nicht. Wenn es zum Prozess kommt, wollen wir diesen vor Zuschauern führen. Da darf nichts Unvorhersehbares passieren. Wir möchten nicht, dass irgendjemand, sei es, weil er Mitleid mit dem Jungen hat, sei es, weil er Ihren Ermittlungsergebnissen misstraut, Gerüchte in die Welt setzt. Wenn es zu einem Prozess kommt. Aber das sagte ich ja bereits.«

Sie schlenderten weiter. Vogelgezwitscher war zu hören. Von fern bellte leise ein Hund. Idylle im Spätfrühling.

»Sorgen Sie dafür, dass die Mutter und der Großvater in Schutzhaft bleiben, und teilen Sie mir die Namen der Lager mit, in die die beiden eingewiesen werden. Ich kümmere mich dann persönlich um die Angelegenheit. Der Junge stirbt während des Verhörs an Kreislaufschwäche. Sagen Sie das Ihren Männern.«

Saborski schluckte.

Hedder sah ihn prüfend an. »Haben Sie ein Problem?«

Saborski holte tief Luft. »Ich verstehe.«

»Dann ist ja alles in Ordnung.« Hedder blieb stehen. »Übrigens, die Sache mit Munder haben Sie wirklich exzellent geregelt.«

Der Kriminalrat konnte sich über dieses Kompliment nicht wirklich freuen.

Hedder sah ihm sein Unbehagen an. Er klopfte ihm jovial auf die Schulter. »Das gibt sich. Solche Aufträge sind nur beim ersten Mal etwas unangenehm. Man gewöhnt sich daran. Ich habe da meine Erfahrungen.« Er lachte. »Trösten Sie sich mit der Tatsache, dass Munder eine wirklich schöne Beerdigung hatte. So wie heute wäre er vermutlich nie in seinem ganzen Leben gelobt worden. Das hat doch auch etwas, oder?«

Hedder hob den rechten Arm zum deutschen Gruß und ließ Saborski stehen. Nach einigen Metern drehte sich Hedder noch einmal um. »Vergessen Sie nicht, sich auch ein Stück vom Kuchen zu sichern. Es wäre schade, wenn Sie leer ausgehen würden.«

50

Montag, 26. April 1943

Lange Jahre hatten Peter Golsten und Fritz Markwart gemeinsam in der 1. Mannschaft des Herner Polizeisportvereins Fußball gespielt. Golsten als weitgehend erfolgloser Linksaußen, Markwart als passabler Mittelläufer. Doch der Krieg und die vielen Einberufungen hatten die Spielerdecke immer weiter ausgedünnt, bis der Spielbetrieb mangels Fußballern hatte eingestellt werden müssen, ein Schicksal, welches die Herner Polizeikicker mit den meisten der anderen Fußballvereine

285

teilten. Seit ihrem letzten Spiel und dem sich daran anschließenden gemeinsamen Besäufnis hatten sich die beiden früheren Spielkameraden nicht mehr gesehen.

Fritz Markwart schien sich ehrlich zu freuen, als ihn Peter Golsten anrief. »Mensch, Peter. Das ist ja eine Überraschung. Wie geht es dir?«

»Gut. Danke.«

Sie tauschten ein paar Belanglosigkeiten aus, dann kam Golsten zur Sache. »Du untersuchst doch die Projektile, die in der Mordsache Munder verwendet wurden?«

»Untersuchte wäre richtiger. Die Arbeit ist abgeschlossen und der Bericht fertig.«

»Mich interessiert, ob die Geschosse aus derselben Waffe stammen.«

Schönberger hatte Golsten stolz von seinem Besuch bei Saborski berichtet und freudig hinzugefügt, dass jetzt, nachdem er sich bei der Suche des Projektils so hatte auszeichnen können, seine Beförderung zum Kriminalkommissar wohl nur noch eine Frage der Zeit sei.

Markwart zögerte etwas mit seiner Antwort. Deshalb meinte Golsten, sich erklären zu müssen: »Ich bearbeite einen anderen Fall, der eng mit der Sache Munder zusammenhängt. Darum interessiert mich diese Angelegenheit. Außerdem hänge ich bestimmt nicht an die große Glocke, dass du mit mir über deine Arbeit gesprochen hast.«

»Weil du es bist. Beide Projektile stammen aus einer Waffe.«

»Kein Zweifel möglich?«

286

»Keiner. Ich bin mir absolut sicher.«

Hatte Erwin Bertelt gelogen? Hatte er doch beide Schüsse abgefeuert?

»Ich habe deiner Sekretärin am Freitagmorgen telefonisch mitgeteilt, dass ich eine Waffe beschlagnahmt habe, die bei dem Attentat benutzt worden ist und deren Untersuchung anstehen könnte.«

»Ich weiß. Auch eine Walther, nicht?«

»Ja.«

»Sie hat mir davon erzählt. Schade, dass ich verhindert war und wir uns nicht sprechen konnten. Ich hätte mich gerne mit dir am Wochenende auf ein Bier verabredet.«

»Das können wir doch nachholen. Hat Saborski die Waffe schon zu euch bringen lassen?«

»Ach, du weißt das noch nicht?«

»Was?«

»Die Walther ist verschwunden.«

»Aber sie lagerte doch bei uns in der Asservatenkammer?«

»Von da ist sie ja verschwunden.«

»Unmöglich!«

»Glaub mir, mein Freund, es ist so. Saborski hat dem Verantwortlichen bereits den Arsch aufgerissen. Sein Geschrei haben wir bis Bochum gehört. Es ist aber nicht nur diese Waffe abhandengekommen. Auch andere Beweise sind verschwunden, darunter auch ein Goldring. Hinter vorgehaltener Hand wird hier in Bochum von Unterschlagung gemunkelt. Wie auch immer. Die Waffe ist futsch, Saborski stinksauer und eine weitere ballistische Untersuchung wird es deshalb nicht geben. Es sei denn, diese Walther taucht wieder auf.«

Golsten schüttelte fassungslos den Kopf.

»Also, Peter, wie wäre es mit einem Bierchen am Samstag?«

Sirenengeheul unterbrach ihre Unterhaltung. »Wir haben Bombenalarm!«, rief Golsten in den Hörer. »Ich muss jetzt Schluss machen.«

»Bei uns geht es auch gerade los. Mach's gut.«

»Tschüss, Fritz. Ich melde mich wieder bei dir.« Golsten warf den Hörer auf die Gabel und hastete aus dem Büro, um den nahe gelegenen Bunker aufzusuchen.

Der Kommissar hatte sich kaum zu den anderen Schutzsuchenden auf eine der Bänke gequetscht, als die Sirenen einen lang anhaltenden Dauerton hören ließen – Entwarnung. Den Ausflug in den Bunker hätte er sich schenken können.

Auf dem Weg zurück in sein Büro beschloss Golsten, der Asservatenkammer einen Besuch abzustatten. Auf dem Platz, den sonst Wachtmeister Hoppert innehatte, saß ein ihm unbekannter Uniformierter. Golsten erfuhr, dass Hoppert in das Büromateriallager des Präsidiums versetzt worden war und dort Bleistifte zählen musste.

Das Magazin lag im entgegengesetzten Teil des Gebäudes. Hoppert war offensichtlich am Boden zerstört.

»Stellen Sie sich vor, Herr Kriminalkommissar, jetzt heißt es sogar, ich hätte mich bereichert«, jammerte er. »Sie wollen mir meine Pension wegnehmen. Wovon soll ich denn leben?«

Golsten kannte Hoppert seit Jahren. Er wusste, dass der Wachtmeister eine grundehrliche Haut war. Etwas schwerfällig, ja gut. Aber nie im Leben hätte dieser Mann aus eigenem Antrieb gegen Vorschriften verstoßen, da war sich Golsten sicher.

»Ich habe dem Herrn Kriminalrat noch gesagt, dass ich ihn und den SS-Offizier nicht allein in die Kammer lassen darf. Aber er hat mich geradezu rausgeworfen.«

»Welchen Kriminalrat meinen Sie?«, erkundigte sich Golsten.

»Herrn Saborski natürlich. Der war doch am Freitag da, um diese Gipsabdrücke zu holen.«

Das war ja interessant.

»Und wer war der Offizier, von dem Sie sprachen?«

»Ich weiß es nicht. Was mache ich nur, wenn ich meine Pension verliere? Herr Golsten, Sie kennen mich doch. Können Sie nicht ein gutes Wort für mich …«

»Und nach diesem Besuch fehlte die Waffe?«

Hoppert schüttelte den Kopf. »Das kann ich nicht sagen. Der Herr Kriminalrat hat sich bei meinem Vorgesetzten beschwert und dieser hat dann eine Revision veranlasst. Am Sonntag ist festgestellt worden, dass die Walther nicht mehr da ist und auch andere Dinge fehlten. Manche haben wir später wiedergefunden. Sie waren lediglich verlegt. Aber nicht von mir! Ich weiß genau, dass ich die Waffe ordnungsgemäß eingetragen und abgelegt habe. Und gestohlen habe ich nie etwas. Nie!«

»Und welche Schuhabdrücke hat Saborski haben wollen?«

»Da gab es vor zwei Jahren einen Überfall auf die HJ, hat er erzählt. Und da seien Spuren gesichert worden. Um die ging es.«

Golsten erinnerte sich an den Fall, weil einer der Hitlerjungen der Sohn eines hohen Parteifunktionärs und er selbst mit der Schlägerei befasst gewesen war. Eines der Opfer hatte damals ein Auge verloren. Die Sache konnte nie aufgeklärt werden. Es gab zwar einige Verdächtige, aber die gefundenen Spuren hatten sich ihnen nicht zuordnen lassen. Wenn er sich richtig erinnerte …

»Halten Sie die Ohren steif«, sagte Golsten zum Abschied. »Ich werde sehen, ob ich etwas für Sie tun kann.«

Erneut nur eine Floskel.

Zurück in seinem Büro rief er Margot Schäfer an. Jetzt würde sich zeigen, ob er bei der Sekretärin seines Chefs wirklich einen Stein im Brett hatte.

»Hallo, Frau Schäfer«, begrüßte Golsten die Sekretärin.

»Der Chef ist nicht da«, antwortete sie. »Geht es um das jüdische U-Boot, das in Recklinghausen aufgeflogen ist?«

Golsten erstarrte. Von was redete Margot Schäfer da? »Ich verstehe nicht …«

»Ein Kommunist und Jude. Wurde schon lange gesucht. Ist am Wochenende geschnappt worden. Ein Hitlerjunge hat ihn in der Laube seines Großvaters aufgespürt. In Pöppinghausen war das.«

Pöppinghausen. Das war direkt auf der anderen Seite des Kanals. Nicht sehr weit von seinem eigenen Wohnort entfernt. Golstens Nackenhaare richteten sich auf. Konnte das … Mit heiserer Stimme fragte er: »Wissen Sie, wie der Jude heißt?«

»Ich schaue eben nach«

Golsten hörte das Rascheln von Papier.

»Ja. Hier habe ich es. Es handelt sich um einen gewissen Heinz Rosen.«

Golsten wurden die Knie weich. Schwindel erfasste ihn. Rosen war geschnappt worden. Jetzt war es nur noch eine Frage der Zeit, bis auch sie …

»Herr Golsten? Sind Sie noch da?«

Golsten atmete tief durch. Er musste sich wieder unter Kontrolle bekommen und kämpfte die aufkommende Panik nieder. »Nein, deshalb rufe ich nicht an. Ich möchte auch nicht mit Saborski sprechen, sondern mit Ihnen.«

»Mit mir?«, wunderte sich die Sekretärin.

»Ja. Ich habe ein kleines Anliegen. Und Sie müssen mir versprechen, nicht mit unserem Chef darüber zu reden.«

»Das hängt von Ihrem Anliegen ab«, kokettierte sie.

»Vor zwei Jahren sind bei einer Prügelei Hitlerjungen verletzt worden und …«

»Sie meinen die Sache, weowegen der Chef am Freitag nach Herne gefahren ist?«

»Genau.« Golsten war verblüfft. »Sie wissen davon?«

»Die Geschichte von den Vorfällen in der Asservatenkammer gehen hier wie ein Lauffeuer durch die Flure. Diebstahl bei der Polizei. Das muss man sich mal vorstellen!«

»Ja, schlimme Sache. Nun ist es so, dass ich mich zu erinnern glaube, dass damals nicht nur Abdrücke genommen, sondern auch Fotos der Spuren und vor allem der Gipsplatten gemacht wurden. Wenn ich mich nicht täusche, habe ich Saborski die Fotos der Abdrücke damals selbst übergeben. Ich weiß nur nicht mehr, ob er sie mir zurückgegeben hat. Und bei dem Wirbel, den die Suche danach ausgelöst hat, möchte ich keinen Fehler machen, wenn er mir eine diesbezügliche Frage stellt, verstehen Sie?«

»Klar.«

»Könnten Sie also in Ihrer oder seiner Ablage nachsehen, ob sich die Fotos noch dort befinden?«

»Für Sie, Herr Golsten, mache ich das gerne.«

»Aber bitte: Kein Wort zu unserem Chef. Ich möchte nicht, dass er mich für vergesslich hält.«

»Versprochen. Aber das Nachsehen dauert etwas. Ich rufe zurück.«

Golsten sackte in seinem Stuhl zusammen. Rosen gefasst! Er spürte, wie seine Hände zitterten. Aber er hatte keine Wahl. Obwohl seine Welt im Begriff stand zusammenzubrechen, musste er so tun, als sei nichts geschehen. Ganz normal weiterarbeiten. Sich nichts anmerken lassen.

Das Telefon schellte. Margot Schäfer. Natürlich waren die Fotografien an ihrem Platz. Welchen Sinn machte dann Saborskis Ausflug nach Herne, um dort die Gipsabdrücke einzusehen? In Golsten regte sich ein weiterer schlimmer Verdacht. Aber konnte er etwas beweisen?

Dann, ganz plötzlich, keimte in ihm die Lösung eines anderen Problems. Er konnte sich trotz der fehlenden Waffe Gewissheit verschaffen, ob nun Bertelt oder ein Dritter den tödlichen Schuss auf Munder abgegeben hatte.

Er griff zum Telefon und rief erneut Fritz Markwart an. »Kannst du mir noch einen Gefallen tun?«

»Schon wieder? Viele Wünsche in sehr kurzer Zeit ...«

»Ich weiß. Aber ich bitte dich trotzdem. Könntest du noch heute einen Projektilvergleich vornehmen? Aber außerhalb des Dienstweges. Du erhältst keinen schriftlichen Auftrag und schreibst keinen Bericht. Du schaust nur einfach in dein Mikroskop, sagst mir, was du da siehst, und das war es. Keine weiteren Erklärungen, keine Hinweise. Tust du das für mich?«

Markwart antwortete nicht. Für einen Augenblick glaubte Golsten, dass ihm sein Kumpel die Bitte abschlagen würde.

Aber dann hörte er Markwarts Stimme: »Wann kommst du?«

»Es kann zwei Stunden dauern.«

»Gut. Ich warte.«

Von der Fahrbereitschaft ließ sich Golsten zum Haus der Bertelts in der Teutoburgia-Siedlung chauffieren. Dort brach er das Polizeisiegel, ging zielstrebig zur Wohnzimmertür und begann, mit einem Taschenmesser das Einschussloch des irrtümlich ausgelösten Schusses zu erweitern. Da! Die Messerspitze war auf etwas Metallisches gestoßen. Kurz darauf hatte Golsten das Projektil aus dem Holz gegraben. Er verstaute es in der Hosen-

293

tasche, verließ das Haus, erneuerte das Siegel und befahl dem Fahrer, ihn ins Präsidium nach Bochum zu bringen, wo ihn Fritz Markwart schon erwartete.

»Kein Zweifel möglich«, meinte der Ballistiker, als er seine Augen vom Vergleichsmikroskop löste. »Sieh selbst.«

Golsten schaute durch das Okular und sah zwei Bilder mit Streifen und Linien.

»Waffenläufe werden gezogen, damit sich das Geschoss um die eigene Achse dreht. So wird die Flugbahn stabilisiert und die Kugel eiert nicht durch die Luft«, dozierte Markwart, während Golsten mit den Rädchen des Mikroskops hantierte und so die beiden Bilder gegeneinander verschob. »Dadurch entstehen Zug- und Feldmuster, die charakteristisch für jede Waffe sind. Also quasi ihr Fingerabdruck. Stabilisiert wird das Projektil aber nur, wenn es die Züge auch tatsächlich ausfüllt. Dazu muss es etwas größer sein als der Innendurchmesser des Laufs. Das Geschoss quetscht sich also quasi hindurch. Und dadurch werden die Linien und Riefen erzeugt, die du da vor Augen hast. Auf dem Bild rechts ist das Projektil zu erkennen, welches du eben mitgebracht hast. Links findet sich eines der beiden, die auf Munder abgefeuert wurden. Du kannst so lange an dem Rad drehen, wie du willst, du wirst keine Übereinstimmung ausmachen können. Diese Projektile stammen definitiv nicht aus derselben Waffe.«

Golsten sah auf. »Danke. Du warst mir wirklich eine große Hilfe.«

Markwart entfernte eines der beiden Geschosse aus dem Gerät und hielt es Golsten hin. »Dein Beweisstück.« Der Kriminalkommissar schob es zurück in seine Hosentasche. »Wir sollten uns wirklich bald auf ein Bier treffen«, meinte er zum Abschied.

Auf dem Weg zurück ins Präsidium ließ Golsten alles, was er wusste, Revue passieren. Drei Projektile. Dasjenige in seiner Hosentasche stammte definitiv aus Bertelts Walther, eines der anderen beiden aus Munders Kopf. Identisch waren sie nicht, stammten also aus verschiedenen Waffen. Das Projektil, welches Erwin Bertelt nach eigenen Angaben abgefeuert und das Munder nur gestreift hatte, musste vertauscht worden sein, um den Eindruck zu erwecken, es habe nur einen Schützen gegeben. Dann allerdings ereignete sich etwas Unvorhersehbares: Golsten beschlagnahmte Bertelts Waffe. Wieder wäre es möglich gewesen zu beweisen, dass Bertelt die Wahrheit gesagt und es zwei Schützen gegeben hatte.

Da die ballistische Untersuchung des anderen, vertauschten Geschosses zu diesem Zeitpunkt aber bereits erfolgt war, blieb nur ein Weg zur Vertuschung der Tat: Bertelts Waffe musste verschwinden. Deshalb der Besuch Saborskis in der Asservatenkammer. Golsten fröstelte. Es war nun keine Frage mehr, dass der Kriminalrat bis zum Hals im Dreck steckte. Und dieser SS-Offizier von Schmeding dazu.

Gleich morgen würde er noch einmal Anna von Burwitz aufsuchen. Möglicherweise hatte sie ja doch mehr gesehen, als sie bisher eingeräumt hatte. Und zu noch etwas rang sich Golsten durch. Er rief Heinz Schönberger an und bat ihn, möglichst diskret zu überprüfen, ob und welche Waffen auf Wieland Trasse beziehungsweise dessen Tochter oder Schwiegersohn registriert waren. Zwar war Saborskis Adjutant sein Hauptverdächtiger, aber das hieß nicht automatisch, dass er auch tatsächlich der Täter gewesen war. Als das erledigt war, holte er tief Luft. Nun hatte er sich ziemlich weit aus dem Fenster gelehnt. Er hoffte nur, nicht zu weit.

Und dann war die Angst wieder da, verdrängte jeden anderen Gedanken: Rosen war verhaftet worden. Was, wenn er reden würde? Was dann?

51

Montag, 26. April 1943

Um seinem Anliegen mehr Gewicht zu verleihen, hatte Saborski Wieland Trasse nach Bochum in sein Amtszimmer gebeten. Nun saßen die beide zusammen bei einer Tasse Kaffee, den ihnen Margot Schäfer serviert hatte.

»Also, warum hast du mich herbestellt?«, wollte Trasse wissen. »Und warum so dringend?«

»Das Thema, welches ich mit dir besprechen möchte, ist etwas heikel«, erwiderte Saborski.

»Heikel?« Trasse lächelte. »Ausgerechnet du findest ein Thema zu heikel? Du erstaunst mich. Ich entdecke doch noch neue Seiten an dir«, spottete der Geschäftsmann.

»Du machst Geschäfte mit einer Haushaltswarenfabrik in Lemberg. Du hast dich sogar Anfang April persönlich nach Galizien begeben.«

Wenn Trasse überrascht war, zeigte er es nicht. »Nicht schlecht. Du bist gut informiert.« Er schmunzelte. »Ja, ich mache dort Geschäfte. Sehr gute sogar. Ich erhalte von dort sehr günstige Haushaltswaren, die unsere auf Kriegsproduktion umgestellten Firmen nicht mehr herstellen können. Ich habe vor, dieses Geschäft sogar noch auszuweiten. Aber du willst mir doch nicht erzählen, dass du mich deswegen zu dir zitiert hast?«

»Es geht nicht um Haushaltswaren. Es gibt nämlich keine solche Fabrik in Lemberg. Zumindest keine, die dich beliefert.«

»Wie kommst du denn darauf?«, brauste Trasse auf.

»Du hast vor knapp zwei Wochen drei Kisten aus Lemberg erhalten. Wir haben die Lieferscheine überprüft. Die Absenderangaben waren gefälscht. Eine der Kisten wurde weiter zu deinem Schwiegersohn geschafft. Und der hat kurz darauf versucht, einen Armreif und zwei Ringe zu Geld zu machen, um Schulden zu begleichen. Dieser Schmuck war nachweislich gestohlen. Kannst du mir bis hierhin folgen?«

Trasse zündete sich mit fahrigen Bewegungen eine Zigarette an. »Was willst du?«, fragte er.

»Eine angemessene Beteiligung für mein Schweigen.«

»Und was ist in deinen Augen angemessen?«

297

»Das hängt vom Umfang des Geschäfts ab, das du mit dieser angeblichen Haushaltswarenfabrik abwickelst.«

Wieland Trasse sog den Rauch tief in seine Lungen. »Ob du es mir glaubst oder nicht. Ich kann dir wirklich nicht sagen, welchen Ertrag diese Lieferungen bringen werden. Meine Aufgabe in dem Handel ist, die Ware sicher zu deponieren und sie erst zu verkaufen, wenn die Zeiten günstiger sind. Da ich die zukünftigen Preise nicht kenne ...«

»Der Krieg ist nach Stalingrad verloren, das wissen wir beide.«

»Das sind ja völlig neue Töne.«

»Es ist nur noch eine Frage der Zeit, bis die Russen in Deutschland einmarschieren. Und wenn der Atlantikwall nicht hält, kommen auch die Alliierten. Dass dann dein Geschäft mit dieser sogenannten Lemberger Fabrik noch funktioniert, wage ich zu bezweifeln. Wenn du Pech hast, kommt es nicht mehr zu einer zweiten Lieferung aus Lemberg. Nein, mir geht es um etwas anderes. Wie wäre es mit einer stillen Beteiligung an deiner Firma?«

Trasse verschluckte sich fast am Rauch. Ein ähnliches Gespräch hatte er schon einmal geführt. Aber damals, vor rund zwanzig Jahren, waren die Rollen vertauscht gewesen.

»Den Kaufhäusern?«

»Ja«, meinte Saborski gleichmütig. »Das erscheint mir langfristig sicherer als deine Geschäfte mit Lemberg.«

»Wie hoch sollte diese Beteiligung deiner Meinung nach sein?«

»Fünfundzwanzig Prozent.«

»Du bist verrückt.« Trasse war aufgesprungen. »Fünfundzwanzig Prozent! Für was?«

»Damit du weiterhin ruhig schlafen kannst.«

Trasse marschierte im Büro hin und her, blieb dann vor Saborski stehen und meinte, schwer atmend: »Fünfzehn.«

Saborski blickte abschätzend zu ihm hoch. »Zwanzig. Bei jährlicher Auszahlung der Rendite. Und, ich glaube das versteht sich von selbst, notarieller Absicherung der entsprechenden Verträge.« Er wusste, dass er gewonnen hatte. »Ich werde mich auch bestimmt nicht in das Tagesgeschäft einmischen. Von Haushaltswaren verstehe ich nämlich nichts«, griente er.

»Wie kann ich sicher sein, dass du nicht mit immer neuen Forderungen kommst? Wie die meisten Erpresser«, knurrte Trasse.

»Wer im Glashaus sitzt, sollte nicht mit Steinen werfen«, erwiderte Saborski. »Aber um auf deine eigentliche Frage zurückzukommen: Du kannst natürlich nicht sicher sein, sondern musst dich schon auf mein Wort verlassen.«

»Dein Wort. Pah!«

»So ist es. Hast du, lieber Freund, eine Alternative?« Saborski stand nun auch auf, ging zu seinem Schreibtisch, zog aus einem Aktenstapel ein Dokument hervor und hielt es in Trasses Richtung. »Das ist ein Durchsuchungsbefehl. Er muss nur noch vom zuständigen Richter unterzeichnet werden, der – wenn ich das erwähnen darf – ein guter Freund von mir ist und auf meinen An-

299

ruf wartet. Was ist, wenn ich bei dir und deiner Tochter eine Hausdurchsuchung durchführen lasse? Was werden wir wohl finden? Ach ja, selbstverständlich wirst du keine Zeit mehr haben, Belastbares aus dem Weg zu räumen, weil ich dich, sollten wir uns nicht einigen, auf der Stelle in diesem Büro festnehmen lasse. Kooperierst du, rufe ich statt der Beamten meine Sekretärin herein. Sie wird den Notar zu uns bitten, der im Nebenzimmer wartet. Du siehst, ich habe an alles gedacht.« Der Kriminalrat setzte sich wieder. »Und damit du nicht auf dumme Gedanken kommst: Es ist in deinem Interesse, dass ich mich auch zukünftig bester Gesundheit erfreue. Denn sollte mir etwas zustoßen …« Saborski lachte auf. »Ich sehe dir an, dass du gerade an genau diese Möglichkeit gedacht hast. Glaube mir, ich habe entsprechende Vorsorge getroffen. Nun, wie entscheidest du dich?«

»Diese Erpressung ist doch nicht auf deinem Mist gewachsen«, vermutete Trasse. »Du machst üblicherweise keinen einzigen Schritt, ohne dich abzusichern.«

Saborski antwortete nicht und Trasse sprach weiter. »Irgendjemand hat dir für unser heutiges Gespräch grünes Licht gegeben. Irgendjemand deckt dich, stimmt's? Nun sag schon. Wer?«

Die Männer maßen sich mit Blicken.

»Ah, ich ahne, wer hinter dieser Sache steckt. Es muss jemand sein, der im Rang deutlich über dir steht. Und natürlich auch über deinem Vorgesetzten, dem Polizeipräsidenten. Warte, vielleicht doch nicht. Möglicherweise geht es nicht um die formale Stellung in der Polizeihierarchie.« Er musterte Saborski prüfend. »Es geht um politische Macht. Genau. Das ist es. Habe ich recht?«

Saborski blieb still.

»Erich Hedder. Ist er es?« Trasse klappte sein Zigarettenetui auf. Sein Gesicht wurde fahl. »Ja, er ist es. Wenn das so ist ... Aber eine Bedingung habe ich.«

»Du kannst keine Bedingungen stellen, Wieland.«

»Ich glaube doch. Denn ich weiß zu viel. Auch über dich.«

»Was willst du?«

»Regel die Sache mit dieser Polin. Ich möchte, dass die Angelegenheit endlich zu einem Ende gebracht wird.«

Saborski seufzte. »Einverstanden.«

52

Montag, 26. April 1943

Du bist in den letzten Tagen so bedrückt. Hast du Ärger mit Peter?« Marianne Berger sah ihrer Freundin tief in die Augen. »Wenn du darüber reden möchtest ...«

Die beiden Frauen saßen sich am Küchentisch gegenüber. Lisbeth Golsten bereitete das Abendessen vor, zu dem sie Marianne eingeladen hatte. Für einen kurzen Augenblick erwog Lisbeth, Marianne ihr Herz auszuschütten. Aber dann unterließ sie es doch. Noch eine

Mitwisserin war eine zu viel, egal wie eng ihre Freundschaft war.

»Ja, aber nichts Ernstes. Der übliche Kleinkram. Eigentlich kaum der Rede wert, aber du weißt ja, wie so etwas manchmal geht. Ein falsches Wort fällt, das dann auch falsch verstanden werden will, und der Streit ist da. Keiner will nachgeben und aus einer Mücke wird schließlich ein Elefant. Ich sollte den ersten Schritt tun und Peter um eine Aussprache bitten.«

Das war eine Lüge, gewiss. Aber was hätte sie sonst als Erklärung für ihr Verhalten in den letzten Tagen anführen können? Seit Rosen verschwunden war, ließ sie jedes unverhoffte Geräusch zusammenzucken, Schritte vor der Haustür brachten sie aus der Fassung. Kamen sie, um die Familie zu holen? Lisbeth war mit den Nerven vollständig am Ende.

»Das wird sicher das Beste sein. Soll ich dir mit den Kartoffeln helfen?«

»Nee, ich bin ja ohnehin fast fertig. Aber du könntest die eingemachten Bohnen öffnen und abgießen.«

Es gab heute zum wiederholten Mal Bohnen mit Speck und Kartoffeln. Genauer: viel Bohnen mit noch mehr Kartoffeln. Und immer weniger Speck. Aber Lisbeth wollte sich nicht beklagen. Sie hatten ihren Garten hinter dem Haus, der ihnen regelmäßig frisches Gemüse bescherte, und die Kaninchen im Stall, die von Zeit zu Zeit Fleisch lieferten. Andere, die nur auf die Lebensmittelmarken angewiesen waren, hatten es viel schlechter getroffen. Sie mussten hamstern, um ihre Familien satt zu bekommen. Oder auf dem Schwarzmarkt ihre letzten Wertsachen eintauschen. Was beides streng verboten war.

Das Schlagen der Haustür war zu hören.

»Papa?«, rief Lisbeth Golsten in den Flur.

»Nein, ich bin's«, antwortete ihr Mann. »Ich habe Hunger. Was gibt es zu essen?«

Einen Augenblick später stand Peter Golsten in der Küche. »Ach, Marianne. Guten Abend.«

»Ich habe sie zum Essen eingeladen«, erklärte Lisbeth.

»Und was gibt es?«, fragte er kühl.

»Bohnen mit Speck.«

Golsten verzog das Gesicht.

Dann trat jene Stille ein, die von Sekunde zu Sekunde für alle Beteiligten peinlicher wird.

Marianne ergriff als Erste das Wort. »Das ist aber vielleicht eine Begrüßung! Der eine steht stocksteif im Mantel herum, sagt kein Wort und die andere rührt stumm und so verbissen in ihren Bohnen, dass man glauben muss, ihr Leben hinge davon ab. Ihr seid vielleicht eine Trauergemeinde! Egal, weswegen ihr euch gestritten habt, jetzt nehmt euch in den Arm, gebt euch einen Kuss und vertragt euch wieder. Sonst könnt ihr eure Bohnen allein essen. Und wenn ich Peters Gesichtsausdruck richtig deute, will er so viele Bohnen gar nicht.«

Peter Golsten konnte nicht anders, er musste grinsen. Lisbeth, die ihrem Mann bisher den Rücken zugewandt hatte, ließ den Kochlöffel los und drehte sich um. Beide machten einen Schritt aufeinander zu, verharrten einen Moment und umarmten schließlich einander.

303

Leise flüsterte Golsten seiner Frau ins Ohr: »Gerade jetzt müssen wir zusammenhalten. Bitte!«

Lisbeth schluchzte auf und klammerte sich an ihren Mann. Sie nickte. »Ja.«

Peter streichelte ihr über das Haar. »Es wird alles wieder gut«, raunte er. »Bestimmt.« Und dachte: Hoffentlich.

»So gefallt ihr mir schon besser«, lachte Marianne, die den kurzen Dialog nicht hatte hören können. »Gibt es in diesem Haushalt eigentlich auch etwas zu trinken?«

Als das Essen fertig war, erschien auch Lisbeths Vater und eine Stunde später saßen die vier immer noch am nicht abgeräumten Küchentisch und tranken Selbstgebrannten.

Lisbeth hatte sich schon seit Tagen nicht mehr so gut gefühlt. Der Schnaps wärmte wohlig ihren Bauch und der Alkohol drängte die Gefahr, in der ihre Familie schwebte, in den Hintergrund. Immer wieder suchte sie die Hand ihres Mannes, der neben ihr saß, als ob sie sich vergewissern wollte, dass er noch an ihrer Seite war.

Marianne, der der Alkohol die Zunge gelockert hatte, erzählte indes Anekdoten aus ihrer Schulzeit. »Lisbeth und ich waren ja nicht in einer Klasse, aber hatten eine gemeinsame Lehrerin für Deutsch. Du weißt schon, Lisbeth, diese zickige Alte mit dem Dutt. Wir nannten sie Fräulein Einszweidrei, weil sie fast jede ihrer Fragen an die Klasse mit: ›Jetzt aber eins, zwei, drei‹, abschloss. Lisbeth, wie hieß die denn gleich?«

»Ich weiß es nicht mehr. Blocker?«

»Nee, das war der Mathematiklehrer. Eggert? Hieß sie nicht Fräulein Eggert?«

Lisbeth Golsten lächelte und zuckte mit den Schultern.

Ihrem Mann, der die Unterhaltung mit Amüsement verfolgt hatte, fiel plötzlich etwas ein. »Marianne, war in deiner Klasse nicht auch die Charlotte Munder?«

»Ja. Aber damals hieß sie noch Trasse«, kicherte sie. »Garantiert hatte sie nie Frau Munder werden wollen.«

Golstens Interesse war geweckt. »Wie meinst du das?«

»Charlotte war schon als junges Mädchen zu Höherem berufen. Zumindest glaubte sie das. Arrogant bis zum Abwinken. Wenn wir spielten, hielt sie sich abseits. Sie stolzierte über den Schulhof, während wir rannten. Sie hatte kaum Freundinnen. Die es länger mit ihr aushielten, blieben nur in ihrer Gesellschaft, weil ihr Taschengeld hoch genug war, um alle einladen zu können. Eine doofe Kuh, wenn du mich fragst.«

Lisbeth nickte zustimmend.

»Ich habe später gehört, sie musste diesen Munder heiraten. War dann doch nichts mit dem Industriellen oder dem Kavallerieoffizier aus dem Generalsstab, von dem sie immer geschwärmt hat. Tja, manchmal kommt es eben anders.«

»Sie war schwanger?«, vermutete Golsten.

»Genau.« Marianne dehnte das Wort. »Aber dann wurde sie doch nicht Mutter. Vielleicht eine Fehlgeburt. Wie auch immer. Weißt du noch, Lisbeth, wie wir sie immer auf den Arm genommen haben wegen ihrer Stickereien?«

305

»Ja, klar. Immer und überall holte sie ihr Stickzeug heraus. Kerzengrade saß sie da, mit durchgedrücktem Rücken. Die Nase hoch und nur überhebliche Blicke für ihre Umgebung. Ganz die höhere Tochter.«

Marianne prustete los. »Und dann hat sie doch das Falsche gestickt. Immer nur das rote S. Hätte sie doch besser das C genommen. So bekam die gesamte Aussteuer das falsche Monogramm.«

Lisbeth fiel in das Gelächter ein.

Golsten merkte auf. »Was für ein S?«, fragte er.

»S. Für Sarah.«

»Ich denke, sie heißt Charlotte?«

»Heute ja. Früher hieß sie Sarah Charlotte. Ihre Mutter, so ging das Gerücht, war eine tiefreligiöse Frau und hatte ihrer Tochter diesen alttestamentarischen Namen gegeben. Als Rufnamen. Allerdings war das vor der Machtergreifung.« Marianne konnte sich nicht mehr halten vor Lachen. »Nicht sehr weitsichtig, oder?«

»Sie hat ihren Namen geändert?«

»Ja. Direkt nach dem Tod ihrer Mutter und kurz vor der Heirat mit Munder. Sarah klang wohl nicht so gut in den Ohren des hoffnungsvollen Jungnazis, das passte nicht in die politische Landschaft.«

»Marianne!« Lisbeth versuchte, ihre Freundin zu mäßigen, musste aber selbst immer wieder kichern.

»Was soll's. Hört uns doch keiner. Außerdem war Sarah Charlotte ja nicht die Einzige, die mit ihrem Namen in der neuen Zeit nicht mehr so recht zufrieden war, nicht wahr, Herr Goldstein. Oder warum hast du ...« Der

306

Rest ihrer Worte ging in einem weiteren Lachkrampf unter.

Golsten war wie versteinert. Charlotte Munder hatte früher Sarah als Rufnamen geführt. Das rote S auf der Decke, in die das tote Kind eingewickelt war. Die blonden Haare. Der Wagen ihres Vaters in der Nähe des Fundortes der Leiche – jede Menge Indizien!

53

Dienstag, 27. April 1943

Golsten hoffte, dass Munders Wohnsitz nicht überwacht wurde. Bisher waren seine andauernden Ermittlungen in der Sache nicht aufgefallen, wenn aber Munders Villa unter Beobachtung stand, war sein Verstoß gegen Saborskis Anweisung nicht länger zu verheimlichen.

Frau von Burwitz begrüßte ihn erstaunlich freundlich, bat ihn ins Haus. Im Gegensatz zu seinem letzten Besuch durfte er ihr sogar in den Salon folgen.

»Ich habe mich neulich nicht gerade von meiner besten Seite gezeigt. Bitte entschuldigen Sie«, erklärte sie ihr Verhalten.

Der Kommissar wunderte sich zwar ein wenig über diese Einsicht, aber wenn Anna von Burwitz ihre Meinung geändert hatte, umso besser. Wenn sie ihn lediglich aus Höflichkeit oder Vorsicht konzilianter behandelte, sollte es ihm auch egal sein. Hauptsache, sie sagte ihm, was er wissen wollte.

Golsten betrat den Salon und blieb für einen Moment voller Erstaunen stehen. Anna von Burwitz schien in einem Naturkundemuseum zu leben: An den Wänden hingen Köpfe exotischer Tiere, in einer Ecke stand ein ausgestopfter Braunbär. Mehrere große Trommeln, bemalt mit verworrenen Mustern, lagerten wie zufällig im Raum verteilt, dazwischen Vasen verschiedener Größen. Eine Wand war völlig mit einem raumhohen Regal bedeckt, in dem sich Bücher stapelten. Und dann die vielen Bilder! Kein Fleck zwischen den Tierköpfen war freigeblieben. Landschaftsfotografien, Tierbilder, Fotos von Jägern.

»Interessieren Sie sich für Zoologie?«, fragte die Hausherrin.

»Wenn ich ehrlich bin: nein«, erwiderte Golsten. »Und ich bin überrascht, so etwas hier vorzufinden.«

»Das sind die meisten, die diesen Raum zum ersten Mal betreten. Mein Mann war begeisterter Jäger und Sammler. Alles, was Sie hier sehen, hat er selbst geschossen. Vor Kriegsausbruch haben wir halb Afrika und Nordamerika bereist. Der Braunbär dort stammt zum Beispiel aus den nördlichen Rocky Mountains in Kanada. Waren Sie schon einmal dort?«

»Leider nicht.«

»Sie sollten es sich ansehen. Ein faszinierendes Land. Vermutlich müssen Sie aber noch etwas warten. Erst muss ja Großdeutschland diesen Krieg gewinnen, nicht wahr?«

Golsten zog es vor, nicht auf den leisen Spott zu antworten.

»Wie dem auch sei. Was wünschen Sie, Herr Golsten? Ach, Kaffee oder Tee kann ich Ihnen leider nicht anbieten. Selbst Ersatzkaffee war gestern nicht auf Marken zu bekommen. Vermutlich brauchen wir ihn für die Wunderwaffen. Bitte nehmen Sie doch Platz.«

Sie wies auf die Stühle, die um einen großen, runden Tisch angeordnet waren, der mitten im Raum stand.

»Also, was kann ich für sie tun?«, fragte sie erneut, als sich beide gesetzt hatten.

»Es geht noch einmal um die verschwundene Polin.«

»Ich habe Ihnen alles gesagt, was ich weiß.«

»Marta Slowacki wurde am 24. März von mehreren Männern in einem Wagen der Marke Horch abgeholt. Haben Sie sie danach noch einmal gesehen?«

»Nach dem 24. März? Da muss ich nachdenken.« Sie legte ihre Stirn in Falten. »Nein, ich glaube nicht.«

»Hm. Bestimmt haben Sie von der Ermordung Munders gehört?«

»Das, Herr Kommissar, ist selbst mir nicht verborgen geblieben.«

»Wurden Sie in dieser Angelegenheit eigentlich als Zeugin vernommen?«

»Nein. Bisher nicht.«

»Dann schildern Sie doch bitte, was Sie in der Nacht vom 19. auf den 20. April wahrgenommen haben.«

»Es war so gegen halb vier, als ich einen Wagen hörte. Ich schlafe nicht sehr fest. Die vielen Bombenalarme. Ich bin immer auf dem Sprung.«

Golsten kannte das Problem.

»Als ich das Fahrzeug hörte, bin ich aufgestanden, um nach draußen zu schauen. Ich war noch nicht am Fenster, als ich den Schuss hörte. Ich bemerkte Munders Wagen, unmittelbar darauf fing er an, um Hilfe zu rufen. Ich meinte Schritte wahrzunehmen, die sich schnell entfernten. Sicher bin ich mir jedoch nicht. Als ich noch überlegte, was ich unternehmen sollte, kam ein Mann die Straße heruntergelaufen.«

»Könnten die Schritte, die Sie zuvor gehört hatten, von ihm stammen?«

»Nein, sicher nicht. Die Schritte entfernten sich nach rechts, der Mann aber näherte sich von links. Im ersten Moment glaubte ich, es handele sich um jemanden, der Munders Rufen gehört hatte und herbeieilte, um ihm zu helfen. Dann kam es jedoch zu einem Handgemenge.«

»Das konnten Sie sehen?«

»Es war klar in dieser Nacht, Herr Kommissar. Im Mondlicht kann man einiges gut erkennen.«

»Bitte fahren Sie fort.«

»Es fiel ein weiterer Schuss. Der wurde von dem Mann abgegeben, der bei Munder war.«

»Woher wissen Sie das?«

»Der Explosionsblitz. Ich konnte ihn sehen. Und der Schuss kam aus unmittelbarer Nähe.«

»Da haben Sie keine Zweifel?«

»Herr Kommissar, ich bin mit meinem Mann auf zahlreichen Großwildjagden gewesen. Außerdem bin ich auf einem Gut aufgewachsen und habe meinen Vater oft auf die Jagd begleitet. Ich besitze sogar eine eigene Büchse.«

Sie hob den Arm und zeigte auf eine Jagdwaffe, die über der Tür hing. »Das ist sie. Glauben Sie mir, ich weiß, wie sich Schüsse anhören.«

»Und dann?«

»Der Mann lief weg. Und Munder blieb liegen.«

»Können Sie den Mann beschreiben?«

»Groß gewachsen, schlank.«

»Was haben Sie dann getan?«

»Zunächst nichts. Ich hatte zugegebenermaßen ein wenig Angst. Immerhin habe ich überlegt, die Polizei zu rufen.«

»Sie haben sie aber nicht alarmiert?«

»Nein«, gestand sie.

»Warum nicht?«

»Wollen Sie eine ehrliche Antwort?«

»Selbstverständlich.«

»Ich wollte nichts mit der Polizei zu tun haben. Genauso wenig wie mit dem Schicksal meiner Nachbarn. Schockiert Sie das?«

»Nein«, erwiderte Golsten. »Das geht vielen Menschen so.«

»Ich meinte nicht meine Abneigung vor der Polizei.«

»Das habe ich auch nicht so verstanden.«

Für einen kurzen Moment existierte eine stillschweigende Übereinkunft zwischen dem Kriminalkommissar und der Offizierswitwe.

»Außerdem bemerkte ich Nachbarn, die wie ich die Schüsse gehört hatten und ihre Türen öffneten.«

»Was war mit Frau Munder?« Golsten fragte sich noch immer, warum Charlotte Munder nicht aufgestanden und vor das Haus getreten war.

»Die habe ich nicht gesehen. Es würde mich wundern, wenn die etwas mitbekommen hätte.«

»Warum?«

»Sie trinkt.«

Als Anna von Burwitz Golstens skeptischen Gesichtsausdruck bemerkte, zeigte sie ein Lächeln. »Ich weiß, was Sie denken. Getratsche. Nachbarn, die sich nicht ausstehen können. Natterngetuschel. Habe ich recht?«

»Ich muss gestehen, dass ich tatsächlich diesen Eindruck habe.«

»So viel Offenheit bei einem Polizisten?«

Auch Golsten lächelte nun. »Also, wie kommen Sie darauf, dass Charlotte Munder trinkt?«

»Wann immer ich sie im Garten oder vor dem Haus getroffen habe, roch sie nach Alkohol. Und wenn ich immer sage, dann meine ich das ganz genau so.«

»Während meines Gesprächs mit ihr war sie definitiv nicht angetrunken«, widersprach Golsten.

»Haben Sie Ihr Kommen vorher angekündigt?«

Natürlich hatte er das getan. Und Munder hatte darauf bestanden, bei dem Gespräch anwesend zu sein.

»Selbstverständlich. Sie waren angemeldet«, stellte Anna von Burwitz fest. »Da haben Sie Ihre Antwort.«

»Also haben Nachbarn die Polizei gerufen.«

Anna von Burwitz musterte Golsten. »Das sollten Sie aber eigentlich aus Ihren Akten wissen.«

Golsten entschloss sich zur Wahrheit. »Eigentlich ja. Aber ich bin für diesen Fall nicht mehr direkt zuständig.«

Die Augen der Witwe blitzten. »Weshalb sind Sie dann hier?«

Golsten überlegte, wie er antworten sollte. »Marta Slowacki ist tot«, sagte er dann. »Meine Kollegen gehen von Selbstmord aus,« log er. »Ich glaube hingegen eher an Mord und möchte nicht, dass der Fall so einfach zu den Akten gelegt wird.«

Frau von Burwitz war sichtlich bestürzt. »Das Mädchen ist tot?«

»Leider. Und ich möchte wissen, warum.«

»Verstehe. Und Ihre Vorgesetzten haben kein besonderes Interesse daran, Ihren Vermutungen nachzugehen, weil es sich ja nur um eine polnische Fremdarbeiterin gehandelt hat.«

»So ähnlich.«

Anna von Burwitz stand auf, ging zu dem Bücherregal und kehrte mit einer kleinen Holzschatulle zurück. »Aus dem Kongo. Sehen Sie, die schönen Intarsien auf dem Deckel.« Sie öffnete das Kästchen. »Ich nutze es als Zigarettenetui.« Sie hielt Golsten das Schächtelchen hin. »Rauchen Sie?«

»Nein, danke.«

»Eine unschöne Angewohnheit, ich weiß.« Sie griff zu Zündhölzern, die ebenfalls in dem Kästchen lagen, und zündete sich eine Zigarette an. Dabei inhalierte sie tief.

»Es dauerte, bis Ihre Kollegen eintrafen. Einer von ihnen hat dann versucht, Charlotte Munder zu wecken.

Irgendwann öffnete sie endlich. Der Polizist ist mit ihr im Haus verschwunden. Später kehrte er allein zurück. Es verging etwa eine halbe Stunde, da fuhr der Wagen von Frau Munders Vater vor.«

»Wieland Trasse.«

»Richtig. Sie stieg mit etwas Gepäck in das Fahrzeug. Seitdem habe ich sie nicht mehr gesehen.«

»Und das neue Mädchen?«

»Wurde später abgeholt. Von der Polizei. Auch die scheint seitdem nicht mehr im Haus zu sein.«

Golsten erinnerte sich an die dunklen, abgrundtief traurigen Augen der jungen Polin. »Eine Frage habe ich noch. In den Abendstunden des 15. April, also Donnerstag vor einer Woche, wurde mit einem Lastkraftwagen eine Kiste bei Munders angeliefert. Haben Sie davon etwas mitbekommen?«

»Nein.«

»Die Kiste ist etwa einen halben Kubikmeter groß. Vielleicht haben Sie gesehen, dass diese später wieder aus dem Haus gebracht wurde?«

»Nein, tut mir leid.« Sie zog an der Zigarette. »Aber warum schauen Sie nicht nach?«, fragte sie dann.

»Im Haus der Munders?« Golsten musste lächeln. »Ich habe Ihnen doch schon gesagt, dass ich offiziell mit diesem Fall nichts mehr zu tun habe. Und für eine bloße Annahme die Tür aufzubrechen oder ein Fenster einzuschlagen … Nein.«

Anna von Burwitz schüttelte den Kopf. »So weit geht Ihre Wahrheitsliebe also doch nicht. Eine intakte Glasscheibe ist Ihnen wichtiger.«

»Das habe ich nicht gesagt. Aber ich bin Polizist, kein Einbrecher.«

»Sie müssen auch nicht einbrechen. Jedenfalls nicht so, wie Sie es sich vorstellen. Ich habe einen Schlüssel. Ich würde Ihnen diesen überlassen.«

Golsten war verblüfft. »Woher ...?«

»Noch von den Cohns. Wir haben uns gegenseitig unsere Gartengeräte geliehen. Schließlich waren wir eng befreundet. Sie hatten einen Schlüssel für unseren Keller, wir einen für ihren. Ich habe keine Veranlassung gesehen, Munders den Schlüssel auszuhändigen, nachdem sie die Cohns aus ihrem Haus vertrieben hatten. Also, was ist? Wollen Sie den Schlüssel? Ich weiß allerdings nicht, ob Munders mittlerweile neue Schlösser haben einbauen lassen. Aber einen Versuch wäre es wert. Oder interessiert Sie die Wahrheit jetzt nicht mehr so sehr, Herr Kriminalkommissar?«

Der verächtliche Ton ärgerte Golsten und ließ ihn jede Vorsicht vergessen. Und außerdem: Im Grunde hatte sie ja recht.

»Geben Sie mir den Schlüssel«, forderte er daher mit fester Stimme.

54

Dienstag, 27. April 1943

Trasse war noch nicht sehr oft im Büro des Gaustabsleiters gewesen. Deshalb verwunderte es ihn zunächst auch nicht, dass er in das Untergeschoss geschickt wurde, nachdem er beim Pförtner des Gebäudes vorgesprochen hatte. Der Unternehmer fühlte sich geschmeichelt, hatte er doch erst am Morgen um einen Termin nachgesucht und diesen, trotz des vermutlich vollen Kalenders Hedders, noch am selben Tag erhalten.

Doch er saß einer Fehleinschätzung auf. Denn Hedder veranstaltete jeden letzten Dienstag im Monat eine Art Sprechstunde. Der Gaustabsleiter wollte damit die »Verbundenheit der Partei zu den Volksgenossen«, wie er es nannte, dokumentieren. Und Trasse war mit seinem Wunsch nach einem Gesprächstermin von Hedders Sekretariat einfach zwischen all die anderen geschoben worden, die sich schon angemeldet hatten.

So wartete der Unternehmer nun mit etwa zehn weiteren Bewohnern des Gaus Westfalen-Süd in einem kargen, weiß getünchten Kellerraum des Parteigebäudes darauf, dass sie vorgelassen wurden.

Nach fast drei Stunden auf einer Holzbank durfte Trasse dann endlich das Büro betreten, in dem Erich Hedder seine Sprechstunde abhielt.

Der Stabsleiter stand auf, als er Trasse erblickte, und reichte ihm die Hand zum Gruß. »Mein lieber Trasse«, schmeichelte er. »Warum haben Sie sich denn nicht bei meiner Sekretärin gemeldet? Selbstverständlich hätten wir einen separaten Termin vereinbart und uns nicht hier unter diesen Umständen treffen müssen. Mussten Sie lange warten?«

Trasse war klar, dass Hedder keines seiner Worte so meinte, wie er es sagte, spielte aber mit. »Kaum der Rede wert. Nicht ganz drei Stunden.«

»Das kann ich nur bedauern. Als ich den Namen Trasse auf der Liste der Ratsuchenden las, ahnte ich nicht, dass ausgerechnet Sie ... Nehmen Sie doch Platz.«

Hedder zeigte auf einen Holzstuhl, der weiter als eine Armlänge vom Schreibtisch entfernt stand. Trasse blieb nichts anderes übrig, als seine Hände vor sich im Schoß zu falten. Er kam sich vor wie ein Bittsteller, der vor dem Thron des Herrschers auf dessen gnädige Entscheidung warten musste. Genau dieser Eindruck war mit Sicherheit beabsichtigt.

»Was kann ich für Sie tun, mein Lieber?«

»Es geht um Sturmbannführer Saborski.«

Hedder veränderte seine Körperhaltung. Er beugte er sich vor und musterte Trasse kühl. »Ja?«

»Er weiß von unseren Aktivitäten in Lemberg.«

»Was haben Sie ihm gesagt?« Hedders Stimme war nun eiskalt. »Haben Sie mich erwähnt?«

»Mit keinem Wort.«

»Gut. Dabei wird es auch bleiben.«

»Beunruhigt Sie nicht, dass Saborski über Lemberg informiert ist?«

»Nein. Warum sollte es? Hätten Sie, und vor allem natürlich Ihr Herr Schwiegersohn, sich etwas intelligenter angestellt, hätte Saborski nie etwas von unseren Geschäften erfahren. Alles weiß er ja ohnehin nicht. Er kennt nur Sie. Nun denn. Wir können Saborski nicht so einfach aus dem Weg räumen wie Ihren Schwiegersohn.

Möglicherweise hat er für diesen Fall Vorkehrungen getroffen. Ich könnte mir vorstellen, dass er Ihnen damit gedroht hat.« Hedder fixierte Trasse. »Er hat. Ich sehe es Ihnen an. Deshalb ist es ratsamer, Saborski einzubinden. Sie kennen doch das überlieferte Wort, nachdem man den Feind, den man nicht besiegen kann, umarmen soll?«

»Aber er fordert zwanzig Prozent.«

»Von was?«

»Meiner Firma.«

»Na und? Dann geben Sie ihm die zwanzig Prozent!«

»Das ist bereits geschehen.«

Hebber schaute verwundert. »Was wollen Sie dann von mir?«

»Ich denke, Sie sollten sich an dieser, wie sagten Sie so schön, Umarmung beteiligen.«

»Wieso das? Nicht ich habe Saborski auf unsere Spur geführt, sondern Sie. Beziehungsweise Ihr Schwiegersohn, der nichts Besseres zu tun hatte, als seine Zeit in Bordellen und mit Glücksspielen zu verbringen. Warum sollte ich mich beteiligen?«

»Es liegt auch in Ihrem Interesse, wenn Saborski den Mund hält.«

»Natürlich. Aber das wird er tun. Schließlich haben Sie seine Forderung ja bereits erfüllt. Meine zehn Prozent fallen angesichts der Beträge, die Sie kassieren, doch kaum ins Gewicht. Nachdem Ihr Partner und Schwiegersohn nun glücklicherweise nicht mehr mit von der Partie ist, wird Ihr Anteil sogar noch höher. Ich liege ja wohl richtig, wenn ich annehme, dass dieser schöne Zusatzgewinn einer der Motive war, warum Sie mich gebeten haben, Ihren Schwiegersohn aus dem Weg zu räumen, oder?«

»Sie irren«, behauptete Trasse. »Er war untragbar. Vor allem für meine Tochter.«

»Das kann ich verstehen. Doch wenn Saborski mir die Gründe für Munders Liquidierung nicht auf einem Silbertablett geliefert hätte ... Lassen wir das.« Hedder machte eine Pause. »Aber kommen Sie mir nicht mit der Geschichte vom liebenden Vater, der seine arme Tochter vor den Eskapaden ihres Gatten schützen möchte. In erster Linie wollten Sie Munders Anteil. Dass Ihre Kleine auf diesem Weg auch einen ungeliebten Ehemann losgeworden ist, war ja wohl nicht mehr als ein angenehmer Nebeneffekt.« Hedder lachte auf. »Im Grunde ist es eine ziemliche Unverfrorenheit von Ihnen, bei mir aufzutauchen und mich aufzufordern, ein Stück meines Anteils abzugeben. Seien Sie mit dem zufrieden, was Sie haben.«

Trasse schwieg betreten.

»Wir können von Glück sagen, dass dieser Bengel vor Ort war. Wir haben einen Täter, dem wir die Schüsse nachweisen können. Was wollen wir mehr? Also, Herr Trasse, finden Sie sich damit ab, dass Saborski Ihr Partner ist. Ihnen bleibt immer noch genug. Und machen Sie zukünftig keine weiteren Fehler. Haben Sie das verstanden?« Hedder stand auf. »Sie müssen entschuldigen, aber die anderen Ratsuchenden ...«

Die Audienz war beendet.

55

Dienstag, 27. April 1943

Peter Golsten war gegen zwanzig Uhr nach Hause gekommen, hatte sich umgezogen und Lisbeth die Lüge aufgetischt, dass er sich mit Fritz Markwart treffen wolle und es spät werden könne. Sie hatte ihn erstaunt angesehen und gefragt, woher er die Nerven habe, sich angesichts der Gefahr, in der sie schwebten, mit einem Freund zu amüsieren.

Was hätte er darauf antworten sollen? Dass er sich in die Arbeit stürzte, um die Angst zu vergessen? Er sagte nichts, sondern schwieg.

Kurz darauf hatte er sich dann auf sein Rad geschwungen und war in die Herner Innenstadt gefahren.

Golsten radelte durch die Schäferstraße und musterte unauffällig die Häuser und Gärten. Die Villa der Munders lag still in der Dämmerung. Alle Rollläden waren geschlossen, kein Lichtstrahl drang nach außen. Zwar stand Munders Wanderer vor der Tür, aber Charlotte Munder war augenscheinlich nicht zu Hause.

Der Kommissar wartete, bis die Sonne vollständig untergegangen war. Schließlich fuhr er Richtung Stadtpark und kettete sein Fahrrad an einen der Laternenpfähle. Dank der Verdunklungsvorschriften war die Gefahr einer Entdeckung gemindert – man erkannte kaum die Hand vor Augen.

Er schlich in den Garten der Offizierswitwe. Nach einigen Metern hatte er den Jägerzaun erreicht, der Anna von Burwitz' Grundstück von dem der Munders trennte. Er kletterte darüber und lauschte. Nichts. Vor ihm lag wie ein großer Schatten die Villa.

Kies knirschte leise unter seinen Füßen, als sich Golsten dem Haus näherte. Er betrat die Terrasse und bewegte sich vorsichtig zu den hinteren Fenstern. Auch hier vernahm er nicht das geringste Geräusch.

Golstens Puls begann heftiger zu schlagen, als er die Treppenstufen hinunterging, die zum Kellereingang führten. Unten angekommen, griff er zu seiner Taschenlampe und knipste sie an. Obwohl er den ohnehin nicht sehr starken Lichtstrahl sicherheitshalber mit der linken Hand abdeckte, war ihm, als leuchte ein Scheinwerfer auf. Zügig untersuchte er die Kellertür. Zwei Schlösser, nicht nur eins. Das untere war ein normales Buntbartschloss, für das er hoffentlich den Schlüssel in der Tasche trug. Das obere jedoch war eines dieser kleinen Sicherheitsschlösser, die häufig als zusätzlicher Schutz eingebaut wurden. Und für dieses Schloss hatte er natürlich keinen Schlüssel.

Golsten entschied sich für einen Versuch. Bemüht, kein unnötiges Geräusch zu verursachen, schob er den Schlüssel in das untere Schloss und drehte ihn langsam. Nach der zweiten Umdrehung knackte es vernehmlich. Gleichzeitig öffnete sich die Tür. Er hatte Glück. Das obere Schloss war nicht verriegelt. Der Weg ins Innere des Hauses war frei.

Langsam schob Golsten die Tür auf und ließ den Lichtkegel der Taschenlampe über das Türblatt wandern. Da steckte tatsächlich ein Schlüssel im oberen Schloss.

Der Kommissar schob seinen Oberkörper ein Stück in das Dunkel vor ihm. Im Keller war es kühl und feucht. Golsten betrat nun endgültig das Haus, drückte sanft die Tür hinter sich zu und horchte. Er hörte immer noch nichts.

Einen Moment lag erwog er, die Kellerbeleuchtung anzuknipsen, entschied sich dann aber doch dagegen. Es war nicht auszuschließen, dass trotz der Verdunklung Licht nach außen fiel. Dieses Risiko wollte er nicht eingehen.

Im Schein der Lampe sah er einen weiß gekalkten Flur, dessen Putz an einigen Stellen bröselte. Türen waren zu sehen. Rechts zwei, links drei. Golsten löschte die Lampe und öffnete die erste Tür rechts von ihm. Sie knarrte leicht, als sie aufschwang. Schemenhaft konnte er an der gegenüberliegenden Wand ein Fenster entdecken, welches anscheinend nicht verdunkelt war. Auch wenn dieses Fenster lediglich in den Garten führte, bestand doch die Gefahr der Entdeckung. Deshalb deckte Golsten die Taschenlampe fast vollständig mit der Hand ab, bevor er sie wieder einschaltete. Dieser Raum war so gut wie leer. Zwei Fahrräder lehnten an einer Wand, unter die Decke waren Schnüre gespannt. Der Trockenkeller.

Im nächsten Raum lagerten Munders ihre Lebensmittel- und vor allem Weinvorräte. Hunderte von Flaschen mussten es sein, die da in den Regalen gestapelt waren. Auch an Obst- und Gemüsekonserven bestand kein

Mangel. Hunger war für diesen Haushalt ein Fremd-
wort.

Golsten setzte seine Untersuchung mit den Räumen
auf der linken Flurseite fort. Hier musste er besonders
vorsichtig sein, da sich die Fenster zur Straßenseite öffneten. Der erste Keller schien als Werkstatt zu dienen.
Zumindest deuteten die Werkzeuge, die an den Wänden
hingen, und eine große Werkbank darauf hin. Das Fenster war vorschriftsmäßig verdunkelt. Golsten leuchtete
mit der Lampe in jede Ecke, bemühte sich jedoch, den
Lichtstrahl nicht direkt auf die Fensteröffnung zu rich-
ten. Doch auch hier fand sich keine Spur der ominösen
Kiste oder etwas anderes, was ihn weiterbrachte.

Die Enttäuschung setzte sich im mittleren Raum fort.
An der Wand, die der Tür gegenüberlag, stand ein alter
Eichenschrank. Golsten öffnete ihn, stieß aber nur auf
einige muffig riechende, alte Kleidungsstücke. Auch
sonst war nichts von Interesse zu entdecken: gestapelte
Holzstühle, ein Tisch, eine Bank. Vermutlich Gartenmö-
bel.

Im letzten Keller lagerten Pflanzen, die wohl hier über-
wintert hatten. Mehrere Gießkannen standen auf dem
Boden, einige Eimer, ein Schlauch. In einer Ecke befand
sich eine Liege mit einem Kissen und einer Decke. Der
Schlafplatz der Polin?

Golsten trat zurück in den Flur. Entweder war die Kiste bereits aus dem Haus geschafft worden oder sie wurde an anderer Stelle verwahrt. Im Keller jedenfalls war
sie nicht.

Sicherheitshalber nahm Golsten die Räume auf der linken Flurseite ein zweites Mal in Augenschein. Er begann links, ging dann in den mittleren Raum. Beim Verlassen fiel ihm plötzlich etwas auf. Es dauerte einen Moment, bis er darauf kam, was anders war. Dann hatte er es: Der Raum war fensterlos.

Golsten wunderte sich. Alle anderen hatten ein Fenster. Warum dieser nicht? Er musterte die Wände. Wie alle anderen waren sie weiß gekalkt, vollständig sauber. Im Gegensatz zu denen in den anderen Räumen ungewöhnlich sauber sogar. Und nirgendwo bröselte auch nur ein kleines Stück Putz. Dieser Raum wirkte wie frisch renoviert. Und: irgendwie kleiner.

Golsten maß mit Schritten die Entfernung von Wand zu Wand. Das wiederholte er in den Nachbarräumen. Beide waren genau zwei Schritte tiefer als der mittlere Raum. Wie ein Blitz durchzuckte ihn die Erinnerung an das Gespräch in der Polenkneipe. Was hatte Kaczyk gesagt? »Eine Mauer gezogen. Mitten durch Raum. Großes Zimmer in zwei kleine geteilt.«

Genau das war es. Irgendwo musste sich ein Eingang zu einem geheimen Kabuff befinden. Eigentlich konnte sich der Zugang nur hinter dem Holzschrank verbergen.

Golsten versuchte, den Schrank zu verschieben. Vergebens. Er bewegte sich keinen Zentimeter. Fast erschien es, als ob er mit der Wand fest verbunden war. Ja, so musste es sein.

Golsten öffnete den Schrank und schob die alten Kleidungsstücke beiseite. Dabei stieß er mit dem Ellenbogen gegen die Rückwand. Es klang hohl. Hohl? Golsten klopfte die gesamte Rückwand ab. Das Klopfgeräusch veränderte sich. Jetzt wusste er Bescheid. Das Möbelstück brauchte nicht verschoben zu werden. Natürlich. Der Schrank war der Zugang!

Der Kommissar leuchtete das Innere des Möbels aus. Er konnte nichts Auffälliges entdecken. Deshalb tastete er sorgfältig über die Rückwand. Links von der Mitte wurde er fündig. Kaum merkbar fühlte er einen schmalen Spalt. Er folgte ihm mit dem Zeigefinger nach unten. Dort war eine Art Scharnier. Und auch oben fand sich dieses Scharnier. Jetzt nach rechts. Da Golsten nun wusste, wonach er suchen musste, entdeckte er den kleinen Hebel ziemlich schnell. Er drückte gegen den Öffnungsmechanismus. Die Rückwand schwang auf. Die Öffnung war etwa fünfzig Zentimeter breit. Golsten löschte das Licht. Er wollte kein Risiko eingehen.

Er kroch durch den Spalt. Vor sich konnte er das Fenster ausmachen. Glücklicherweise war auch dieses verdunkelt. Golsten schaltete seine Lampe ein und sah sich um. Der Raum war etwa zwei Meter tief und fast leer. Bis auf eine Holzkiste und einen alten Koffer.

Golsten öffnete ihn. Kleidungsstücke, ein in polnischer Sprache geschriebenes Buch. Viele Briefumschläge, zusammengehalten von einem Stück Bindfaden. Golsten zog die Schleife auf und griff einen der Briefe. Der Umschlag enthielt weder eine Adresse noch einen Absender. Er faltete das Schreiben auseinander. Es war auf Polnisch. Nur die Anrede und die Unterschrift konnte er lesen. Maria – und Josef. Er sah sich die anderen Schreiben an. Nirgends war eine Anschrift zu entdecken. Und immer schrieb Josef an Maria. Halt. Golsten stutzte. Die letzten drei Briefe im Stapel waren anders. Eine andere Handschrift. Und eine andere Anrede. Jetzt schrieb Maria an Josef. Josef wie Josef Kazcy. Hatte er diese Briefe geschrieben? Golsten sah sich die Daten von Marias Briefen an Josef an. Sie waren zwischen dem 22. und 24. März verfasst worden, der letzte also am Tag ihres Verschwindens. Sie hatte sie dem Adressaten nicht mehr übergeben können. Golsten legte die Briefe zurück in den Koffer. Er hatte das Gefühl, dass ihn diese Schreiben nichts angingen.

Seine Finger ertasteten ein weiteres Stück Papier – ein Foto. Eines jener gestellten Familienbilder. Die Frau sitzend, der Mann links neben ihr stehend, seine Hand beschützend auf ihrer Schulter. Drei Kinder. Zwei Jungen links vor dem Vater, ein Mädchen rechts. Bei dem Mädchen handelte es sich ohne jeden Zweifel um Marta Slowacki. Das Gepäckstück war ihr Koffer. Marta Slowacki war von hier nicht abgeholt worden, um lediglich irgendwo anders untergebracht zu werden. Sie war abgeholt worden, um zu sterben. Um mit einer Kugel im Kopf im Rhein-Herne-Kanal zu enden. Abgefeuert aus einer Sauer 38H. Aus Trasses Sauer 38H! Der Kaufhausbesitzer besaß eine solche Waffe. Schönberger hatte Golsten am Morgen die Durchschrift der Waffenbesitzkarte auf den Schreibtisch gelegt.

Golsten wandte sich der Kiste zu und machte sie auf. Unter Holzwolle, Töpfen und Pfannen fanden sich Schmuck und siebenarmige Leuchter. So wie es aussah, war alles aus massivem Gold. Golsten hatte keinen

Zweifel: Hehlerware. Walter Munder war also ein Hehler gewesen. Und sein Schwiegervater steckte im gleichen Sumpf. Erklärte die Kiste den Mord an dem Parteibonzen?

Golsten legte alles wieder sorgfältig an seinen Platz, verschloss die Kiste und kroch durch den Schrank zurück in den anderen Keller. Er verriegelte die Rückwandtür, schob die Kleidungsstücke in ihre ursprüngliche Position und schloss die Schranktür.

Da hörte er Motorengeräusch. Autotüren schlugen, Stimmen erklangen. Schritte näherten sich dem Haus.

Golsten löschte die Taschenlampe, wollte zur Kellertür, ins Freie, war nur noch wenige Meter vom rettenden Ausgang entfernt, als jemand draußen im Abgang rief: »Ich sehe nur kurz nach, ob auch alles verriegelt ist.«

Golsten zuckte zusammen. Die Kellertür! Jeden Moment würde der Unbekannte sie öffnen und dann ... Er musste sich verstecken. Nur wo? Natürlich. Der Schrank. Golsten lief zurück, öffnete in aller Hast die Schranktür, drückte den Hebel. Kaum war der Zugang frei, schob er sich durch die Öffnung und versperrte hinter sich den Weg. Nun stand er da, im Dunkeln, und sein Herz schlug ihm bis zum Hals.

Er hatte sich keinen Moment zu früh in Sicherheit gebracht.

Die Kellertür wurde geöffnet und die Stimme rief: »Frau Munder, Sie hatten den Keller nicht abgeschlossen. Ich sehe nach, ob alles in Ordnung ist.« Dann, nach einer kurzen Pause: »Wenn es Ihnen recht ist, verriegele ich die Tür und bringe Ihnen den Schlüssel nach oben.«

Golsten konnte nicht verstehen, ob dem Mann geantwortet wurde. Ihm brach der kalte Schweiß aus und er begann zu zittern. Nun war er gefangen. Der einzige Weg auf die Straße führte durch das Haus.

Die Schritte kamen näher. Eine Tür wurde aufgerissen, die Deckenbeleuchtung eingeschaltet. Jemand öffnete den Schrank. Licht drang durch Ritzen der Schrankrückwand in Golstens Versteck. Golsten hielt die Luft an. Die Tür wurde wieder geschlossen. Golsten atmete tief durch.

»Im Keller ist niemand. Sie sollten vorsichtiger sein. Wollen Sie nicht doch mit mir zurück zu Ihrem Vater fahren? Ich warte gerne, bis Sie Ihre Sachen gepackt haben.«

Schritte polterten eine Treppe hinauf. Minuten später wurde vor der Villa der Motor eines Wagens gestartet. Ein Fahrzeug entfernte sich. Dann herrschte wieder Ruhe.

Golsten verließ sein Versteck und schlich zur Kellertür, die nach draußen führte, obwohl er sich keine großen Hoffnungen machte. Sie war verriegelt und der Schlüssel im Sicherheitsschloss nun abgezogen. Er saß in der Falle. Ihm blieb nur die vage Hoffnung, dass er über die Treppe ins Erdgeschoss gelangen und dann durch den Flur ins Freie flüchten konnte, ohne dass Charlotte Munder, die offensichtlich eben heimgekehrt war, ihn bemerkte.

Golsten wartete etwa dreißig Minuten, bis er es wagte, den Weg nach oben anzutreten. Langsam, ganz langsam bewegte er sich, jedes Knarren der ausgetretenen Holzstufen nach Möglichkeit vermeidend. Nur noch fünf Stufen. Jetzt noch vier. Golsten streckte seine Hand aus, um die Türklinke zu greifen. Völlig unvermittelt hörte er Schritte. Sie kamen näher. Jetzt blieben sie stehen. Sein Herzschlag geriet ins Stocken.

Mit einem Ruck wurde die Tür geöffnet. Das helle Licht blendete den Kommissar. Für einen kurzen Moment meinte er, nur seinen eigenen heftigen Atem zu hören. Dann ein kurzer, spitzer Schrei. Glas zersplitterte.

In der Türöffnung stand Charlotte Munder, der eine leere Kognakflasche aus der Hand geglitten war. Aber schon hatte sie sich wieder unter Kontrolle.

»Der Herr Kommissar«, sagte sie mit schwerer Zunge. »Was machen Sie auf meiner Kellertreppe?« Sie hielt sich an der Türzarge fest, sah verwundert zu Boden, so als ob sie die Glassplitter erst jetzt bemerken würde, und schüttelte entgeistert den Kopf. Es gab keinen Zweifel. Charlotte Munder war betrunken.

Golsten dachte fieberhaft nach. Selbstverständlich wäre es ihm ein Leichtes gewesen, Charlotte Munder einfach beiseite zu stoßen und zu fliehen – aber was hätte das genutzt? Sinnvoller erschien es ihm, auf ihren Zustand zu bauen und vor allem darauf, dass sie sich möglicherweise später nicht daran erinnern würde, was tatsächlich vorgefallen war.

»Ich habe mir Ihren Keller angesehen«, antwortete er wahrheitsgemäß.

»Und wie sind Sie dort hineingekommen?«, wollte die Witwe wissen.

»Sie haben mich doch vor etwa einer halben Stunde hereingelassen«, log Golsten und hoffte, damit durchzukommen.

»Ich habe Sie hineingelassen?«, echote Charlotte Munder, sichtlich verwirrt.

»Ja. Kurz nachdem Sie nach Hause gekommen sind und der Wagen, der Sie gebracht hat, wieder fortgefahren ist, habe ich bei Ihnen geklingelt. Sie haben geöffnet und mich eingelassen, nachdem ich Ihnen mein Anliegen vorgetragen habe.« Golsten war selbst erstaunt über seine Kaltblütigkeit. »Und jetzt bin ich hier. Das ist alles. Können wir nun wieder zurück in den Salon gehen? Ich habe alles gesehen, was ich wollte. Außerdem sollten Sie aufpassen. Hier liegen überall Scherben. Nicht dass Sie sich noch verletzen.«

Charlotte Munder trug einen seidenen Hausanzug, darüber einen Hausmantel, ebenfalls aus Seide, und leichte Hausschlappen.

»Scherben? Ach ja. Wieso ...?« Sie schaute irritiert zu Golsten, dann auf den Boden. »Was wollte ich nur ... Ja. Der Kognak. Die Flasche war leer.«

»Kann ich Ihnen behilflich sein?«

»Wie? Ja. Gerne.«

»Soll ich eine neue Flasche aus dem Vorratskeller holen?«

Seine Überrumplungstaktik schien Erfolg zu haben. Charlotte Munder war völlig verunsichert.

»Wenn Sie so freundlich wären.« Mit diesen Worten schlurfte sie schwankend in den Salon.

Als Golsten einige Minuten später mit einer vollen Flasche Hennessy in der Hand den Raum betrat, saß die junge Witwe mit hochgezogenen Beinen in einem der Polstersessel und streckte ihm ihr leeres Glas entgegen.

Der Kommissar schenkte nach.

»Trinken Sie doch auch etwas, Herr Hauptsturmführer«, kicherte Charlotte Munder. »Gläser stehen im Schrank dort.«

Golsten kam der Aufforderung nach und füllte einen Fingerbreit Schnaps in den Schwenker.

»Prosit.« Charlotte Munder hob ihr Glas, trank es in einem Zug leer und hielt es dann Golsten erneut hin. »Bitte.«

»Frau Munder«, nutzte Golsten die Situation aus. »Ich habe in Ihrem Keller den Koffer Marta Slowackis gefunden.«

»Ja? Und?«

»Sie haben ausgesagt, Ihr Mädchen habe den Koffer mitgenommen. Das war gelogen.«

Charlotte Munder machte einen Schmollmund, bevor sie antwortete: »Stimmt. Da haben Sie uns ja ertappt.« Sie kicherte wieder.

»Marta Slowacki hat Ihr Haus nicht freiwillig verlassen, sondern sie ist im Wagen Ihres Vaters weggebracht und dann ermordet worden.«

Die Witwe schüttelte heftig den Kopf. »Ach was. Sie reden Unsinn. Mein Vater hat sie zurück nach Polen bringen lassen. So war das. Sie konnte nicht länger hierbleiben. Das ging doch nicht.«

»Und warum nicht?«

Charlotte Munder legte die Stirn in Falten. »Ich weiß auch nicht mehr genau ... Ach ja, sie hat das Versteck entdeckt. Und dann noch wegen dieses Kindes. Also, das ging nun wirklich nicht.«

»Bitte eins nach dem anderen. Mit Versteck meinen Sie den abgemauerten Raum im Keller?«

Sie nickte und spielte mit dem Glas.

Golsten rief sich ins Gedächtnis, dass Marta Slowacki schon fast drei Wochen tot gewesen war, als die Kiste zu Munder gebracht wurde. Sie konnte die Hehlerware also nicht mehr gesehen haben. »Was war so schlimm daran, dass sie das Versteck kannte?«, fragte er deshalb.

»Weiß nicht«, lallte Charlotte Munder und rollte sich im Sessel zusammen.

Es würde nicht lange dauern und sie wäre eingeschlafen. Wenn Golsten noch etwas erfahren wollte, musste er sich beeilen. »Was war mit dem Kind?«

»Welchem Kind?«

»Sie sprachen eben davon, dass das mit dem Kind nicht gegangen wäre. Wie meinten Sie das?«

Charlotte Munder richtete sich wieder etwas auf. »Er wollte es behalten. Das müssen Sie sich mal vorstellen! Er wollte das Balg behalten.«

Golsten bekam einen trockenen Mund. »Sprechen Sie von Ihrem Mann?«

»Natürlich. Erst macht er der Schlampe ein Kind und dann will er es auch noch behalten«, brach es plötzlich voller Hass aus ihr heraus. »Adoti... Aptoi... Wie heißt das denn nur?«

»Adoptieren?«, vermutete Golsten.

332

»Ja, genau. Einen polnischen Bastard.« Sie spuckte die Worte förmlich aus. Die eben noch verschwommenen Augen funkelten vor Wut. »Nicht genug, dass er jedem Rock hinterhergerannt ...« Sie verschluckte die letzten Worte und nahm einen großen Schluck Kognak. Plötzlich begann sie zu schluchzen. Tränen liefen über ihr Gesicht. »Ich konnte doch nichts dafür, dass ich keine Kinder bekommen konnte«, weinte sie. »Ich wollte doch sehr gerne Kinder. Und einmal wäre es ja auch fast ...« Die Worte waren nicht mehr zu verstehen und gingen im Geschluchze unter.

Für einen Moment tat Golsten die Frau leid. Aber etwas verheimlichte sie ihm noch. »Marta Slowacki war also schwanger von Ihrem Mann?«

»Ja. Dieses Schwein.«

»Und das Kind? Was ist mit dem geschehen?«

Charlotte Munder sah auf. »Was soll mit dem schon geschehen sein?«, wiederholte sie. »Wie es so dalag auf der Pritsche, mit seinen schwarzen Haaren und ihren Augen ... Ich wollte ihm nichts tun. Aber wie es so dalag ... Es schrie, als ich es hochhob. Immer lauter. Und dann war es plötzlich still. Machte keinen Mucks mehr. Einfach so. Dann kam sie. Schlug auf mich ein. Können Sie sich das vorstellen?« Der Gesichtsausdruck wurde leer. »Diese Polin. Schlägt mich, ihre Herrschaft. Gut, dass mein Vater gekommen ist. Ohne ihn ... Diese Schlampe schlägt mich. Einfach so. Das geht doch nicht, nicht wahr, Herr Kommissar? Die durfte mich doch nicht schlagen, oder? Und als ich ihm dann später alles erzählt habe ...«

»Sie meinen Ihren Mann?«

»Ja. Da machte er mir nur Vorwürfe wegen des Kindes, das er zu einem überzeugten Nationalsozialisten hatte erziehen wollen. Wie in einem Lebensborn – ein Lebensborn in unserem Haus. Mit dem Bastard einer Polin!«

Golsten stellte seinen Kognakschwenker ab. Ihm reichte, was er gehört hatte. Ihm reichte es grundsätzlich. Er hatte genug vom Sterben und der Angst, genug von diesen verlogenen Phrasen, vom Führergebrüll und dem Gerede von Endsieg, genug von Deutschland und seinen Herrenmenschen, genug von Goldfasanen und ihren Familien.

Sein Schwiegervater hatte recht. Die Nazis waren nichts anderes als eine Mörderbande. Im Kleinen wie im Großen. Allesamt Mörder. Wortlos stand er auf und ging.

56

Mittwoch, 28. April 1943

Die Nachricht, dass Heinz Rosen geschnappt worden war, hatte sich rasend schnell auf den Fluren des Polizeipräsidiums verbreitet. Die Verhaftung Rosens, der sich mehrere Jahre als jüdisches U-Boot im Ruhrgebiet hatte verbergen können, war jetzt, da Deutschland nach dem Willen seiner Führer judenfrei zu sein hatte, eine kleine Sensation.

In den letzten Tagen hatten Golsten und seine Familie nur wenig geschlafen. Jedes noch so kleine Geräusch hatte sie aus dem Schlaf gerissen, jedes unbekannte Fahrzeug, das die Schadeburgstraße befuhr, ließ sie erstarren.

Der Kommissar machte sich keine Illusionen. Er wusste, welche Methoden in den Kellern des Reichssicherheitshauptamts angewendet wurden, um Informationen aus den Unglücklichen herauszupressen, die der Gestapo in die Hände gefallen waren. Für Golsten war es nur eine Frage der Zeit, bis Rosen auspacken würde. Und dann war es um ihn und seine Familie geschehen.

Seine Frau Lisbeth sprach kaum noch. Nur an den ständig zitternden Händen erkannte Golsten ihre Anspannung. Immer häufiger kam es vor, dass ihr Teller oder Tassen aus den Fingern rutschten und auf dem Boden zerschellten. Nachts hörte Golsten, wenn er mit offenen Augen dalag und auf das Kommen seiner Kollegen wartete, ihr leises Schluchzen. Seine Versuche, sie in den Arm zu nehmen und zu trösten, hatte sie abrupt zurückgewiesen. Das ist deine Polizei, deine Kollegen, hörte er ihren unausgesprochenen Vorwurf. Nicht wir haben Unrecht getan, sie haben es. Und du!

Auch die Nerven seines Schwiegervaters waren bis zum Zerreißen gespannt. Er ertränkte seine Angst in selbst gebrannten Kirschschnäpsen.

Golsten konnte sich nur schwer auf seine Arbeit konzentrieren. Tuschelten die Kollegen nicht schon hinter seinem Rücken? Warfen sie sich untereinander, wenn sie sich zu einem Gespräch trafen, nicht heimliche Bli-

335

cke zu? Waren er und seine Familie nur noch Tote auf Urlaub?

Nachdem sie drei Tage unbehelligt geblieben waren, hielt es Golsten am vierten Tag nach Rosens Verhaftung nicht mehr aus. Er musste Gewissheit bekommen!

Siegfried Meier war wie er Kriminalhauptkommissar und SS-Offizier. Allerdings war dieser im Amt IV in der Abteilung Gegnererforschung und -bekämpfung tätig, die besser unter ihrem früheren Namen ›Geheime Staatspolizei‹ bekannt war.

Golsten hatte nie viel mit Meier zu tun gehabt. Sie kannten sich nur flüchtig. Einmal, nach einer der obligatorischen weltanschaulichen Unterweisungen, hatten sie noch gemeinsam ein Bier getrunken. Meier galt im Kollegenkreis als unnahbar und aufbrausend.

Golsten war am frühen Morgen zu einer Routinesitzung nach Bochum aufgebrochen und hatte dann die Gelegenheit genutzt, Meier direkt danach in dessen Dienststelle in der Nähe des Bochumer Stadtparks aufzusuchen.

Meier schien sich sogar zu freuen, ihn zu sehen. Vermutlich lag das daran, dass selten jemand seine Nähe suchte.

»Herr Kollege, Sie bearbeiten doch den Fall dieses Heinz Rosen?«, erkundigte sich Golsten, nachdem sie sich begrüßt hatten.

»Dieser Kommunist? Ja. Habe ich bearbeitet. Warum?«

»Ich möchte mit dem Mann reden.«

336

Meier war sichtlich überrascht. »Was geht Sie denn der Fall Rosen an?«

»Rosen ist früher mit dem stellvertretenden Kreisleiter der Partei in Herne, Walter Munder, in dieselbe Schulklasse gegangen. Ich ermittle im Fall einer ermordeten Ostarbeiterin, die im Haushalt Munders tätig war. Möglicherweise hat Rosen etwas mit ihrem Tod zu tun. Vielleicht auch mit dem Munders«, log er weiter.

»Munder war mit einer Kommunistensau in einer Klasse? Tja, man kann sich seine Schulkameraden eben nicht aussuchen. Aber ich befürchte, Sie kommen zu spät. Morgen muss sich Rosen vor dem Volksgerichtshof verantworten. Roland Freisler kommt persönlich nach Dortmund. Dort wird dieser Itzig abgeurteilt. Er wird zum Tode verurteilt werden. Todsicher.« Meier lachte wie über einen gelungenen Scherz. »Er sitzt bereits in der Steinwache in Dortmund. Wir haben ihn heute dorthin überführt. Dürfte seine letzte Reise gewesen sein.« Wieder lachte Meier. »Aber wenn es Sie interessiert, können Sie gerne einen Blick in die Ermittlungsakte werfen.«

»Ist die Akte denn nicht bei Gericht?«

Meier schien erstaunt. »Warum? Er wird doch ohnehin verurteilt. Wozu die Mühe? Außerdem liegen die wichtigsten Dokumente dem Gericht natürlich vor. In der Akte befinden sich die Abschriften.«

Er stand auf, schlich zu einem Schrank und zog einen Aktenordner heraus, den er Golsten hinhielt. »Darin sind auch die Verhörprotokolle. Eines muss man dem Kerl lassen. Er ist ein wirklich harter Brocken. Hat nur

337

das zugegeben, was wir ihm auch beweisen konnten. Sonst nichts. Keine Namen, keine Orte, keine Kontaktleute.« In seiner Stimme schwang ehrliche Bewunderung mit. »Einfach nichts. Und wir wissen, wie wir unsere Gäste anfassen müssen. Über Munder jedenfalls hat er kein Wort verloren. Aber sehen Sie doch selbst nach.«

Golsten atmete tief durch. Wenn das stimmte, was Meier eben erzählt hatte, drohte seiner Familie und ihm vermutlich keine unmittelbare Gefahr.

Er griff zur Akte und blätterte darin, bis er die wenigen Seiten Verhörprotokolle fand, die er hastig überflog. Munder wurde tatsächlich nicht erwähnt. Und auch sein Name tauchte in den Protokollen nicht auf. Rosen hatte sie also nicht ans Messer geliefert.

Golsten reichte Meier die Akte zurück. »Vielen Dank, Herr Kollege. Sie haben recht. Rosen hat dann wohl nichts mit dem Verschwinden der Person, die ich suche, zu tun.«

»Oder er hat es uns nicht verraten. Aber dann wird er es auch nicht mehr tun. Der Fall ist abgeschlossen. In spätestens zwei Tagen wird es diesen Juden nicht mehr geben.«

Golsten verabschiedete sich erleichtert und machte sich auf, um mit der Straßenbahn zurück nach Herne zu fahren. An der Kreuzkirche stieg er aus, er wollte die letzten Meter zu Fuß gehen. Er musste seine Gedanken sortieren. Nach ein paar Schritten hatte er einen Entschluss gefasst. Er drehte sich um und bestieg die nächste Bahn Richtung Sodingen.

Eine gute halbe Stunde später betrat er das Schlafzimmer seiner Wohnung, öffnete den Schrank, holte die schwarze SS-Uniform heraus und zog sie an. Dann machte er sich auf den Weg nach Dortmund.

Im Zug spürte er die Unsicherheit der Menschen angesichts der Uniform mit den Totenköpfen. Obwohl der Wagen voll besetzt war, vermieden es die anderen Fahrgäste, sich auf den freien Platz neben ihm zu setzen.

Golsten war froh, als er den Zug am Dortmunder Hauptbahnhof verlassen konnte. Noch nie zuvor war ihm so bewusst geworden, welche Wirkung eine SS-Uniform auf andere hatte. Aber für das, was er vorhatte, war die Uniform unerlässlich.

Es war nicht weit bis zur Steinwache. Golsten wies sich an der Pforte aus und fragte nach dem Weg zum Zellentrakt. Dort suchte er den Wachhabenden auf.

Mit aller Arroganz, die er aufbringen konnte, schnarrte er: »Heil Hitler. Hauptsturmführer Golsten. Heute Morgen wurde ein Gefangener aus meiner Dienststelle in Bochum hierher überführt. Sein Name ist Heinz Rosen. Ich muss ihn noch einmal kurz befragen. Sie haben doch sicher ein Verhörzimmer?«

»Ja, natürlich. Aber ...« Der Unteroffizier war sichtlich irritiert.

»Was aber?«, bellte Golsten. »Ist Rosen etwa nicht in Ihrem Gewahrsam?«

Der Wachhabende blätterte in einer Kladde. »Doch, natürlich. Aber mir liegt keine Meldung vor, dass der Gefangene erneut verhört werden soll.«

»Das ist ja auch schlecht möglich. Schließlich haben wir ihn Ihnen ja erst vor einigen Stunden übergeben, oder?«

»Sicher. Aber ...«

Golsten stieß beide Hände in die Hüften und baute sich vor dem Mann auf. »Ihr Name?«

»SS-Scharführer Mattes.«

»Und Ihr Vorgesetzter?«

»Hauptscharführer Sebbe.«

»Jetzt passen Sie auf, Scharführer. Ich habe nicht die Zeit, lange mit Ihnen zu diskutieren. Entweder Sie holen mir diesen Rosen oder Sie benachrichtigen Ihren Vorgesetzten.« Unvermittelt brüllte Golsten los: »Haben Sie das kapiert, Mann?«

Der Uniformierte schlug die Hacken zusammen und nahm Haltung an. »Jawohl, Hauptsturmführer.«

»Und wie entscheiden Sie sich?«

»Ich führe Ihnen den Gefangenen zu.«

Fünf Minuten später wurde Rosen von Mattes und einem weiteren Uniformierten in die Verhörzelle geschleift.

»Setzen Sie den Mann da auf den Stuhl«, befahl Golsten. »Und dann lassen Sie mich mit dem Gefangenen allein. Ich klopfe, wenn ich mit ihm fertig bin.«

Nachdem die Wächter den Raum verlassen hatten, sprach Golsten Rosen an. »Wissen Sie, wer ich bin?«

Rosen hob müde den Kopf und nickte nur.

Golsten beugte sich vor, sah in das zerschundene, blutig unterlaufene Gesicht des Inhaftierten. »Vielen

Dank, dass Sie meine Familie nicht verraten haben«, flüsterte er.

Rosens Antwort war kaum zu verstehen. Golsten musste sein Ohr fast bis an die zerschlagenen Lippen des anderen Mannes führen. »Hätte das etwas geändert?«, fragte dieser.

»Nicht für Sie, glaube ich«, antwortete Golsten. »Trotzdem, ich stehe tief in Ihrer Schuld.«

»Ich habe es nicht für Sie getan«, antwortete Heinz Rosen leise. »Wenn Sie aber Ihre Schuld begleichen wollen, hätte ich eine Bitte.«

»Ja?«

Für einen Moment blitzte so etwas wie Hoffnung in Rosens Augen auf. »Ich habe einen Brief meiner Freundin bei mir getragen, als ich verhaftet wurde. Diesen Brief hätte ich gerne bei mir, wenn Ihre Kollegen mich umbringen. Können Sie mir helfen? Bitte!«

»Ich werde sehen, was ich tun kann«, erwiderte Golsten ohne innere Überzeugung und hoffte, dass Rosen die Lüge nicht bemerken würde.

»Danke. Und jetzt lassen Sie mich bitte in meine Zelle bringen. Ich möchte die Zeit, die mir noch bleibt, allein verbringen.«

Golsten rief die Wächter herbei und verließ das Verhörzimmer. Er fühlte tiefe Dankbarkeit diesem Menschen gegenüber, den er seinen Häschern ausgeliefert hatte.

Und noch tiefere Scham.

57

Donnerstag, 29. April 1943

Saborski hatte ihn nach Bochum zitiert. Jetzt wartete Golsten im Vorzimmer bei Margot Schäfer auf Einlass.

»Haben Sie auch die Rede des Führers gehört?«, erkundigte sie sich. »Bewegend, nicht wahr?«

Golsten hatte noch nie etwas bewegend an den Auftritten des Österreichers gefunden, ganz im Gegenteil. Ihn stieß das theatralisch geifernde Auftreten Hitlers eher ab. Trotzdem erwiderte er: »Ja. Habe ich.«

»Es ist ja nun nur noch eine Frage der Zeit, bis wir den Krieg gewonnen haben und endlich Frieden ist.«

Auch in diesem Punkt war Golsten anderer Meinung. Frieden vielleicht, aber gewonnener Krieg? Nie im Leben.

»Unsere Soldaten siegen an allen Fronten, sagt der Führer. Sicher würden Sie auch lieber für Deutschland kämpfen, als hier an der Heimatfront Ihre Pflicht zu tun. Habe ich recht?«

Saborski ersparte Golsten die Antwort. Der Sturmbannführer hatte die Zwischentür zu seinem Büro aufgerissen und befahl: »Kommen Sie rein.« Er wandte sich an seine Sekretärin. »Kaffee.« Golsten fragte er: »Kognak? Oder ist Ihnen das zu früh?«

»Zu früh.«

»Dann für mich auch keinen Kognak«, ordnete Saborski

342

an. Er schloss die Tür hinter sich und bat seinen Besucher, in der Sitzgruppe Platz zu nehmen.

»Bestimmt haben Sie vom tragischen Unfalltod Charlotte Munders gehört?«, leitete er die Besprechung ein. »Sie ist gestern Nacht bei einem Autounfall ums Leben gekommen. Ihr Wagen hat ein Brückengeländer durchbrochen und ist in den Kanal gestürzt. Frau Munder wollte einem Radfahrer ausweichen. Sie muss die Gewalt über ihr Fahrzeug verloren haben.«

Golsten war gespannte Aufmerksamkeit. Jede Faser seines Körpers signalisierte Alarm. Was wollte Saborski von ihm? »Natürlich.«

»Tja. Wir mussten Taucher einsetzen, um ihre Leiche zu bergen. Anscheinend war sie auf dem Weg zu ihrem Vater.« Er senkte die Stimme. »Sie hatte eine recht hohe Alkoholkonzentration im Blut, als sie verunglückte. Wie man hört, soll sie regelmäßig getrunken haben. Na ja. Jetzt hat sie es überstanden.«

Margot Schäfer klopfte und servierte den Kaffee.

»Sicher sind Sie mit mir einer Meinung, dass wir den Fall Munder abschließen sollten«, setzte Saborski das Gespräch fort, nachdem die Sekretärin das Büro wieder verlassen hatte. »Munder von einem Edelweißpiraten erschossen, seine Frau bei einem Unfall verstorben ...« Er griff zur Kaffeetasse. »Ach übrigens, der Attentäter ist ebenfalls tot. Ganz überraschend. Kreislaufkollaps. Der Arzt konnte ihm nicht mehr helfen. Leider kommt es nun nicht mehr zu einem Gerichtsverfahren. Trotzdem, gute Arbeit, die Sie da geleistet haben, wirklich.«

Golsten verspürte einen schalen Geschmack im Mund. Kreislaufkollaps. Das stand auf fast allen Totenscheinen, die SS-Ärzte ausstellten. Golsten war völlig klar, dass Saborski eine Aussage Bertelts um jeden Preis hatte verhindern müssen.

»Diese Geschichte mit der verschwundenen Polin, wie hieß sie doch gleich?«

»Marta Slowacki.«

»Richtig. Slowacki. Wir haben ihren Mörder dingfest machen können.«

Wenn Saborski Golsten hatte überraschen wollen, war ihm das jetzt gelungen. Der Kommissar hatte Saborski nicht über seine Ermittlungen informiert. Was also wusste Saborski? Und woher? Golsten wappnete sich für das Kommende.

»Ich sehe es Ihnen an. Damit haben Sie nicht gerechnet, was?«

»Wenn ich ehrlich bin, nein.«

Saborski grinste. »Wie lange kennen wir uns jetzt?«

»Fast genau zwanzig Jahre.«

»Genau. Ruhrbesetzung. Der Franzmann im Revier. Und heute amüsieren sich unsere Soldaten auf den Champs-Élysées mit hübschen Französinnen. So ändern sich die Zeiten.« Saborski lachte nun richtig. »Zwanzig Jahre! Und immer noch gelingt es mir, Sie zu überraschen. Nun machen Sie nicht so ein Gesicht. Ich weiß, dass Sie nicht glücklich darüber waren, dass ich Sie von dem Fall abgezogen habe. Aber es ging nicht anders.« Er tat geheimnisvoll. »Große Politik, wissen Sie.

Aber so ganz habe ich die Polizeiarbeit nun auch nicht verlernt. Wie gesagt, wir haben den Täter.«

Konnte es sein, dass Saborski wirklich Wieland Trasse ans Messer lieferte? Nein, das war undenkbar. Aber wen wollte er ihm als Mörder präsentieren? Golsten zwang sich zur Ruhe. »Wer ist es?«, fragte er so gelassen wie möglich.

»Es war ein jüdisches U-Boot.«

Golstens Puls begann zu rasen.

»Da staunen Sie, was? Nicht nur Jude, sondern auch Kommunist. Wir haben das Schwein in einer Laube festgenommen. In Pöppinghausen. Sie wissen, wo das ist?«

Veranstaltete Saborski hier ein grausames Spiel? Hatte Rosen unter der Folter ausgepackt? Wartete die Gestapo vor der Tür?

»Sicher«, antwortete Golsten mit heiserer Stimme.

»Fast drei Wochen hat er sich da versteckt gehalten.«

Drei Wochen?

»Aber ein aufmerksamer Hitlerjunge hat ihn aufgespürt. Er hat noch zu fliehen versucht, ist aber geschnappt worden.« Wieder griff Saborski zur Kaffeetasse. »Wollen Sie nicht doch einen Kognak? Sie sehen aus, als ob Sie einen gebrauchen könnten. Es muss Sie doch nicht so mitnehmen, wenn Ihr Vorgesetzter an Ihrer Stelle einen Fall löst.« Er lachte wieder. »Na, was ist?«

»Ja, bitte.«

»Gute Entscheidung.« Saborski stand auf und rief Margot Schäfer in das Büro. Wenig später standen zwei gut gefüllte Kognakschwenker vor ihnen. Die Polizisten prosteten sich zu.

345

»Natürlich ist mir bekannt, dass Sie diskrete Erkundigungen auch über Wieland Trasse, den Kaufhausbesitzer, eingeholt haben.«

Kam Saborski jetzt zur Sache? Golsten nahm noch einen Schluck. Es war nicht nur der Schnaps, der in seiner Kehle brannte.

»Ihr kleiner, etwas übergewichtiger Kollege ...«

»Heinz Schönberger?«

»Ja. Er hat mir Mitteilung davon gemacht, dass Sie Trasses Waffenbesitzkarte überprüft haben.«

Golsten schluckte.

Saborski schüttelte den Kopf. »Wie sind Sie nur auf diese Idee gekommen?«

Als Golsten antworten wollte, hob Saborski abwehrend die Hand. »Nein, warten Sie. Der Horch, stimmt's?«

Golsten konnte nur nicken.

»Na ja, wenn ich ehrlich bin, hätte ich vermutlich ähnlich wie Sie gehandelt«, räumte der Kriminalrat leutselig ein. »Machen Sie sich deshalb keine Gedanken. Es war richtig, dass Sie Trasse nicht persönlich aufgesucht und befragt haben. Das hätte sicher Unannehmlichkeiten gegeben. Für beide Seiten. Trasse und ich sind, sagen wir, gut bekannt. Ich habe ihn auf den Wagen angesprochen. Von Freund zu Freund sozusagen. Und wie erwartet hatte er eine wirklich stichhaltige Erklärung, warum das Fahrzeug im Gysenberger Wald gewesen ist. Sie ahnen, was jetzt kommt?«

»Nein.«

»Sein Chauffeur. Er hat eine kleine Freundin, aber sie ist verheiratet.« Saborski grinste anzüglich. »Er hat mit

346

der Dame einen, sagen wir, Ausflug ins Grüne gemacht. In so einem Horch ist ja viel Platz. Und im Wald hat man ja seine Ruhe.« Er schlug sich vor Vergnügen auf die Schenkel. »Treiben die beiden es im Wagen seines Chefs. Nerven muss man haben.«

Golsten staunte, wie schamlos Saborski log. Schließlich war es nicht schwierig herauszufinden, dass Malick sich eher zum männlichen Geschlecht hingezogen fühlte.

»Trasse hat mir sogar seine Waffe gezeigt. Die Sauer, nach der Sie sich erkundigt haben.«

Schönberger, diese intrigante Ratte!

»Natürlich hat er sie mir für einen ballistischen Test zur Verfügung gestellt. Das Ergebnis war eindeutig: Aus dieser Waffe wurde der Schuss auf diese Slowacki nicht abgefeuert. Sie waren da ganz schön auf dem Holzweg, mein Lieber. Aber, wie gesagt, diese Hinweise hätte ich vermutlich auch verfolgt. Glücklicherweise haben wir den wahren Täter ja nun dingfest machen können. So besteht kein Zweifel mehr an Trasses Unschuld. Noch einen Kognak?«

Golsten schüttelte entgeistert den Kopf. Worauf sollte das Ganze hinauslaufen?

»Die Tatwaffe haben wir in einer Laube in Pöppinghausen gefunden. Es war tatsächlich eine Sauer 38H. Rosen, so hieß dieser Jude ...«

»Hieß?«, unterbrach ihn Golsten.

»Ja. Er wurde heute früh gehenkt. Direkt nach der Gerichtsverhandlung. Also, dieser Rosen unterhielt ein Verhältnis zu der Polin. Als sie von ihm schwanger wurde,

347

bekam er es mit der Angst zu tun. Er hat erst das Kind erwürgt, später die Mutter erschossen.«

Der Sturmbannführer griff zu einer Ledermappe, die vor ihm auf dem Tisch lag. »Es gibt nun nur noch eine kleine Formalität zu erledigen.« Seine Stimme wurde fordernd. »Es darf nicht der Eindruck entstehen, dass es in meinem Verantwortungsbereich Polizisten gibt, die trotz dieser Beweise glauben, Wieland Trasse habe etwas mit der Angelegenheit zu tun. Deshalb bitte ich Sie mit Nachdruck, dass Sie den Abschlussbericht gemeinsam mit mir unterzeichnen. Natürlich bedeutet das kein Misstrauen, sondern soll nur dokumentieren, dass wir in unserer Abteilung an einem Strang ziehen.« Er schob die Mappe zu Golsten hinüber und legte einen Füllfederhalter daneben. »Unten rechts bitte. Dort unterschreibt üblicherweise der Verfasser.«

Golsten zögerte.

»Sie haben damit ein Problem?« Saborski runzelte die Stirn. »Lesen Sie das hier.« Er zog ein Blatt Papier aus der Mappe. »Rosens Geständnis. Eigenhändig von ihm unterschrieben.«

Der Hauptkommissar nahm das Blatt zur Hand, las, fand all das wieder, was ihm Saborski gerade aufgetischt hatte. Dann fiel sein Blick auf die Unterschrift. Der Name Rosen war in lateinischer Schrift geschrieben, mit großen Buchstaben. Rosen hingegen schrieb ausschließlich Sütterlin. Und klein. Als Ausdruck seines stillen Protests, hatte sein Schwiegervater gemeint. Das Geständnis war falsch.

»Nun machen Sie schon. Ich habe nicht ewig Zeit«, sagte Saborski kalt. »Und denken Sie an Ihre anstehende Beförderung. Oder wollen Sie kein Kriminalrat mehr werden?«

Golsten bekämpfte die aufkommende Übelkeit mit dem letzten Schluck Kognak.

Marta Slowacki.

Ihre namenlose Tochter.

Erwin Bertelt.

Und dann auch noch Heinz Rosen.

Aber was konnte er schon tun? Sein Wissen hinausschreien, um sich bald in die Namensliste der Toten einzureihen?

Er dachte an Lisbeth. Und an seinen Schwiegervater. Hermann Treppmann würde sein Handeln vermutlich niemals verstehen. Aber musste er es jemals erfahren?

Mit zitternder Hand griff Golsten zum Füllfederhalter und unterschrieb.

Nachbemerkung

Fast alle Personen, deren Handlungen in diesem Roman beschrieben werden, sind meiner Fantasie entsprungen. Einige jedoch haben wirklich gelebt.

Das in Kapitel 1 beschriebene Zwangsarbeiterlager ist zwar frei erfunden, es gab aber in Herne etwa vierzig solcher Lager (vgl. Frank Braßel, *Die Sklaven der Neuzeit,* in: F. Braßel u. a. (Hg.), *Nichts ist so schön ...* Essen 2009, S. 245).

Der in Kapitel 4 geschilderte Luftangriff hat sich tatsächlich an diesem Tag ereignet. Er war der schwerste von sechs Angriffen im Jahr 1943. Auf Herne fielen an diesem Tag drei Luftminen, zweiundvierzig Spreng- und eine unbekannte Anzahl von Brandbomben. Bei dem Angriff starben insgesamt neunundzwanzig Menschen, rund fünfzig wurden verletzt, etwa eintausendzweihundert obdachlos. Auch der Angriff am 8. April, von dem in Kapitel 31 die Rede ist, hat sich so zugetragen.

Während der Kriegsjahre wurden auf Herne rund sechzig Luftangriffe geflogen, bei denen etwa vierhundert Menschen ihr Leben verloren. Über eintausend Häuser wurden so zerstört, dass sie geräumt werden mussten. Diese im Vergleich zu den anderen Ruhrgebietsstädten geringen Zerstörungen und Opferzahlen brachten Herne den Beinamen *Die goldene Stadt* ein.

Der Film, den sich Lisbeth Golsten und Marianne in Kapitel 4 ansehen, heißt: *Das große Spiel.* Er wurde 1942

351

unter der Regie von Robert A. Stemmle gedreht. Darsteller waren u. a. Maria Andergast, René Deltgen und Gustav Knuth. Der Verein *Gloria Wupperbrück* steht im Film für *Schalke 04.*

Das in Kapitel 16 diskutierte Verbot der Dauerwelle meldete die *Herner Zeitung* am 23. und 25. Februar 1943.

Im Kapitel 22 spricht der (fiktive) Heinz Rosen über seine Freundin Ilse Levy. Die dort genannten Daten sind weitgehend frei erfunden. Ilse Levy aber hat tatsächlich gelebt. Sie wurde am 25. November 1912 geboren, 1941 in das Getto Riga deportiert und 1944 im KZ Stutthof (in der Nähe von Danzig) ermordet.

Einen Überblick über die Schoah in Herne gibt das Buch von Ralf Piorr (Hg.), *Nahtstellen, fühlbar hier ... Zur Geschichte der Juden in Herne und Wanne-Eickel,* Essen 2002, dem auch die Lebens- und Sterbedaten Ilse Levys und die weiteren Informationen dieses Kapitels, insbesondere über das jüdische Schulwesen, das *Sukkot*-Fest und den Ablauf der Deportationen entnommen sind.

Über den in Kapitel 26 beschriebenen Prozess gegen die ›Kriegsschieberin‹, der zum Ausgangspunkt der Diskussion zwischen Golsten und seinem Schwiegervater über die Legitimität von Gesetzen wird, berichtete die *Herner Zeitung* am 15. Februar 1943.

In Kapitel 27 wird erstmalig ein Bochumer Edelbordell *Salon Kitty* erwähnt. Diese Einrichtung gab es nicht in

Bochum. Zwar stand Prostitution im nationalsozialisti-schen Deutschland unter Strafe, doch es gab tatsäch-lich einen *Salon Kitty* in Berlin-Charlottenburg, der von der SS betrieben wurde und der Ausspionierung von Di-plomaten, Industriellen und hohen Parteifunktionären diente.

Das Kopfmotiv aus Beethovens fünfter Sinfonie, von der in Kapitel 40 die Rede ist, wurde während des Zweiten Weltkriegs zum Erkennungszeichen des britischen Rundfunksenders *BBC*, weil die unterschiedlich langen Paukenschläge am Anfang (dreimal kurz, einmal lang) im Morsealphabet den Buchstaben V bedeuten. Und der wiederum steht auch heute noch international für das Wort Victory, Sieg.

Die Verhaftungswelle, von der in Kapitel 41 die Rede ist und der die Edelweißpiraten zum Opfer fielen, ereignete sich tatsächlich einige Monate früher. Am 7. Dezember 1942 zerschlug die Gestapo Gruppen der Edelweißpira-ten im Rheinland und im Ruhrgebiet. Fast vierhundert Jugendliche wurden inhaftiert, viele ermordet oder in Konzentrationslager verschleppt.

Die Texte der Flugblätter, die Langer findet, stammen von einer Kölner Edelweißgruppe um Gertrud Kühlem und sind wörtlich aus einem Artikel von *wikipedia.de* zitiert.

Die in Kapitel 45 und 46 erwähnte Sütterlinschrift wurde am 1. September 1941 durch einen Erlass des Reichsministers für Wissenschaft, Erziehung und Volksbildung verboten. Trotzdem schrieben die meisten Menschen, die Sütterlin in der Schule gelernt hatten, auch weiter diese Schrift.

Der Name Quex, der in Kapitel 48 erwähnt wird, stammt aus dem Film *Der Hitlerjunge Quex.* Jürgen Ohlsen, der Darsteller des Jungen, wurde damals verdächtigt, ein sexuelles Verhältnis mit dem NS-Reichsjugendführer Baldur von Schirach zu unterhalten. Neuere historische Forschungen halten diese Behauptung jedoch für unzutreffend. Ohlsen, der als begeisterter Hitlerjunge präsentiert werden sollte, verschwand bereits 1940 aus der Öffentlichkeit. ›Quexen‹ jedoch wurde im Nationalsozialismus zum Synonym für homosexuelle Beziehungen zwischen Männern und Jungen.